Roberto Freire
(São Paulo, 18 de janeiro de 1927-
São Paulo, 23 de maio de 2008)

Graduou-se em Medicina na Universidade do Brasil, no Rio de Janeiro, em 1952, com especialização em Psiquiatria. Trabalhou como pesquisador no Collège de France, em Paris.

Após atuar durante vários anos na área clínica, iniciou suas pesquisas no campo cultural, dirigindo as peças teatrais: O&A (em codireção com Silnei Siqueira) e *Morte e vida severina*, obtendo, em 1966, o primeiro prêmio no Festival Mundial de Teatro Universitário de Nancy, na França. Nessa época foi diretor do Serviço Nacional de Teatro.

Entre suas obras literárias mais importantes figuram os romances *Cleo e Daniel* (1965) (história que foi levada ao cinema, em 1970, com Myriam Muniz, Sônia Braga e John Herbert no elenco e dirigida pelo autor.), *Coiote* (1986), *Os cúmplices* (1995), os ensaios "Utopia e paixão" (1984), "Sem tesão não há solução" (1987), "Ame e dê vexame" (1990), a série de livros infantis *As aventuras de João Pão, um menor abandonado* e peças de teatro como: *Sem entrada e sem mais nada, Presépio na vitrine, Quarto de empregada, Quarto de estudante*, entre outras.

Na televisão, escreveu programas como *Malu Mulher*, Regina Duarte, *Obrigado, Doutor* e também os primeiros capítulos da *Grande Família*, todos para a TV Globo. Também foi jurado de vários festivais da canção na TV Record e do Festival internacional da canção na Globo.

Como jornalista, foi do *Brasil Urgente*, trabalhou no *Wainer*, na revista *Realidade*, de Reportagem com a m nas revistas *Bondinho* e *Caros Amigos*, das quais também foi fundador.

Em 2003 lançou a autobiografia *Eu é um outro*. Em 2006 lançou o CD *Vida de artista*, produzido por seus filhos Tuco e Paulo Freire. Seus textos foram musicados e interpretados por artistas como Ná Ozzetti, Mônica Salmaso, Swami Júnior, Skowa, Bocato, Benjamim Taubkin, Wandi Doratiotto e outros.

Em toda a sua obra, seja nos livros, nas reportagens ou nas peças que escreveu, seus temas são sempre o amor, a criação e a liberdade dentro de uma visão anarquista.

Durante suas pesquisas teatrais, Roberto Freire iniciou o que hoje é a Somaterapia, através da aplicação dos seus conhecimentos na área da psiquiatria ao processo criativo da construção de personagem, juntamente com Miriam Muniz, Sylvio Sylber e Flávio Império, no Centro de Estudos Macunaíma, em São Paulo.

Ele se apresentava como anarquista, escritor e somaterapeuta.

ROBERTO FREIRE

CLEO E DANIEL

www.lpm.com.br

L&PM POCKET

Coleção **L&PM** POCKET, vol. 1029

Texto de acordo com a nova ortografia.

Primeira edição na Coleção **L&PM** POCKET: abril de 2012

Capa: Marco Cena
Revisão: Simone Borges e Caren Capaverde

CIP-Brasil. Catalogação na Fonte
Sindicato Nacional dos Editores de Livros, RJ

F933c

Freire, Roberto, 1927-2008
  Cleo e Daniel / Roberto Freire; [apresentação Ignacio Loyola Brandão]. – Porto Alegre, RS: L&PM, 2012.
  224p. – (Coleção L&PM POCKET; v.1029)

  ISBN 978-85-254-2623-9

  1. Romance brasileiro. I. Título. II. Série.

12-1977.	CDD: 869.93
	CDU: 821.134.3(81)-3

© Roberto Freire, 1965

Todos os direitos desta edição reservados a L&PM Editores
Rua Comendador Coruja, 326 – Floresta – 90220-180
Porto Alegre – RS – Brasil / Fone: 51.3225-5777 – Fax: 51.3221.5380

Pedidos & Depto. comercial: vendas@lpm.com.br
Fale conosco: info@lpm.com.br
www.lpm.com.br

Impresso no Brasil
Outono de 2012

Apresentação

Ignacio de Loyola Brandão*

Conheci Roberto Freire e dele fiquei amigo nos anos 60 quando trabalhamos juntos em *Última Hora*, jornal que já desapareceu. Fiquei abismado ao saber que ele escrevia à mão. Sempre escreveu. Depois que já era psicanalista, ou seja lá o que for. Falávamos de cinema, de São Paulo, de putas, de sexo, de homossexuais, de drogas. Ele tinha um jeito meio louco e eu ficava fascinado com sua maneira de ver as coisas e o mundo. Um dia, ele me trouxe um calhamaço: Quer dar uma olhada nisso? Tem saco? É um romance. Li em dois dias. Maravilhado, porque ali estava uma visão nova da juventude naqueles confusos anos 60. Confusos porque tínhamos batalhado por liberdade, sexo, tudo, e tínhamos levado a porrada da ditadura na cabeça. Enfim surgia um livro diferente, claro, aberto. Mudava a literatura, a visão das coisas, nesta história de um amor tresloucado, puro. O mundo estava mudando, o Brasil também. Roberto surgiu com uma linguagem solta, descolada, atraente, poética e sensual. Foi um impacto, *Cleo e Daniel* estourou em vendas, estava nas mãos de todos os jovens. Falava-se de Cleo, de Daniel e de Roberto. Tenho uma curiosidade imensa de saber como se comportará este romance quase cinquenta anos depois. Verdade que grandes livros nunca envelhecem. Como será visto hoje pela geração facebook, linkedin, iPhone, iPad, internet, twitter, rede social. Pensar que Roberto escrevia a lápis.

---

* Escritor e jornalista, é autor de *Zero*, *O homem que odiava segunda-feira* e *O menino que vendia palavras*, entre vários outros.

Para
Myrian Muniz e Sylvio Zilber

Esperei muito tempo por você.

Meu nome é Rudolf Flügel.

Como os mendigos e as putas, a gente logo percebe quais os que vão parar diante de nós para a oferenda. Para esses não estendemos as mãos. Com eles não trocamos o que temos, mas o que somos.

Você está diante de mim, com os olhos abertos. Prontos para que eu escreva livremente sobre eles. Tudo.

Sim, tudo. Porém do jeito que sugeriu Henri Michaux: "Nada da imaginação voluntária do profissional; nem temas, nem desenvolvimento, nem construção, nem método; ao contrário, apenas a imaginação e a impossibilidade em conformar-se".

Benjamim. Ele é baiano. Preferiu viver em São Paulo porque adora o deserto. Homem de muito saber e sensibilidade, precisa, para resistir a si próprio, de bastante aridez, secura e vazio ao seu redor. Nada melhor, pois, que a cidade de São Paulo com suas centenas de quilômetros quadrados de concreto armado, veias e artérias de ferro e aço, pele de asfalto e granito. Homens e mulheres, poucos e bons, em número e qualidade suficientes ao seu apetite intelectual, afetivo e sexual. O resto, isto é, quase todas as criaturas que habitam a cidade, Benjamim compara a formigas obreiras, recobertas de quitina do rabo cotó aos ferrões agressivos. Se não mexermos com elas não nos incomodam, porque são muito pacíficas. Estão sempre ocupadas e, em geral, não são carnívoras.

Negro retinto, há quase quarenta anos Benjamim é poeta, antropologista, filósofo e solteiro. Como tudo isso não rende dinheiro algum, tornou-se o mais completo tradutor da cidade. As editoras disputam-no para trabalhos em alemão, grego, japonês, russo, inglês, francês, italiano e espanhol. Por estas e outras razões que se verão, considera-se um deus decadente, mas deus.

Dividíamos, sem nos conhecermos, a amizade e o corpo de duas mulheres: Beatriz e Madalena. Esta última, muito bonita, preferia os brancos, com os quais se casava, tinha filhos e se apaixonava perdida e seguidamente. Mas achava que, saber fazer amor, só os negros ainda sabiam. Eu soube disso depois de nossas primeiras experiências nesse campo. Mas a revelação passou a me provocar um certo sentimento de inferioridade sempre que lhe exibia toda minha pele branca. E quando eu perguntava o motivo da predileção. Madalena sorria e desconversava.

Um dia avisou-me que Benjamim a convidara para uma viagem à Bahia. Estava radiante. De Salvador, recebi uma longa carta de Madalena:

"Mulheres como eu, Rudolf, não sabem falar de amor. Muito menos de sexo. Suas perguntas sobre minhas preferências cromáticas nesse particular deixavam-me embaraçada. Mas a felicidade que vivo aqui em Salvador, junto de Benjamim, fez com que descobrisse tudo o que você tanto quis saber a meu respeito. E eu também confesso..." (Depois de um longo relato turístico, voltou à sinceridade.) "...ou confiamos no amor, ou ele deixa de existir. Não se pode inventar nada além daquilo que a natureza criou para o ato sexual, meu caro, sem fazê-lo perder a força e a beleza originais. Vocês, os homens brancos – por quê, não sei – deixaram de confiar no amor e se julgam capazes de recriá-lo. Deitam com a gente e agem como pintores, médicos, escritores, bancários, jornalistas ou torneiros mecânicos. Numa palavra: vocês nunca estão completamente nus. O negro, Rudolf, nos momentos de prevalência do instinto, renuncia automaticamente à civilização, à cultura, ao cidadão e à pessoa nele mesmo, para ser apenas o bicho, o macho. E que ternura, meu amigo, e que pureza nesse primitivismo, nessa violência natural! E nós podemos ser tranquila e orgulhosamente a fêmea. Vocês, no entanto, só nos fazem sentir vergonha disso..." (Recordava-me dos orgasmos de Madalena em meus braços e julgava-a uma pervertida ou uma desmemoriada.) "...você sabe, minhas experiências com os homens de cor eram sempre marcadas por uma certa vulgaridade. Você usou, uma vez, a palavra prostituição para caracterizá-las. Nem sempre, querido! Isso já aconteceu, para que eu pudesse conhecer bem a diferença. Duas vezes, nos dois sentidos. A primeira foi um chofer de táxi. Dentro do carro. Quando terminamos, me entregou dois mil cruzeiros e não deixou que pagasse a corrida. A outra vez – ah, é difícil contar-lhe isto, Rudolf – foi com um entregador de flores (flores suas, pelo meu aniversário), um rapazinho tímido, mas belo como um deus africano. Despiu-se e exibiu seu corpo atlético. Mas só me possuiu depois que lhe dei todo o dinheiro que tinha em casa e... as suas rosas..." (Que filha da puta! Li o resto por mero e exclusivo interesse científico.) "...porém tudo isso pertence ao passado. Benjamim, que é negro e sábio, ajudou-me a clarear meus sentimentos e ideias, sem nenhum prejuízo para a pureza e violência de nosso amor. Descobri, sobretudo, Rudolf, que havia por trás de tudo isso um terrível e disfarçado preconceito racial... contra os negros. Imagine! Sim, eu os desclassificava para o convívio social, para os sentimentos burgueses de família e de afeto, expostos e institucionalizados. Em resumo: me casaria com Benjamim, o exibiria tranquilamente à minha aristocrática e puritana família e, querido, o meu grande sonho é ter agora um filho dele."

Quando voltaram de Salvador, acabei conhecendo Benjamim. Chovia sem parar. Jantamos, os três, na casa de Madalena. Eu vivia uma fase muito complicada de minha vida profissional. Sentia, naqueles dias, os prenúncios da crise violenta e decisiva que atingiria seu clímax na véspera de meu encontro com Cleo e Daniel. Passara antes pelo bar de Gabrielle para tomar fôlego. Ela não estava e, em vez de fôlego, tomei cinco uísques. Quando os "elefantes" começaram a chegar, fui para a casa de Madalena. "Elefantes" não são visões de delírio alcoólico, mas o nome com que Gabrielle se referia, genericamente, a um grupo de frequentadores habituais de seu bar.

Cheguei ensopado de chuva. Madalena, ao abrir-me a porta, tinha lágrimas nos olhos. Seu abraço foi longo demais, em se tratando de uma recém-chegada de lua de mel. Afastou-se rapidamente, sem nos apresentar. Eu tirava o paletó e os sapatos quando vi o negrão escarrapachado no sofá. Disse um boa-noite e continuei retirando a roupa molhada. Era uma voz gorda, quente:

– Bonito, Lena! Isso em preto, hem?

Com um pé de sapato na mão, avancei para ele. Mas veio a gargalhada. Só os negros podem rir desse jeito. Eu o olhava de perto. Seu corpo chacoalhava todo enquanto ria. Atirei-lhe o sapato na barriga e voltei para o vestíbulo. Quando a risada parou, eu estava apenas com a calça, enrolada até os joelhos. Benjamim ergueu-se e pude avaliar minha ousadia: quase dois metros de altura. Passou por mim – mostrando os dentes brancos – e entrou no quarto. Fui direto à mesa onde estavam as bebidas. Tomava um gole de uísque puro. Benjamim jogou às minhas costas um roupão. Voltei-me e recebi na cara duas chineladas.

– Vista isso!

Olhava-me sério. Senti um certo medo e obedeci. Quando estava só em cuecas, ele voltou a rir.

— Ninguém, mesmo os bonitos como você, deixam de parecer ridículos em cuecas. Nu a gente fica melhor.

Vesti o roupão rapidamente. E parti para o ataque.

— Você bateu nela ou já romperam?

— Esquece... Então, fomos sócios?

— Madalena estava chorando...

— Com você não me incomodo de dividir. Às ordens, hem! Mas só você!

— O que foi que aconteceu?

— Quer levar uma porrada no meio da testa, Alemão? Já disse para esquecer...

Tomei um longo gole de uísque.

— Então, fodam-se!

Nova gargalhada. Benjamim ergueu a mão imensa.

— Sente-se. Mas antes aperte esses ossos. Ótimo, você não é formiga!

Nesse momento, Madalena entrou na sala e ficou muito quieta, preparando uma bebida.

— Alemão, sabe que essa maluca enfiou na cabeça a ideia de utilizar-me como cobaia em suas experiências de sexóloga amadora? Cansei-me e dependurou essa tromba. O que é que você acha?

Eu achava uma delícia esticar-me na poltrona, sentindo o cheiro de comida que vinha da cozinha. Queria que ambos se danassem. Não respondi nada e fechei os olhos. Benjamim prosseguiu:

— Teríamos um filho branco, um preto e um pampa. Viveria à custa dela para me livrar das traduções.

Madalena sentou-se no braço de minha poltrona. Abri os olhos. Ela sorriu e entregou-me a bebida. A coitada estava mesmo muito infeliz, mas já havia recuperado o espírito esportivo.

— Fala, Alemão! – berrou Benjamim.

— Alemão é a mãe!

E quem falou foi ele, a noite inteira, sem parar. De amor e de coisas científicas em linguagem poética. A comida, a bebida, o barulho da chuva e a conversa fiada de Benjamim devolviam-me o bem-estar. Madalena bebia-lhe as palavras, procurando descobrir em toda aquela falação genérica o que lhe dizia respeito particularmente.

Lá pela meia-noite já havíamos engolido toda uma garrafa de uísque. Talvez porque Benjamim tivesse deixado de ser para mim, com aquelas horas de convivência, o mito criado por Madalena, eu não o temia nem o invejava mais. Por isso mesmo ele agora atraía, humanizava-se e tudo o que falava era desafiante, merecendo atenção e resposta. Mais do que tudo isso, eu começava a querer bem ao negro. A amizade que surgia, o tempo e o uísque dissolveram "o personagem Benjamim", dando lugar ao ator em sua realidade natural.

— Dei-me ao trabalho de levantar, nas várias línguas que conheço, todo o vocabulário usado, popular e literariamente, para a expressão dos sentimentos e sensações do sexo e do amor. Pois saibam, não existe nada, um único vocábulo, que se aproxime daquilo que sentimos ou procuramos! Nem no lirismo mais nefelibático e nem na pornografia mais grosseira, nem na nomenclatura científica e na filosófica, nada! O zulu é tão ignorante quanto o francês, em termos de comunicação do amor. É inútil, é absolutamente impossível comunicar o amor. O elo fundamental, Alemão, está perdido.

Embora essas coisas fossem também objeto de preocupações minhas na profissão e na vida pessoal, achei melhor continuar calado. Vendo que Madalena chorava, Benjamim ergueu-se e, puxando-a pela mão, levou-a para um sofá. Estreitou-a no peito enorme. Depois de um suspiro, mais de desânimo que de alívio, continuou falando:

— A única recompensa, depois da satisfação do desejo, depois de escrito o poema fundamental, depois de conquistada a grande vitória da vida contra a morte, depois, enfim, de todo ato de criação ou de sobrevivência, é apenas um rápido gosto de terra na boca, mais nada! Que merda!

Num movimento rápido, como que fugindo de si mesmo, Benjamim pôs-se de pé e ficou parado diante de mim, enorme e trágico.

– O filho da puta do Platão estava certo! Mas não exatamente como descreveu a coisa. Vou resumir-lhe uma tese nova sobre o amor não platônico, segundo Platão...

Fiquei de pé também e dirigi-me para a cadeira onde estava depositada minha roupa molhada. Benjamim veio atrás. Ajudou-me a enfiar as calças e o resto.

– Juro que o andrógino existiu!

– Está bem, existiu, mas me solta!

– Nem homem, nem mulher, os dois num só... como a gente, na cama, trepando...

– Sei, Benjamim, conheço a teoria do grego.

– Só mais ou menos. Não como a gente é visto na cama, mas como se imagina, os dois, na hora do orgasmo...

Consegui me livrar dele e fiquei atrás de um abajur. Dava o laço na gravata e via-lhe a cara deformada pela luz e pela emoção alcoolizada.

– Uma bola de carne sem feições, quatro pernas, quatro braços...

– Como seu poder ameaçava o Olimpo, Júpiter, que não era besta, cortou-o ao meio.

– Mas eu acho que as metades macho e fêmea estavam ligadas apenas pelos olhos, pelas bocas e pelas mãos. Nesses pontos é que a espada de Júpiter...

– E o sexo?

– Ah, o sexo ele desarticulou, compreende?

Deu volta ao abajur e começou a abotoar-me a braguilha. Temendo que desarticulasse o meu também, dei-lhe um tapa na mão. Entrou em transe.

– O que resta na gente pedindo complementação, a boca, os olhos, as mãos e o sexo, são cicatrizes da cisão longitudinal do andrógino. Por esses pontos hoje cegos, obturados, fluíam o amor e outras comunicações ancestrais de que não temos memória. Você está me entendendo, Alemão?

Agarrou violentamente Madalena e arrastou-a para o quarto. Antes de fechar a porta, voltou-se.

– Eu te amo! Você é o único homem no mundo que sabe ouvir criativamente.

Beatriz, a pintora, morava com Fernanda, a atriz. Odiavam-se disciplinadamente e invejavam-se de forma muito estimulante para ambas. Tudo isso, por minha causa: era amante das duas. Um pouco mais de Fernanda, é verdade, não por decisão minha, mas delas. Viviam num belo e confortável apartamento, propriedade da pintora. Mas apenas Fernanda parecia agradar-se do conforto e facilidades com que viviam, à custa da fortuna e liberalidade dos pais de Beatriz. Esta moraria igualmente num barraco de favela, comeria esterco, desde que não faltassem homens capazes de ajudá-la a encontrar, nas relações sexuais, as formas e as cores pressentidas numa visão alucinatória que tivera na infância.

Ela devia ter uns seis anos. Estava deitada. A seu lado, uma enfermeira. Esperavam pelo médico, porque sua febre subia assustadoramente. Pneumonia. Sentiu forte pontada nas costas. Ia se queixar à enfermeira, mas percebeu que não podia falar, nem se mover. Começava a chorar de medo e aflição, quando uma profunda paz a invadiu. Pensou que tinha morrido. E gostou da morte, porque tudo ficou muito escuro e teve a impressão de que se misturavam, em suas sensações, música, formas e cores. A música, aos poucos, foi harmonizando as formas e as cores, fazendo parte delas. E, diante de si, em movimentos como os de um caleidoscópio, revia tudo o que tivera oportunidade de viver até os seis anos. Imagens que se fundiam e se dividiam no ritmo musical, assumindo formas e coloridos fantásticos.

Sensação-mãe, prazer-mãe, ódio-mãe, por exemplo, eram a base vivencial das formas em desenvolvimento. Depois tudo foi se apagando e Beatriz "desmorreu", como ela diz. Durante anos não se lembrou de nada disso. Quando teve o primeiro orgasmo total e completo, nos braços de um pintor famoso, na França, Beatriz colheu dentro do prazer um fragmento da visão infantil. Ergueu-se da cama e, numa tela vazia que encontrou no ateliê do amante, pintou o seu primeiro quadro, para ela satisfatório. Tentara e conseguira expressar e definir aquele instante apreendido da visão de sua "morte" aos seis anos de idade.

Tinha, então, vinte anos e estudava pintura há cinco, com um amor e aplicação inexplicáveis. Daí por diante sua vida passou a ser um contínuo puxar do fio estético e vivencial que encontrara por trás daquele fragmento delirante. Recordou-se de toda a cena e da estrutura da visão. Mas os detalhes – que eram o fundamental – ia descobrindo aos poucos, em experiências de liberdade absoluta, na vida e na arte. Esses quadros ela não vendia. E não eram muitos – uns dez ao todo. O resto, as procuras frustradas, bastava para ir lhe dando notoriedade e algum dinheiro.

Fernanda usa Beatriz. Apesar de odiá-la e invejá-la. Qualquer pessoa que se torne mais íntima dela é logo levada a conhecer a amiga e a contemplar os quadros. Fernanda imagina, assim, aureolar-se com um mistério que não consegue em sua arte e, estou certo, do qual não tem a mínima necessidade. Usa Beatriz como um chapéu. Porque Fernanda é boa atriz – do tipo responsável, estudiosa e de sensibilidade bem controlada – e come bem, dorme bem e ama sexualmente muito mal.

Sou desse tipo de homem que as mulheres gostam muito, logo. Acham-me bonito e, pelo meu jeito, desperto nelas sentimentos maternais. Exploro, no que posso, tanto uma como outra reação que provoco. Com Beatriz a coisa não foi muito longe. Porém, modéstia à parte, ajudei-a um bocado a puxar, na cama comigo, o tal fio de suas alucinações infantis.

Um dia, ao entrar no apartamento de Beatriz, encontrei Benjamim, nu em pelo, sobre um estrado, posando. Era a última pessoa que imaginava encontrar ali.

– Acabo de revelar-lhe a visão todinha... ali, no divã! Não precisa mais de você, Alemão!

Não era verdade, mas assim ela o fez crer, para conseguir o modelo. Benjamim contou-me que o caso com Madalena estava encerrado e, por fatalidade, era agora também cobaia das experiências sexuais e artísticas de Beatriz.

– Cada vez que ela olha para mim dali, para depois pintar, tenho uma ereção. Você me salvou, Alemão, estava já com cãibra. Na sua frente acho que "ele" vai se comportar...

Fui olhar o que Beatriz pintava. Nova surpresa. Lá estava o Benjamim, corpo inteiro, em composição quase fotográfica.

– Não se assuste! Não é porque pinto Benjamim desse jeito que haja abandonado o abstracionismo. Dentro de pouco tempo vai me largar como acabou de fazer com Madalena. Vê-lo nu me faz muito bem.

– Tirasse uma fotografia...

– Eu quis, mas ele não deixou. Contei-lhe, então, a história de minha visão infantil. Topou o quadro.

– É um trabalho medíocre, Beatriz.

– Mas é ele.

– O que é que vocês estão matracando aí? Falem mais alto!

Menti:

– Era sobre o divã...

– Ah... Contei pra ela as teorias de Madalena sobre a raça negra... Quis comprová-las e desvendei-lhe a esfinge.

Falei baixo:

– E que tal, Beatriz?

– Meu problema é outro, você sabe. Minha esperança era você...

Benjamim ouviu o sussurro. Não se conteve e veio se juntar a nós. Olhou demoradamente para o quadro. Fechou a cara e foi se vestir.

– Ainda não terminei, Benjamim.
– Não quero mais! Vou embora!
– Que foi, não gostou do quadro?
– Não!

Quis ajudar, embora cínico:
– Mas está tão parecido...
– Em tudo, menos uma coisa. E na mais importante!

Já estava quase todo vestido. Voltou para diante do quadro e apontou para o púbis da própria imagem.

– É maior. Isso prova que você sentiu falta de um pedaço, ficou decepcionada...

Abraçou-nos e soltou imensa gargalhada.

– Desculpem, queridos, preciso ir. Está uma beleza, Beatriz. Termine-o com a memória visual e a uterina.

Desinteressou-se completamente dela e, agarrando meu braço, levou-me até a janela.

– É preciso que você leia, Alemão! Faço absoluta questão!
– Pare de me chamar assim! Leia o quê?
– Minha última tradução. *Daphnis e Chloé*, de Longus. Conhece?
– Li a versão francesa, do Courier. E daí?
– O que é que achou?
– Nada. Li há muitos anos, quase não me lembro mais.
– Alemão, é a coisa mais linda que já li! É linda, linda, linda!

E fazia com as mãos uma pose de anjo. Não era mais o mesmo Benjamim. Eu preferia o outro. Resolvi agredi-lo.

– Mas o que há na história pura e lírica daqueles adolescentes gregos que possa resistir ao seu pessimismo cínico, Benjamim?

– O amor, Alemão, o amor... antes!
– Antes o quê e de quê?
Desfez a pose. Olhou-me com nojo.
– Antes da puta que te pariu!
E saiu batendo a porta com violência.

Você já reparou nas formas sutis de prostituição que envolvem as relações sexuais, além da econômica tradicional? É raro ver um homem e uma mulher deitarem-se por amor ou desejo mesmo. Há sempre um valor psicológico, moral ou social que é oferecido em troca do prazer e do afeto. Frustrada com Benjamim, Beatriz tentou comprar, com seu corpo que sabia interessar-me, um pouco de alívio para a sua neurose ou um estímulo novo para a criação artística.

Mas, diabo, não seria isso o que Benjamim tentava dizer-me com toda aquela história de Daphnis e Chloé e o antes... o antes do amor?

Paciência. Fui à sua casa. Não o encontrei. Ninguém sabia dele. Que se danasse, então, com Daphnis, Chloé e o antes! Minhas complicações profissionais evoluíam catastroficamente. Esqueci Benjamim e procurei agravar as contradições até o fundo para poder descobrir uma saída.

Soube por Fernanda que Beatriz também nunca mais vira Benjamim e que seu nu estava exposto no lugar de honra da sala de visitas do apartamento delas. O que provocava um verdadeiro culto ao negro por parte do mulherio que as frequentava. Porém, o mais desagradável foi a visita de Madalena a Beatriz, apenas para ver o quadro, assim que foi informada de sua existência. Fernanda contou-me a cena com os mínimos detalhes cômicos e dramáticos. Ao final da dita, Madalena propôs a compra do quadro por uma fortuna que não possuía, mas que se dispunha a pagar durante toda a vida, se Beatriz o vendesse a prestações. Não sendo aceita a proposta, teve uma crise histérica.

O mau gosto de Beatriz em expor o quadro às amigas e clientes acabou criando sérios problemas. Enquanto o culto era exercido apenas pelas mais íntimas, nada de extraordinário. Mas a notícia correu o submundo feminino. E a vida no apartamento tornou-se um inferno. Mulheres de todos os tipos, exclamações, gritos, brigas, histerias. E as ofertas! Beatriz começou a ficar tentada. Quando soube disso, corri ao apartamento.

– Você está proibida de vender esse quadro!

– Rudolf, ele vale hoje tanto quanto uma tela de Picasso! É uma obsessão erótica, o que ele está provocando. Artisticamente é uma merda.

– É o que vim lhe dizer.

– Você precisa assistir a uma procissão. Venha ver amanhã à tarde. Fazem fila...

– Não seja ridícula! Benjamim precisa saber o que está se passando!

– Sim, mas não o encontro, Rudolf. Procurei-o por toda a cidade.

– E os editores para quem faz as traduções?

– Eles também o procuram. Estou precisando de dinheiro. Meu pai cortou a mesada quando soube da existência do quadro. Não sei até quando poderei resistir à tentação dessas ofertas.

– Está bem, eu compro. Quanto é?

– Já me ofereceram cinco milhões. É um absurdo, eu sei...

A dignidade de Benjamim não valia tanto. Desisti. Mas fiz Beatriz jurar que não o venderia sem me avisar antes. A história do corte da mesada não podia ser verdadeira.

E não era mesmo. Sua neurose maquinava uma cilada fantástica. Contra Benjamim, em quem projetava o símbolo do gênero masculino, impotente para ajudá-la a desnudar a esfinge. E tentou destruí-lo, à maneira de seu inconsciente devorador.

O que eu esperava aconteceu: os pederastas vieram também disputar o nu. Como sua solidão e desespero são ainda maiores, acabaram vencendo. Um deles cobriu todas as ofertas e Beatriz vendeu-lhe o quadro. Mas teve de fazer um retoque, atendendo ao gosto depravado do sodomita milionário: O membro do negro foi erguido e ampliado numa ereção monstruosa.

E Beatriz embarcou para a Europa no dia seguinte.

Encontrei Benjamim saindo da Biblioteca Municipal.

– Terminei, Rudolf! Terminei! Está aqui...

E mostrava-me um pacote feito com papel de jornal.

– Mas terminou o quê, homem?

– *Daphnis e Chloé*. A adaptação. Você vai ler agora mesmo! Uma obra-prima. Absolutamente fantástica!

– Mas onde você esteve escondido esse tempo todo?

– Na Bahia, é claro! Você acha que poderia trabalhar nesta maravilha cercado de formigas por todos os lados? Acabo de chegar. Vim à biblioteca conferir certos vocábulos gregos que...

– Mas, então, você não sabe de nada sobre o nu?

– Que nu?

– O que Beatriz pintou.

Contei-lhe tudo.

– Me dê de beber, Alemão! Já e muito.

E repetiu aquele discurso que eu ouvira em casa de Madalena. Apenas agora, Daphnis e Chloé exemplificavam suas teorias. E quando atingia esse estado de pureza total, Beatriz obrigava-o a pensar e a reagir dentro do esquema medíocre da insatisfação neurótica. Mas se o jogo era esse, topava a parada.

– Você tem o endereço da bicha?

– Tenho.

– Pois vamos lá!

Era um decorador famoso. A casa estava toda iluminada, com ar festivo. Entramos direto e meio cambaleantes, sobretudo Benjamim, que bebera muito enquanto discursava. Havia festa e nossa presença passou inteiramente despercebida. Sensível demais às artes, o negro ficou fascinado com a coleção de móveis, quadros e objetos que decoravam a casa. Chegou a discutir com alguns dos convidados a época de uma cômoda e a querer brigar com outro sobre a procedência de um jarro antigo. Eu o arrastava pela sala, em busca do quadro. Um grupo de homossexuais jovens descia as escadas em grande alarido. Agarrei um deles.

– Onde está o nu?
– Qual?
– O dele... – e apontei Benjamim.
– Lá em cima. Meu Deus!

Subimos. Fui abrindo as portas. Benjamim continuava a examinar objetos e a se encantar com a beleza e o valor de cada um. Mas lá estava o quadro. Num quarto imenso, onde havia apenas uma cama. Recebia um jato de luz.

Benjamim parou diante do quadro e contemplou-se.

– Que pena, era tão bonito! Agora, retocado, só se vê a mandioca, mais nada...

Enfiou a mão na tela e, em golpes rápidos, castrou-se. Guardou o pedaço de pano com a mandioca no bolso.

– Vamos, Alemão. O resto está bom, pode ficar. A bicha merece, tem muito bom gosto.

Quando chegamos embaixo, a agitação era geral. Benjamim foi cercado e lhe pediam autógrafos. Ele distribuiu tabefes. E voltamos para o "Requiescat in Pace". Entregou o "troféu" a Gabrielle e, esquecido já do incidente, recitou para ela em francês a descrição de Longus em *Daphnis e Chloé*, do Cupido e do amor pastoral. De cor.

No Jardim da Luz, próxima à estação da estrada de ferro, há uma ruazinha muito estreita, cujas casas velhas e sobradadas foram, há algum tempo, local de trabalho de prostitutas de terceira categoria. A prefeitura e a polícia fizeram vista grossa e as cafetinas foram se instalando com as meninas nas casas com maior número de quartos. Os moradores da rua protestaram. Mas era gente pobre e seus argumentos não sensibilizavam muito os funcionários da municipalidade e da Secretaria de Segurança. Tiveram de mudar-se. Os proprietários das casas vagas, radiantes, duplicaram e triplicaram os aluguéis e as cafetinas foram pagando e transferindo para lá as camas e as meninas.

O local era excelente para o negócio. Bem na esquina, em frente à estação, erguia-se um velho sobrado de dois andares, tendo ainda uma água-furtada acima deles, com pequena janela entre as telhas coloniais. Paredes pintadas a óleo verde-garrafa e janelas e portas marrom-escuras. Fora hotel desde a construção. E com um só nome: "Hotel do Viajante".

Quando a rua se prostituiu, o dono do hotel encantou-se com a perspectiva do lucro ampliado pela cessão horária dos quartos. Porém sua mulher enxergou por trás daquela alegria do fundo financeiro uma outra, que o coitado não sabia esconder. E obrigou-o a vendê-lo. A corrida foi imensa. Choveram candidatos à compra do ponto promissor. Ganhou-o uma francesa de mais de sessenta anos: Gabrielle.

Reformou o andar térreo, transformando alguns quartos num bar. "Bar do Viajante", claro. E prosperaram, hotel e bar, graças à excelência do ponto e ao talento da nova proprietária.

Gabrielle nasceu em Paris, no princípio do século. Depois de moça, dedicou-se à prostituição, de si mesma e dos outros. Lá pelos quarenta anos conheceu um turista brasileiro. E o amou. É melhor que eu explique direito o que foi esse amor: aquilo que faz as mulheres pensarem e desejarem casamento civil e religioso, ter filhos, lavar e passar roupa, cozinhar, ter ciúmes, fazer economia para a velhice, morrer antes do marido e ter ao lado da cova outra pronta para recebê-lo o mais cedo possível. E o nosso patrício enganou-a o tempo todo, prometendo-lhe tudo isso. Um dia sumiu. A violência do choque, passada a crise aguda que a fez permanecer dois meses num sanatório, deixou-lhe como consequência uma insônia implacável. Só com alguém a seu lado conseguia duas ou três horas, não mais, de uma sonolência repousante.

Quem sabe o clima do Brasil teria o calor do olhar e da carne do fujão? E por que não tentar reencontrá-lo em São Paulo, que ela sabia ser sua cidade natal?

Aqui chegando, fez do "Hotel do Viajante" a encruzilhada onde estava certa de um dia ver passar o seu fazendeiro ingrato. Trens e putas seriam as iscas que usaria para fisgá-lo. Tinha suas razões. E quem sai à pesca não tem pressa. Muitos anos se passaram. E, à espera de seu dourado, caíram-lhe no anzol muitos bagres. Um deles fui eu.

Respeito, mas não gosto das prostitutas profissionais. A técnica do amor, quando exercida de fora para dentro, provoca-me a certeza de estar sendo enganado, quer dizer, me traz a sensação masturbatória, desprovida sempre do melhor que o sexo nos dá – o que vem depois do orgasmo a dois, fruto apenas do amor exercido de dentro para fora. Em compensação, conviver com as prostitutas, ouvi-las do meio-dia ao entardecer – seus intervalos burgueses e de repouso não remunerado – é qualquer coisa muito estimulante e rica. Por isso, costumava passear à tarde pela "zona". Certificadas de minhas intenções pacíficas, convidavam-me para um jogo de cartas e bate-papo. São tão serenas, delicadas e criativas essas mulheres em seus lazeres vespertinos!

Pois foi numa tarde dessas que entrei pela primeira vez no "Bar do Viajante". Uma das prostitutas morrera e todas as outras estavam no necrotério, a lhe fazer a derradeira companhia. Quatro horas da tarde. O bar, vazio. Fui até a recepção do hotel. Por trás de uma *Gazeta Esportiva*, subia uma onda de fumaça de dentro do balcão. Bati na sineta. O jornal desceu lentamente e emergiu uma fisionomia cansada. Jamais encontraria para Júlio um adjetivo melhor. Cansado. Devia ter uns cinquenta anos. Mas aparentava setenta. Era, pois, mais estragado do que envelhecido. Dentadura postiça menor do que a arcada gengival, óculos de lentes com vários graus a menos do que o necessário e armação remendada com esparadrapo nas articulações. Magro. Roupa limpa, porém alheia, de um alheio gordo. Olhou-me sem dizer nada e ficou esperando que surgisse a mulher, vinda da rua, para estender o braço e apanhar a chave. Mas a mulher não vinha e, quando ia levantar-se, poupei-lhe o sacrifício, pois gemeu ao mover o corpo.

– Quem me atende no bar?
– Vamos fechar. A patroa precisa sair.
– Você não pode me servir?
– Não.

Ergueu a *Gazeta Esportiva* entre nós, dando o assunto por encerrado. Mas, nesse momento, ouvi passos na escada. Ele dobrou rapidamente o jornal de trás do balcão e foi em direção ao bar. Fiquei olhando para a velha escada de madeira.

E surgiu diante de mim uma personagem de Feydeau, em luto completo. Longo vestido de manga até o punho, fechado no pescoço com laço de veludo. Chapéu de abas muito largas, véu a meio rosto. Luvas de pelica e botinhas de salto alto. Sombrinha numa das mãos e um lenço de seda na outra. Tudo negro. Parou no último degrau e me olhou.

– Juliô!

O velho andava com enorme dificuldade, segurando os quadris. Saiu do bar, trancando a porta.

— Atenda o senhor, Juliô!
— Meu Deus, Gaby! O que é isso?
— Isso o quê?
— Essa roupa... esse chapéu!
— Traje para velório de puta, mon cher.

O velho aproximou-se de Gabrielle. E foi explicando que eu estava ali porque queria, pois já me avisara que o bar estava fechado. Ela dava voltinhas para exibir-se melhor. Exalava um perfume misto que facilmente pude identificar: Arpège e naftalina.

— As casas estão vazias... não encontrei ninguém. Por isso pensei em tomar um uísque aqui.

— Impossible!

Gabrielle ergueu o véu. Arletty, a própria Arletty dos últimos filmes, sorriu para mim.

— Mais vous êtes beau...

Em francês ou em português, essa frase sempre me causou grande timidez. Ela percebeu e começou a rir. Depois segurou meu braço.

— Viens. On va boire ensemble. Oferta da casa. J'en ai besoin aussi.

Cutucou Júlio com a sombrinha.

— Abra o bar, Juliô!

Encostou a cabeça em meu ombro. Enquanto Júlio abria a porta, a velha contou-me que detestava enterro de puta mas, ao mesmo tempo, sentia-se fascinada pela morte. O que a incomodava mais era a cena histérica habitual, na hora de fechar o caixão. Além disso, temia que Ramón – o gigolô da Norminha, a falecida – aparecesse por lá.

Fomos para o balcão. Serviu-me. Depois misturou num cálice uísque com uma porção de licor de anis para ela. Sorveu o conteúdo do cálice num gole. Esperei vê-la cair morta de náusea, em seguida. Licor de anis com uísque!

E ficou muito quieta, olhando-me beber. Havia sobre o balcão um abajur aceso. Ela estava na sombra. Será que pensava ainda que eu era bonito? Sorri para disfarçar. Mas isso só aumentou meu mal-estar. Bebi o mais depressa que pude. Quando lhe devolvi o copo, Gabrielle pousou a mão enluvada sobre a minha.

– O que faz por aqui? C'est incompréhensible... Procura mulher? Mais vous êtes beau...

Súbito fez uma cara triste e debochada.

– Non! Quel dommage...
– O que foi?
– Frequentador das tardes...
– Sim, às vezes.
– Pederasta ou impotente?
– Psicanalista.

Ficou excitadíssima. Sempre desejara conhecer de perto essa raça nova de homens. Mas é lógico! Somente um psicanalista, além dos pederastas e dos impotentes, poderia relacionar-se com as prostitutas em suas horas de repouso. E escandalizou-se com minha falta de sentimentos humanos, sobretudo o de solidariedade para com a classe em geral e para com Norminha em particular. Tudo porque eu não ia ao enterro.

– La pauvre fez o que prometeu! Je l'aime mais morta que viva, tu comprends? C'est difficile levar a chantagem affective jusqu'au bout. Mas Norminha teve le grand courage! Mandei au cimitière une couronne com a inscription: "Honni soit qui mal y pense". O que é que você acha?

– Acharia qualquer coisa, se soubesse do que morreu. Suicídio?

– Oui! Eu disse... le grand courage! Formicida avec cachaça.

E, como se contam histórias de fadas boas e dragões maus para criança, sem soltar minha mão deu-me os antecedentes. Tudo por causa de Ramón, um gigolô sem imaginação e muito vulgar. Mas como la pauvre o adorava, cismou de engravidar. Ele, quando soube, ameaçou largá-la. Não acreditando, la malheureuse engravidou mesmo dele. Eh! Bien, Ramón passou a explorar Cleópatra, aquela de olhos verdes e que se parece com a Elizabeth Taylor. Aí, foi a vez de Norminha fazer ameaças. Mostrou-lhe o formicida e deu um prazo.

– Terminou o prazo, ele não voltou e a idiota se matou...

– Idiote? Ah, j'ai oublié... você é psicanalista. Mas responda, docteur: já tentou suicídio? Suicídio por amor?

Como isso infelizmente não me acontecera, tive de ser sincero e dar-lhe razão. Porém, a mulher impressionou-se muito com o "infelizmente" da minha frase.

– No dia em que encontrar um amor, madame, como esse de Norminha, acho que sou do tipo que se suicidaria, na iminência de perdê-lo. Por isso sinto vergonha do julgamento que fiz há pouco. Fui eu o idiota...

Serviu-me o terceiro uísque, insistindo que eram todos por conta da casa.

– E se salvassem le docteur da morte voluntária, o que faria? O que faria do resto de sua vida?

– Ainda nem me apaixonei, madame...

– Meu nome é Gabrielle.

– Nem ainda tentei o suicídio... A senhora...

– Você...

– Você me colocou um problema muito distante. Não costumo pensar em termos de probabilidades, Gabrielle. Só o presente é real, não acha? E não permite probabilidades. Veja a Norminha...

– Mon Dieu! Vou perder o enterro!

Levou-me para a portaria do hotel.

– Venha comigo, por favor! Por favor!

Eu me negava, inventando compromissos. Mas ela atingiu-me com um golpe certeiro, na mosca da minha vulnerabilidade.

– Poderá ver como é, no real, e não nas probabilidades, quando a gente morre mesmo, voluntariamente, de mal d'amour!

Estava convencido. O problema era atravessar a cidade, até o necrotério, com uma mulher naqueles trajes. Ela voltou-se para dentro.

– Abra o bar às nove horas, Juliô! Quatro horas de luto chegam, n'est-ce pas, docteur?

– Meu nome é Rudolf.

– Pode me chamar de Gaby, como os "elefantes", Venez. Vite, vite!

Abriu a sombrinha, tomou-me o braço e invadimos o Jardim da Luz à procura de um táxi.

Cemitério do Araçá. Entardecia. Fomos seguidos pelos olhos curiosos e espantados das pessoas de outro velório. Na sala seguinte estava o corpo de Norminha. Duas mulheres fumavam, fora, sob uma gaiola com enormes pássaros. Vendo-nos, correram para dentro. Logo a porta se encheu de mulheres. Gabrielle parou. Tomou fôlego. Para ela, aquele era o momento de entrar em cena. Apertou minha mão e seguiu decidida e grandiosa como uma prima-dona. As prostitutas todas da Rua do Viajante, caras lavadas, olhos vermelhos, lenços coloridos nas cabeças, paradas, fascinadas, contemplando a aparição funérea e deslumbrante de Gabrielle com seu modelo 1910. A francesa parou diante delas. Depois estendeu os braços e foi um deus nos acuda e gritos, choros, lágrimas, gemidos. E Gabrielle as abrigou no colo maternal. Em seguida, largaram Gabrielle e foram me envolvendo. Olhavam-me, e eu tinha a impressão de que, em vez de olhos, no meio do rosto tinham mãos, como os cegos. E repetiram os mesmos gestos, choros, gritos e lágrimas, agarrando-me pelo pescoço, braço e até pernas. Resisti o que pude, sabendo que a coisa não seria muito demorada.

De fato, nos pegaram – a mim e a Gabrielle – e nos levaram a ver a "coitada", a "louca", a "infeliz".

Grande decepção. Norminha não era aquela com quem havia jogado "buraco" uma ou duas vezes, conforme dissera Gabrielle. A esta altura já estavam todas sentadinhas nas cadeiras junto às paredes. Procurei minha "defunta". Não custei a vê-la, a um canto, conversando em cochichos com a Cleópatra, que estava de óculos escuros como convinha no seu caso. Aquela a quem eu havia suicidado, soube depois, era a Gildinha.

Gabrielle fez seu imenso sinal da cruz diante do caixão, arrumou uma flor lá dentro, balançou a cabeça fazendo com a boca o tzi-tzi-tzi de lamentação reprovativa e começou a procurar por todos os lados a sua coroa com a inscrição em francês. Uma das mulheres percebeu o que a preocupava. Foi do outro lado do caixão e ergueu a coroa. Com um gesto, Gabrielle ordenou que a coroa fosse colocada num lugar mais visível, que ela indicava. Um pouco mais para cá, um pouco mais para lá, aí está bom. Então, sentou-se a meu lado.

E a morta se impôs. No silêncio. Que silêncio! Eu sentia um cheiro de flor murcha, cadáver em putrefação e pó de arroz. Ninguém podia deixar de estar pensando na morte, na própria. Gabrielle, com o véu levantado, derramava uma lágrima para si mesma, defunta. Súbito:

– Poing!

Algumas das mulheres gritaram de susto. Outras, de imaginação mórbida mais alucinada, foram espiar Norminha, para ver se não viera dela o ruído e ia ressuscitar. Outras fugiram para fora da sala. Mas logo voltaram porque já era noite, só encontraram túmulos e lá fora ouviram mais forte do que nós o segundo:

– Poing!

Fui eu que atinei.

– É a araponga!

– O quê?

– A ave, lá fora, na gaiola!

Correram todas para lá, mas daí por diante a araponga podia gritar à vontade, porque Ramón entrou subitamente em cena, indo direto para o caixão. Olhava Norminha com aquele misto de amor e medo com que as crianças olham as mães, depois das chineladas doídas aplicadas com raiva. E começou a soluçar. O ruído era o de torneira quando a água se acaba. Fez todo o esforço possível, mas cadê dor, cadê lágrimas?

– Cachorro! Faz isso com ela e agora vem chorar! Assassino!

Havia ali vinte mulheres. Ouvi dezenove "assassino" e um "assassin".

E todas se atiraram sobre Ramón de unhas e dentes. Eu não o via mais, dentro do bolo que, em seus movimentos, ameaçava derrubar o caixão. Era como se descarregassem em Ramón todo o ódio que sentiam pelos próprios gigolôs, dentro do amor e da necessidade de proteção. Ódio e vingança que não explodem nunca, a gente sabe. Mas Norminha estava morta, inerte e impotente para poder defendê-lo, porque ela o defenderia, não há dúvida. Depois de alguns segundos, Gabrielle apertou minha perna.

– La grande hystérie! É o clímax! Elas vão castrar o infeliz, à la fin.

Depois de hesitar uns instantes, temendo pelos meus próprios testículos, atirei-me sobre as possessas. Foi em nome de Norminha que fiz aquilo. E salvei Ramón, depois de uma luta que resultou em vários desmaios e um ferido – eu. Unharam-me o rosto, sangrava. Agarrei o infeliz e levei-o para fora. Livre das mulheres, Ramón pôs-se a correr entre os túmulos, no sentido oposto ao da saída.

No apartamento, fazendo uma cena de ciúmes patética, Fernanda aplicou-me no rosto pelo menos uns dez curativos. E cobrou, na cama, juros elevados por minha traição.

Há muita gente esnobe que depois dos trinta anos passa a achar o Tarzã ridículo, a Jane uma tonta e o Boy um débil mental. E o pai deles, o Edgar Rice Burroughs, um escritor de quinta categoria que Hollywood rebaixou à sexta, com seus filmes bobocas, agravados pelo canastrão do Johnny Weissmuller. Esnobismo irritante e ingrato. Não se deve cuspir no prato que se comeu. E se não comeu nesse prato em tempo certo, vai cuspir para lá. Não troco o que sentia aos dezessete anos lendo livros e, aos vinte, vendo os filmes de Tarzã, pelo que sinto aos quarenta lendo e assistindo a oitenta por cento das obras dos gênios da literatura e do cinema contemporâneo.

Foi Alencar que me chamou a atenção para isso, no bar de Gabrielle numa noite em que precisei fugir de Fernanda. Ela estava disposta a deixar o teatro de uma vez, para me espionar, por causa das malditas unhadas no rosto.

Gabrielle me apresentou ao grupo selecionado de seus "habitués". "Os prostitutos" – foi como os designou, e depois acrescentou: "os elefantes", como eles preferem.

Eram cinco homens, variando entre trinta e sessenta anos. Alencar, o mais velho, é estatístico e ex-seminarista; Mágico de Oz ou Doutor Sarmento, ex-famoso proctologista que, herdando enorme fortuna, largou a profissão, a mulher e os filhos para dedicar-se exclusivamente a outro aspecto, mais pessoal, de sua antiga especialidade: a pederastia; Juqueri ou Carlão, funcionário público da Biblioteca Municipal, que estuda psiquiatria para simular loucura e documentar a reação dos normais ante a mesma, na visão de um doido experimental; Casto Alves ou Antônio Alves, poeta sem versos, marginal romântico que nunca deitou com mulher, sem nenhum problema biológico ou psicológico impediente – é o mais moço do grupo. Trinta anos de virgindade – tudo isso por amor à humanidade e a uma mulher impossível. Em sinal de protesto pela injustiça social (no caso da humanidade), e ciúmes de Jesus Cristo (a amada tornou-se freira), mantém-se em greve de sexo. Finalmente, sem apelido como Alencar, Rodrigo, o acordeonista cego que vive às custas de Gabrielle, tocando para os fregueses as peças de sucesso no momento e, para ela, as canções francesas do seu tempo.

Alencar tem pressão arterial muito alta e, olhando para ele, logo se vê isso. Sanguíneo, olhos esbugalhados e respiração ofegante. Dentadura postiça, com um dente de ouro para disfarçar, cabeleira branca. É agiota, mas, porque baseia seus argumentos sempre em dados estatísticos verdadeiros ou inventados, e como a profissão real não é das mais bonitas, diz-se estatístico. E discorda geralmente das estatísticas e conclusões alheias. Antes de começarmos a falar sobre o Tarzã, mostrou-me um volume do Relatório Kinsey sobre a sexualidade norte-americana, inteiramente anotado e corrigido.

– Preconceituoso, mistificador, antifeminista, impreciso e desonesto!

Passei os olhos pelas páginas do livro e verifiquei uma coisa estupenda e inédita para mim. Com um lápis vermelho, Alencar riscava as linhas com que não concordava, anulando-as completamente. Como um censor ou como o próprio autor, nas provas finais, antes da impressão.

– Deve ser como o Casto Alves esse doutorzinho americano, Rudolf! Sou capaz de jurar que nunca trepou na vida e, se o fez, não gostou. Estatísticas mais sérias que as dele, americanas mesmo...

E Alencar citava os números, escrevendo-os no ar com os dedos.

Gabrielle, muito ciosa da ordem, higiene e boa aparência de sua propriedade, abrira uma só e única exceção, para Alencar. Deixava-o usar uma das paredes do bar para que traçasse, diariamente, a sua curva vital, com um batom que sempre trazia, especialmente para isso, no bolsinho do paletó. Gaby, com seu humor negro bem francês, achava que correspondia – nos altos – à máxima tensorial do velho, e, quando batesse no teto, ele morreria de derrame cerebral. Mas a curva era o seguinte: o amor (acho que era mais ao prazer que ele queria se referir) em coordenada e o ódio (frustrações, inibições) em abscissa; marcando todas as noites os altos e baixos de suas experiências nessas latitudes, traçava a linha resultante. Trepado numa cadeira na ponta dos pés, indicava-me o ponto vital de sua vida naquele dia.

– Aqui! Estou aqui, doutor! Que altura, hem? Amo cada vez mais, apesar de ficar mais velho... Conhece a Gildinha?

E contou-me tudo. Concordo com o prognóstico de Gabrielle. Alencar está com sessenta anos e dizia-me que vai operar a hérnia escrotal porque, na segunda relação sexual – a melhor, diz ele, melhor que a primeira e a terceira – sente uma pontada forte na virilha que lhe rouba boa parte do prazer.

Os outros frequentadores ainda não haviam chegado. Apenas Rodrigo, a um canto, tocava seu acordeão. De tempo em tempo, Gabrielle ia até ele e afagava-lhe o rosto de barba cerrada e de traços duros e contraídos. Conferia seu copo; se vazio, ia buscar outro. Ele bebia apenas cerveja.

Não me lembro por que razão alguém se referiu aos "elefantes". Eu já sabia que os ditos eram Alencar, Casto Alves, Juqueri, Mágico de Oz e Rodrigo. Apenas não sabia por quê. Indaguei de Alencar, depois de terminada a exposição sobre sua curva vital. Ele respondeu com outra pergunta:

– Conhece o Tarzã?
– Conheço.
– Gosta dele?
– Gostava...
– Não interessa. Pergunto hoje. Gosta ou não gosta?
– Espera... deixa eu pensar. Tá. Gosto.

– Ótimo. E do Edgar Rice Burroughs?
– Claro, não posso separá-lo do Tarzã.
– Certo, então vou lhe refrescar a memória com um episódio da obra desse homem genial.

Gabrielle veio sentar-se conosco. E segurou minha mão.

– Sabe que estou apaixonada por você?

Alencar examinou-me um segundo.

– Engraçado. Não havia ainda reparado nele na perspectiva feminina. Você é bonito, Rudolf...

– Vá à merda, Alencar! Desculpe, Gaby, mas esse negócio de me acharem bonito e me jogarem isso na cara está me criando um sério problema.

– Que problema, chéri?

– Dei para olhar no espelho toda hora. Resultado: descobri que tenho uns cabelos brancos, rugas, e cismo de vez em quando que estou ictérico.

– Não seja fresco, você sempre soube que não era feio e lhe agradam muito essas referências!

Alencar tinha razão. Mas a beleza física nunca me trouxe a menor facilidade naquilo que, para mim, ela servia: no amor. Mudei rápido de assunto:

– Mas, e o Tarzã?

Gabrielle ergueu-se.

– Ah, não aguento mais essa história!

E foi ficar junto de Rodrigo que, sentindo sua presença próxima, começou a tocar uma das músicas do repertório da Piaf. Gabrielle amava Piaf mais que a Deus e só menos que a seu fazendeiro desaparecido.

– Num de seus livros, Rice Burroughs diz que os elefantes, ao pressentirem a morte iminente, apressam-se em utilizar as energias restantes nos músculos gigantescos para procurar, solitária e resignadamente, o que seria o seu cemitério. Chegando ali, escolhem o local para a última pousada, deitam-se e morrem discretamente.

Alencar resfolegava. Apanhou o copo de bebida e deu-lhe uma rápida bicada. Notei que tinha lágrimas nos olhos.

– Não é maravilhoso?

Não sei o que era, mas eu também estava comovido.

– O Juqueri, num de seus dias de mais luminosidade maníaco-depressiva, apelidou este bar de "Requiescat in Pace". Temos feito tudo para Gaby registrá-lo assim, com despesas por nossa conta. Mas tudo inútil. O nome "Bar do Viajante" está ligado ao tal fazendeiro que ela amou. Ainda tenho esperanças de não morrer sem ver estas consoladoras e eternas palavras em gás neon, penduradas lá fora.

– Mas o que tem o nome do bar a ver com essa lenda dos elefantes?

Ficou roxo. Ergueu-se enfurecido.

– Repita isso e eu te mato! Lenda? Imbecil! Já pensou como nossa morte seria uma coisa muito mais digna, bem mais honesta, bem menos ridícula e incômoda para os outros, se soubéssemos morrer como os elefantes?

– Não duvido, mas...

– Pois eu nos comparo, nós, os que sabemos morrer com dignidade, nós, os que já partimos de nosso habitat natural e nos dirigimos para este bar, o "Requiescat in Pace", aos elefantes de Rice Burroughs!

– Quer dizer que aqui, todas as noites, vocês esperam a morte?

– Perfeito! Paquidermicamente! Se quiser, baixe a tromba, Rudolf, e incorpore-se à nossa manada fúnebre.

E foi para o mictório. Olhei rapidamente para Gabrielle e Rodrigo, perdidos em sua cegueira natural e artificial, que a música identificava, em visões de pureza e sentimentos irreais.

Sim, era mais digno. Uma dor seca e aguda apertava meu coração. Não me afligia o diagnóstico. O cardiologista, quando a senti pela primeira vez, depois do eletrocardiograma garantiu que não era enfarte.

– A alma, então, dói! – disse ao médico.

Eu, que não acredito em alma. Mas, na hora, não encontrava outro nome para designar o que não era fisiologia, não era psicologia, mas um materialista sabe existir dentro de si, no meio da angústia existencial, como um caroço, uma semente. Por que não alma? Mas é coisa mortal, diabo. Acaba com a morte, junto com o amor, não há a menor dúvida.

Alencar sentou-se e ficou olhando para mim. A dor me fazia chorar.

– Se você é dos que choram, peço-lhe que vá se sentar noutra mesa. Tenho mais nojo de lágrimas que de merda!

– Mas você, há pouco, estava chorando, enquanto falava dos elefantes, Alencar!

– E você pensa que fui mijar? Elefante morre e chora escondido.

Nesse momento, Mágico de Oz entrava, acompanhado de um rapaz magro, de traços delicados, e vestindo calças colantes. Reconheci Mágico de Oz imediatamente. Ele já sabia da minha existência por Gabrielle. Apresentou-me o companheiro nestes termos:

– Manuel, meu amante. O passivo sou eu.

O rapaz ficou envergonhado e não me encarou. Com grande espalhafato, Juqueri fez a sua entrada no bar, encarnando o paranoico que ostentava nas ruas naquele dia.

– Todos contra mim! Fechem as portas e as janelas! Tapem as frestas, rápido! Depuseram meu governo, invadiram minha realeza, guilhotinaram meus nobres súditos, castraram meus ministros! Mas não temam! Eles não sabem ainda de meus poderes sobrenaturais, os infelizes! Gaby, minha santa, beije o Messias e sirva-lhe o conhaque duplo, nacional que estou duro com toda essa revolução contra mim. Mas logo, loguíssimo, porque vou desencarnar, vou sentar à mão direita de Deus, e estou certo de que lá não há conhaque, não há Gaby, não há nada! Boas noites.

Atirou-se sobre Gabrielle e beijou-lhe as duas faces. Depois a boca, o que me incomodou um pouco. Ele já sabia que eu era um psicanalista. Vendo-me, desfez a máscara paranoica e me apertou a mão como a de um camarada de esporte.

– Oba, meu velho, como vai? Tudo teatro. Desculpe as imperfeições. Sou amador, tanto em psiquiatria quanto em arte dramática. Mas é divertido, garanto-lhe, muito mais do que ser psiquiatra.

Olhou para Mágico de Oz e, mais demoradamente, para seu novo companheiro.

– O nosso veadão está de amor novo... Os paranoicos no fundo, doutor, têm um componente homossexual bem forte, não?

– É...

Mas era um grande ator. Depois de uma rápida piscada de olho para mim, transformou-se na mais completa e total bicha louca que se possa imaginar. E atirou-se sobre o amante de Mágico de Oz.

Eu ria, como se aquilo fosse a representação cênica de uma piada pornográfica. E a dor foi embora. Juqueri era bem mais jovem que Mágico de Oz, bem menos feio também. O rapaz, morrendo de medo, não resistia aos encantos da paranoia de Juqueri. Mágico de Oz sabia não correr o menor perigo e fingia não reparar no que estava acontecendo. Ouvia, interessado, o relatório de Gabrielle sobre o sensacional enterro de Norminha.

Senti a mão pesada em meu ombro. Voltei-me e vi Rodrigo com seu acordeão.

– Venha comigo.

Segui-o até o balcão. É muito desagradável ficar frente a frente com um cego, em silêncio. A gente sempre desconfia que eles enxergam um pouco e podem surpreender nossa comiseração. Mas resolvi enfrentá-lo. Examinei seu rosto detidamente. Sabe aquela cara de homens que a gente imagina que fizeram a revolução francesa? Só faltava o casquete e um dístico no peito: *liberté, égalité, fraternité*. Senti vontade de rir. O miserável percebeu. Não disse?

– De que está rindo?

– Do ridículo em que se transformam todos os meus sentimentos decentes. Acho que é defesa, Rodrigo. Não posso me aceitar a sério.

O cego tirou umas notas do acordeão. Mas logo parou.

– Você se ofenderia se pedisse para tocar em seu rosto com minhas mãos?

– Não. Mas, por favor, não diga que sou bonito!

Gabrielle ficou olhando para as mãos de Rodrigo que caminhavam para mim. Depois, fechando os olhos, seguiu com os seus, os dedos do cego em meu rosto. Eu sentia o contato daqueles dedos, primeiro divertido, como uma brincadeira de cabra-cega. Mas logo percebi o patético de nossa tripla situação. Agarrei as duas mãos, a dele e a dela.

– Parem com isso!

E voltei-me para a mesa onde Juqueri, tendo ido longe demais, tinha dificuldade em convencer o rapaz de que não era passivo, ativo ou indiferente, mas um louco experimental apenas. Alencar apontava-me, conversando com o exproctologista e atual proctofilista. Fui para junto deles.

– Dizia-lhe que acabei de entronizá-lo na ordem dos paquidermes!

– Pois é...

A porta do bar se abriu. Duas prostitutas da rua entraram abraçadas com Casto Alves. Todo mundo se calou. Eu pude contemplá-lo tranquilamente: Castro Alves, naquele famoso retrato dos seus vinte anos, estava ali diante de nós abraçado a duas mulheres. Empurraram-no em direção a

Gabrielle, que saía de trás do balcão. Uma das duas retirou-se logo. A outra dirigiu-se a nós todos:

— A patroa mandou a gente trazer ele pra cá. Só não chamou a polícia por causa de Gaby. Ele é amigo seu, não, Gaby? Não quer nada com a gente, só espiar. E paga pra espiar o que a gente faz com os fregueses. A madame achou que era indecente!

E saiu correndo. Mágico de Oz começou e todos os seguiram numa salva de palmas para Casto Alves. Ele usava terno comum, mas eu tinha a impressão, olhando primeiro para sua cabeça, que se trajava como o seu quase homônimo, nas fotografias. Curvou-se dignamente, agradecendo os aplausos. Depois, beijou romanticamente a ponta dos dedos de Gabrielle. Ela o trouxe até mim. Os outros já tinham voltado aos assuntos interrompidos pela sua entrada.

Apertou minha mão em silêncio e sentou-se a meu lado. Ajeitou a cabeleira e, com naturalidade, apanhou meu copo e bebeu tudo.

Rodrigo deu um toque no ombro de Manuel. O rapaz ergueu-se e o acompanhou até o balcão. Vi Rodrigo começar o toque tátil de conhecimento, que eu interrompera, no rosto do rapaz. Este, muito espantado, encolhia-se à medida que os dedos de Rodrigo caminhavam pelo seu rosto, como se sentisse cócegas, desejo ou nojo. Súbito, distendeu-se numa entrega cujo significado logo compreendi. Quando os dedos de Rodrigo tocaram os lábios, ele, instintivamente, os beijou. A mão de Rodrigo retirou-se num gesto brusco. Em seguida fechou-se e arremeteu num murro. Mas Manuel conseguiu esquivar-se e saltar de lado. O cego caiu sobre o balcão e esmurrava a madeira, berrando:

— Porco! Porco! Porco!

Todos, agora, davam-se conta do que acontecera. Mágico de Oz agarrou Manuel pela camisa e, aos trancos, levou-o até a porta e, sem dizer uma só palavra, atirou-o para o meio da rua. Voltou até onde estava Rodrigo. Ergueu o amigo do balcão.

– Desculpe.

Gabrielle entregou o acordeão para o cego, mas ele ficou imóvel com o instrumento nos braços.

– Que merda, hem, doutor?

Olhei para o lado. Casto Alves apanhava um cigarro de meu maço e o acendia.

– Se você é psicanalista, o que faz aqui? Não bastam as suas vítimas voluntárias? Elas não o divertem o bastante? Não dizem tudo, não sofrem tudo no divã? Aqui perde seu tempo, ninguém quer sarar...

Acendi um cigarro no dele.

– Não acredito no que me disseram de você. Sua greve de sexo...

– O assunto não sou eu. É o doutor. O que faz aqui em lugar de estar estudando ou dormindo?

– Um homem como você não pode ficar livre do sexo, vivendo ao lado de mulheres e de faunos, como os que frequentam este bar. Você é um impostor, um mentiroso, um...

– E você? Eu não uso o sexo e você usa. E daí? Eu protesto contra este mundo de injustiças e de abusos. E você? Entrega-se a ele como um verme, mas sem nenhuma gratificação, sem nenhuma finalidade, confesse! Eu sei por que não trepo. E você, sabe por que mete, doutor?

– E se a freirinha entrasse aqui agora e o levasse para um dos quartos do hotel? Haveria muita diferença entre o que você queria ver no bordel e o que aconteceria aí no quarto?

Ele ficou me olhando. Jogou várias fumaçadas no meu rosto.

– É um alívio descobrir que os psicanalistas têm os mesmos problemas que nós! Por que não olha para o próprio rabo, hem, doutor?

Baixei os olhos. Mas ele me abraçou e encostou a cabeça na minha.

– Se a freirinha aparecesse aqui agora, Rudolf, confesso, seria fogo! Ficaria uma noite, um dia, um mês, um ano ou uma eternidade a seu lado, simplesmente. Ou, se ela quisesse, faríamos o amor sobre esta mesa, na frente de vocês, ouvindo os gritos, assobios e comentários sacanas. Mas com a mesma pureza, o mesmo amor com que ficaria a seu lado sem nos tocarmos, pela eternidade afora. Você compreende isso?

– Não. Mas você não trepa mesmo?

– Que importância tem isso?

– Eu trepo.

– Imagino, mas é tão insatisfeito e infeliz como eu!

– Pelo menos satisfaço meu desejo...

– Como um cavalo, um bode...

– Um homem!

– Pois era o que eu queria ver hoje, mas as putas não deixaram. Estou seguro de que não há diferença.

– Antes ser um bode que um anjo.

A palavra anjo foi ouvida por todos. Recebi olhares diversos, mas a maioria de espanto e de escândalo.

– Anjo? Que anjo? O que é anjo?

Gabrielle aproximou-se da mesa, bateu palmas. Estava na hora de fechar. Obedientes, foram todos saindo. Ao me levantar, senti violenta náusea. Corri para o mictório. Vomitei no mesmo vaso sobre o qual Alencar havia chorado.

Quando voltei, Gabrielle estava só, arrumando as mesas.

– Foram embora?

– Foram. É melhor você ir também.

– Não costuma vir mais ninguém aqui?

– Vinha. Eles espantaram os outros clientes. Os "elefantes" me bastam.

Júlio apareceu na porta.
– Vamos, Gaby?
– Num minuto, chéri.

Na rua esperei que a luz da água-furtada se acendesse – era o quarto de Gabrielle. Então, dormia com Júlio, o reumático?

Mais tarde ele me explicou: Gaby não conseguia dormir só, de medo, e ele precisava de calor para acalmar as dores nos ossos. Juntos, na cama, dormiam melhor que sós. Só isso. Contiguidade só, somente.

Ainda faltava atender uns três clientes àquela tarde. Já estava exausto e praticamente imprestável para o trabalho. Depois que me tornara um "elefante", era-me muito penoso envergar a carapaça quitinosa das formigas.

Os homens são de operação ou de manutenção. Operação e manutenção do formigueiro e das formigas. Se um operário, um comerciante ou um banqueiro são criaturas de operação, as que fazem os túneis para a circulação dos alimentos, dos objetos, dos veículos, dos papéis, do dinheiro e da merda, os médicos, por exemplo, são os encarregados da manutenção, do bom estado de saúde e da eficiência social das formigas obreiras. Se antes de me tornar um "elefante" já andava cheio de ser de manutenção, agora, então!

Meu consultório era frequentado por formigas com defeito de fabricação. Embora recusada pela sociedade científica a que pertencia, escrevera uma tese baseada numa descoberta que me pareceu óbvia, mas, aos meus colegas, simplesmente absurda. Baseava-se apenas nisto: a maioria das neuroses não era de origem neurológica, nem psicológica, mas apenas afetiva. Porém, ao referir-me ao afeto, queria dizer que as formigas não podem amar. Não gostam de amar. Não conhecem o amor. E, se amassem, converter-se-iam em elefantes. E babau formigueiro. O mundo não poderia mais vir a ser o imenso cupinzeiro girando em torno do sol.

Repensava estas coisas quando a enfermeira me anunciou a presença de um louco preto que insistia em falar comigo naquele instante. A mulher, experiente, estava apavorada e tremia.

– Tentei provar-lhe que o senhor só podia atendê-lo depois das outras consultas, mas ele começou a tirar as calças!

– Benjamim! Já está nu?

– Não, senhor! Prometi que conseguiria uma rápida entrevista com o senhor...

– Pois não sabe o que perdeu.

– O que é isso, doutor?

– Transmito apenas opiniões abalizadas de algumas mulheres menos pudicas que a senhora. Mande-o entrar e transfira todas as outras consultas. Ele não sairá tão cedo daqui.

Benjamim estava irreconhecível. Transformara-se num maltrapilho imundo, magro e barbudo. Debaixo do braço, um pacote feito com folhas de jornal. Abracei-o, apesar de tudo. E ele chorou bem mais de um minuto em meu ombro. Depois, com o pacote agarrado ao peito, deitou-se no divã.

– É só começar a falar?

– Levante-se daí, idiota.

– Daqui não saio! A psicanálise é a minha última esperança.

– Pois já não é a minha. Levante-se!

E ele ergueu-se muito triste.

– Quer tomar um banho?

– Deus me livre!

– Vamos descer e beber alguma coisa num bar, Benjamim.

– De jeito nenhum. Preciso estar absolutamente sóbrio. Não bebo há um mês.

– Então, conte logo o que aconteceu.

Colocou o pacote sobre a mesa. Esticou a enorme cabeça e, como se fosse me dar um beijo na boca, berrou com a sua, a dois centímetros da minha:

– Estou impotente, Alemão!

O jeito foi empurrar-lhe a cara, com suficiente força para que caísse sentado na poltrona.

– Era o que ia mostrar para a cretina da sua auxiliar.

– Sei, mas como foi que isso aconteceu, com todo aquele primitivismo atávico?

Apontou para o pacote.

– Está ali!

– O quê? Seu pênis?

– Não... minha potência... inútil e perdida. Irremediavelmente perdida, Alemão!

Comecei a abrir o pacote, com medo real de encontrar lá dentro, de fato, a potência de Benjamim. Mas eram apenas umas páginas datilografadas. *Daphnis e Chloé.* "Versão livre de Benjamim Clemente."

– Os cachorros dos editores, todos, se negaram a publicar o meu trabalho e já encomendaram a outro tradutor uma nova versão.

– E daí? Impotência, sujeira, lágrimas, barba crescida e abstinência alcoólica, tudo por causa disso? Francamente!

– Vou morrer, Alemão, se meu trabalho não for publicado! E aos poucos. O sexo já empacotou. Eles não podem fazer isso comigo!

– Mas qual é a razão da recusa?

– Não durmo há um mês. Leia o meu trabalho. Aqui, junto de você, acho que posso descansar um pouco. Quando terminar a leitura, me acorde.

E dormiu em seguida. Não havia outro jeito: comecei a leitura. A gente não tem critérios – a não ser os bobocas da admiração e do espanto – diante da obra de um gênio ou santo. Aquilo era belo? Era verdadeiro? Não sei dizer. Mas era muito perigoso, não há dúvida. Não compreendi quase nada do que estava escrito naquelas trezentas páginas. Sentia apenas ser tudo absolutamente intolerável, inaceitável, porque verdadeiro e belo demais. Para as formigas.

O meu desejo era não acordar nunca mais Benjamim. Eu olhava e ouvia seu ronco grave, sem nenhuma decisão. O que é que eu ia dizer-lhe? Mas o tempo passava. Fui sacudi-lo sem uma única ideia na cabeça. Arregalou os olhos e tentou descobrir quem eu era, isto é, quem era ele mesmo. Antes que pudesse ter consciência das duas coisas, fui dizendo, sem querer:

– Escolha, Benjamim, sua potência ou este livro absurdo!

– O livro!

Apanhei as folhas e joguei sobre ele.

– Destrua tudo.

– E a potência volta?

– Volta.

– Você me ajuda?

– Não!

E fiquei olhando o negro rasgar folha por folha. Sobre o seu colo formava-se uma montanha de confetes brancos e irregulares. Benjamim suava e chorava fazendo o que lhe mandara. Depois, estendeu-se exausto.

Abri a janela. Fui até ele e apanhei a metade dos papéis picados. Debruçados à janela, estávamos a vinte andares do chão. A noite já era absoluta. Uma multidão de formigas, a pé ou motorizadas, caminhavam ordeiras, lá embaixo, para lá e para cá. Apanhei um punhado de papel e abri a mão no espaço. Benjamim fez o mesmo. E ficamos olhando os papéis em suave e lenta descida. Quando não os víamos mais, voltei-me para dentro.

– Agora você já está livre novamente. Vá procurar Madalena...

– Não... Beatriz.

– Não está no Brasil e não é o que você precisa.
– Chegou ontem. Foi com ela que fracassei.

Acompanhei-o até o edifício de Beatriz e Fernanda. Mas, antes, fiz com que tomasse um banho em minha casa, se barbeou e lhe emprestei roupa limpa. Era de novo o Benjamim. Coloquei-lhe até um cravo branco na lapela.

– Pra que isso, Alemão?
– Não sei. Estou orgulhoso de você.

Porém, ele não encontrou Beatriz. Soube pela vizinha que ela fora internada aquela manhã num hospital para loucos. Contou-me isso dias depois, abraçado à mais feliz das mulheres do mundo, Madalena, no "Requiescat in Pace", onde apareceu, acho eu, só para me informar de que o havia curado.

Fernanda, Benjamim e eu fomos visitar Beatriz no hospital. Ia dominado por intensa curiosidade, meio científica, meio vingativa. Porém Fernanda e Benjamim, embora com muito medo, eram levados por pura afeição. Carregavam chocolates, frutas, revistas e cigarros, como faz toda gente que visita doentes ou presidiários. Eu levava comigo uma intuição diagnóstica que presentearia a Beatriz, indiretamente, oferecendo-a de graça a seus médicos.

Habituado a essas coisas, a situação não tinha para mim nada de patética. Pelo contrário, enchia-me até de alegria profissional, pois, vendo Beatriz, confirmei minha intuição. Fernanda chorava o tempo todo e Benjamim, em pânico, olhava-me seguidamente, como que pedindo socorro.

Cena da loucura de Ofélia. Diante de nós, travestida em moça de quase trinta anos, uma menina de seis que brincava, chorava e fazia reinações típicas. E cantava e colhia flores imaginárias. Apenas eu podia oferecer-lhe diálogo. Benjamim e Fernanda acabaram por aprender o jeito de tratá-la e pude, então, ir conversar com os médicos, seguro de que os dois não lhe fariam mal maior.

Na França, Beatriz reconquistara, em poucos dias, grande parte de sua visão infantil. Pintara muito e, ajudada pelo antigo professor e amante, fez uma exposição de fabuloso sucesso. Entrou para o rol dos gênios, segundo a crítica, mas negou-se a vender um só de seus quadros. Sentia-se doente, muito nervosa, e, subitamente, cancelou todos os contratos de exposições pela Europa, voltando para o Brasil. E trancou-se. Conseguiu convencer Fernanda a não dizer a ninguém de sua volta. Precisava descansar muito, pois sentia-se cada vez pior. Negou-se a visitar médicos. Fernanda começou a preocupar-se seriamente com o estado de saúde da amiga. Queria que eu a visse, mas Beatriz insistia que a única pessoa no mundo que poderia ajudá-la era Benjamim.

Fernanda o descobriu. Benjamim negava-se a ir. Ainda não tentara o último editor de suas relações e não podia perder tempo. Prometeu procurá-la à noite, depois da derradeira entrevista.

Fernanda já tinha ido para o teatro quando Benjamim apareceu no apartamento. Beatriz pintava. Recebeu-o com aquela alegria esperançosa, mas fria, típica dos doentes quando veem entrar os médicos. Mostrou-lhe a coleção dos quadros novos. Quis saber da versão de Benjamim de *Daphnis e Chloé*. Ele trazia o original recusado e, a pedido de Beatriz, leu-o todo. Ela, terminada a leitura, estava completamente transtornada. Falaram muitas horas seguidas, de forma delirante e apaixonada. O negro, feliz e desgraçado, encontrara em Beatriz alguém em perfeitas condições para alcançar o sentido profundo e terrível de sua criação, mas isso somente o levava a sofrer mais. Transportados para o clima telúrico e pastoral da lenda, atiraram-se um aos braços do outro, numa tentativa de purificação definitiva como imaginavam ter sido o primeiro ato de amor completo entre Daphnis e Chloé.

Benjamim fracassou. Desesperado, ele fugiu para a rua, sem jamais imaginar o que se passaria a seguir no apartamento. Chloé foi a ponte entre Beatriz adulta e a menina de seis anos que ela procurava no amor e tentava reproduzir na arte. Do outro lado da ponte, o segredo completo e total de sua visão infantil. Entretanto, a não realização do amor com Benjamim frustrou Chloé e Beatrizinha, simultaneamente. "Decifra-me ou te devoro." A visão estava ali diante dela, repetindo a frase. Sem amor, vazia e impotente, ela tentou decifrar tudo de uma vez. E não conseguiu. Conclusão: a visão a devorou. Encontraram-na já com seis anos, brincando de casinha com seus quadros.

Achei ter sido útil aos médicos de Beatriz, mas, para ela mesma, tinha as minhas dúvidas. Um bom diagnóstico nem sempre significa possibilidades terapêuticas seguras.

Voltando ao quarto do hospital, encontrei-a pulando "amarelinha" com Fernanda, sob as vistas compungidas do negro. Quando saímos, ela chorou um pouco, mas, no corredor, ouvimos sua voz. Ela cantava:

> *Teresinha de Jesus*
> *De uma queda foi ao chão.*
> *Acudiram três cavaleiros,*
> *Todos três, chapéu na mão.*

Fernanda mudou-se para o meu apartamento. Logo percebi ser insuportável essa intimidade. O que sempre nos faltou foi uma linguagem comum, no sentimento, na inteligência e no sexo. Assim, juntos, a coisa ficou impossível. Não pretendia apenas que saísse de minha casa, mas sobretudo de minha vida. Mas como comunicar-lhe isso? Resolvi, então, inventar um esperanto de urgência para mandá-la às favas.

Eu não a amava nem no sentido amplo, nem no restrito. Eu sou bonito e ela gosta muito disso. Uma joia, um carro ou um vestido invejado que se possui. Eu disse "invejado" e logo fiquei com vergonha. Melhor contar logo: as mulheres me olham, procuram, cantam, levam para a cama, possuem e fazem-me possuí-las às vezes. E isso com uma frequência e intensidade evidentemente muito cômodas, mas, convenhamos, bastante humilhantes também. Vamos precisar os tipos de mulheres que se sentem atraídas por mim: as muito jovens e as muito experientes, isto é, as de imaginação acesa e as de imaginação cansada. E a beleza física no homem é sempre uma esperança para ambas as coisas nessas mulheres. E sou um macho eficiente para elas. Porém, satisfeita a imaginação, alimentada a esperança, a mulher quer mais. E esse mais significa comer o homem pela vagina, olhos, olfato, trompas, ouvidos, ovários, pele e intestinos. E o apetitoso e belo alimento, enfeitado por sua imaginação e colorido por sua esperança, uma vez digerido é eliminado, merda pura, numa fossa. Pois Fernanda, como toda mulher comilona, precisava de mim pelas razões acima expostas. E já ia longe demais. Acompanhei-a a um ensaio para, em seu próprio campo, descobrir o momento exato do bote final.

Entramos no teatro em silêncio. Fomos envolvidos por seus colegas. E começou a minha exibição. Beijinhos, olhares, insinuações, suaves pornografias. Logo as mulheres e os homossexuais não tiravam mais os olhos gulosos de cima de mim. Esforcei-me um pouco e ataquei: dei bola descarada para todos. Fernanda assustou-se um pouco, mas sentia-se segura demais para perder a cabeça. Chegou o diretor e fui completamente esquecido. À margem, pude observá-los melhor.

O diretor dava-me a impressão de um homem importante que se aproxima da gente a cavalo quando estamos todos vergonhosamente a pé. A cavalo, com os pés cheios de esporas nos estribos, bunda na sela e chicote na mão. Assim eu o via levando os atores para o fundo do palco.

Desliguei-me dele e fiquei sentado na última fila da plateia. Cada homem tem seu jeito próprio e peculiar de relacionar-se com os outros. E eu? E eu, profissional liberal? Meu relacionamento era o do chofer de táxi. O dono do carro, o realizador dos itinerários alheios, prestando serviços eventuais, sendo gentil e generoso de acordo e na medida limitada pelo tacômetro e pelo taxímetro.

Fernanda estava representando uma cena, mas com um medo terrível do diretor e querendo, ao mesmo tempo, impressionar-me. Era preciso classificá-la também. Aquele momento era ideal. Fernanda era como certas pessoas que se sentam ao nosso lado nos aviões: cinto apertado, não fumando, tentando disfarçar o pavor de estar ali e olhos fixos no saco de papel onde está escrito "em caso de enjoo". Pois era nessa atitude que ia para a cama comigo. Isso me irritava tanto que, muitas vezes, ao vê-la nua nessa atitude, enquanto tirava a roupa desejava que nosso avião caísse.

Acho que o diretor pensava a mesma coisa em relação ao desempenho dela. Porque, de repente, começou a gritar feito um doido. Ela chorava e, quando ele avançou para o palco brandindo os punhos, corri em socorro da tonta. O homem dizia-lhe desaforos e a imitava caricatamente. Coloquei-me diante dele.

– Fora! Fora daqui! Estamos trabalhando!

A bofetada saiu mais forte do que eu queria. E lá se foi o homem estatelar-se no chão. Um segundo de silêncio e sustos suspensos. Aproveitei-o, tentando arrastá-la para a plateia. Minha orelha pegou fogo, com o revide de Fernanda.

– Fora! Fora daqui!

Claro que caí fora. Mas ainda olhei para trás antes de sair. Fernanda ajudava o diretor a erguer-se, certamente pedindo desculpas, reconhecendo o canastronismo e prometendo-lhe tudo, tudo.

E foi assim que o nosso avião caiu.

No "Requiescat in Pace", Gabrielle brigava com Júlio na portaria do hotel. E Rodrigo, assustado, no bar, fingia ser também surdo, tocando o acordeão. Gabrielle estava furiosa e isso fazia com que ficasse ainda mais parecida com Arletty. Segurava minha mão e tentava acalmar-se por osmose. Rodrigo então aproximou-se:

– Gaby... a culpa é minha... estava precisando de dinheiro...

– Não chega o que lhe dou? Très bien, peça mais. Quanto você quer? Combien?

– Não posso viver às suas custas, Gaby...

– Então procure trabalho, jogo não! Non et non! Sabe quanto Juliô me custou no tempo em que jogava, chéri?

– Sei... Mas ele jogou só pra mim. Entregou-me todo o dinheiro que pagaram.

– Não quero! Não quero!

– Está bem. Vou embora, Gaby. Não volto mais. Obrigado por tudo. Desculpe...

E começou a caminhar, inseguro. Desorientado, parou.

– Rudolf, por favor, ajude-me a sair.

Gabrielle afastou-me do cego.

– Se quiser ir, que vá. Mais tout seul!

Júlio olhava penalizado.

– Júlio! Júlio, me ajude...

Gabrielle, com o olhar, imobilizou o velho. Depois de um instante, compreendendo que não teria ajuda alguma, Rodrigo ergueu os braços e começou a andar ligeiro, com a decisão dos suicidas no último momento. Tropeçava em cadeiras, derrubando-as. Depois foi contra a parede. Voltou-se e começou a correr, mas uma das cadeiras, no chão, fê-lo tropeçar e cair. Tentei erguê-lo. A força das mãos de Gabrielle, robustecida pela crueldade natural de seu coração prostituído, era maior do que minha débil vontade de socorrer o cego. Pois movia-me apenas a piedade, talvez o mais fraco de meus humanos sentimentos.

Rodrigo ergueu-se e, como barata tonta fugindo de pés certeiros, executou estranho e aflitivo balé. Achou finalmente a porta. Estava ofegante, exausto. Saiu para a rua.

– Il revient! Rodrigô só vê o que eu lhe digo que existe. E só eu, moi, Gaby, sabe como é o mundo que ele gosta.

Foi até onde estava Júlio.

– Chéri, sou sempre eu a mais forte. Vocês não vão mais lutar contra mim, nem desobedecer, non? Allez, allez à la réception...

Júlio colocou as mãos nos quadris e caminhou lentamente para o vestíbulo do hotel. Parecia-me que, em lugar de ajudar o quadril reumático a suportar os movimentos dolorosos das pernas, ele acariciava a bunda que recebera as palmadas maternais de Gabrielle.

Entardecia e era pouca a luz no interior do bar. Gabrielle foi para junto do balcão e acendeu o abajur. Sentou-se num banco e tirou do grande bolso da saia um livrinho. Abriu-o. Depois, deixando-o pousar sobre as pernas, começou a recitar:

> *Mes beaux yeux séparés du monde*
> *Où sont les morts suis-je vivante*
> *Je voudrais répéter le monde*
> *Et non plus être ombre d'une ombre*
> *Mes beaux yeux rendez-moi visible*
> *Je ne veux pas finir en moi.**

Olhou novamente o livro. Seu sorriso era triste e o olhar perdia-se em distâncias misteriosas.

---

* Meus belos olhos separados do mundo
Onde estão os mortos eu estou vivo
Eu queria refazer o mundo
E não ser mais sombra de uma sombra
Meus belos olhos façam-me visível
Eu não quero terminar em mim.

— Leda... Conhece a lenda?

Conheço. Paul Éluard, também. O que tem isso a ver com o que você acaba de fazer, Gaby?

— Sempre contamos as histórias das formas mais lindas... Um cisne, que era Júpiter! E Leda queria apenas um homem... Tu ne peux pas comprendre.

— Acho que não. Acabo de visitar Beatriz num hospício, levar uma bofetada de Fernanda e assistir você humilhar e ferir dois cadáveres ainda quentes.

— Je t'aime, Rudolf... Sabe por quê? Há calor e beleza em sua presença, assim como devia ser o cisne de Leda. Je ne veux pas finir en moi, Rudolf!

— Você é cruel, Gaby. Onde estão os mortos, você continua viva... Somos iguais. Acabo de fazer com Fernanda o que você fez com Rodrigo. Nossos olhos estão fora do mundo, sim, mas você é uma Leda muito safada e eu um Júpiter decadente e filho da puta.

Gabrielle soltou uma gargalhada e veio sentar-se a meu lado.

— Quer dizer que, em sua vida agora, em matéria de mulher, só existo eu? Seulement moi, ta Leda?

— Só...

— Alors, rendez-moi visible, mon amour!

Sim, seria uma suprema experiência! Subiríamos para o quarto do sótão povoado de bricabraques do Mercado das Pulgas de Paris. Afastaria a boneca espanhola da cama de Gabrielle e, se fechássemos bem os olhos, ela seria Leda e eu o Cisne. Fechei mesmo os olhos para imaginar a cena. Ouvi movimentos de cadeiras e passos. Não imaginava nada, a não ser a boneca espanhola que dançava e tocava castanhola sobre o travesseiro de Gabrielle. Abri os olhos. Em lugar de Gabrielle, diante de mim, Fernanda, em prantos.

Nem foi ideia, mas um raio. Agarrei Gabrielle junto à portaria do hotel. Pensava em "Je ne veux pas finir en moi" e berrava!

– A chave! A de seu quarto! Depressa!

E subimos a escada correndo, Fernanda e eu. Abri a porta e empurrei Fernanda para dentro. Ela falava mas eu não ouvia. Joguei-a sobre a cama e ficaram as duas, ela e a boneca, a olharem-me com o mesmo entendimento. Despi-me e tirei-lhe a roupa. E com as mãos e a boca, provocava em Fernanda um prazer sobre o outro, sem deixá-la ter tempo para repouso e relaxamento. Mas não a possuía. Fernanda, exausta, mas completamente histérica, começou a gritar, pedindo mais, mais, mais! E eu lhe dava mais, mais, mais, até que toda sua vida fosse consumida em orgasmos cada vez mais violentos e demorados. Pela rapidez com que eles vinham, parecia que sentia apenas um, sem trégua, como se estivesse descendo a ladeira imensa de seus instintos, ganhando, progressivamente, sempre mais velocidade. Contivera o meu desejo até o instante em que começaram a bater, violentamente, na porta. Era Gabrielle que, ouvindo os gritos de Fernanda, pedia-me que abrisse. Tive de bater em Fernanda para que me soltasse. Mas isso a excitava ainda mais. Consegui erguer-me com ela agarrada a mim e abri a porta. Gabrielle entrou.

– Rudolf, assez! Assez!

Caímos a seus pés e prossegui, procurando no corpo de Fernanda o que ainda restava a ser despertado para o curto-circuito final de seus instintos. Gabrielle deixou-se cair sobre a cadeira e olhava-nos como se estivesse assistindo a um assassinato. Eu sentira a chegada do momento final. E fui tomado de monstruosa excitação. Penetrei Fernanda com a fúria e a violência não apenas de meu desejo, mas com toda a energia vital que ainda sobrava em meu corpo. Mas não veio a morte. Um orgasmo medíocre, apenas.

Júlio olhava-me apavorado quando desci. Mas não conseguiu dizer nada. Ouvira o necessário e intuíra o resto. Alguma coisa redentora vibrava dentro dele e o fez sorrir e me estender a mão. Não a apertei, por nojo. A mão de

Rodrigo eu apertaria naquele momento. Porque ele não poderia ver o que estava gravado em meu rosto.

Na rua pude chorar livremente. Olhava a lua sobre os telhados e sabia que do outro lado dela também não havia nada.

Quando voltei ao "Requiescat in Pace", assim como todos os criminosos voltam ao local do crime, encontrei Gabrielle muito diferente. Atirou-se em meus braços, feliz como uma menina de dezessete anos, virgem, na primavera.

– Encontrei, Rudolf! Encontrei! Hoje... sem querer, na rua... Mon Dieu, si tu savais...

Encontrara simplesmente o seu fazendeiro fujão. O tal que conhecera em Paris. Mas eu queria saber de Fernanda. Não a via há quase um mês. Gabrielle estava de saída para o cabeleireiro, a manicure, o massagista e – quem sabe? – o cirurgião plástico.

– Depois te conto... C'est merveilleux, incroyable... C'est... Merde, mon Dieu, que la vie est belle!

Soube apenas que se encontraria com ele no dia seguinte para... Para o quê, diabo? Mas o velho estava viúvo, ainda muito rico, e o encontro com Gabrielle provocara nele tanto entusiasmo quanto ela me dizia estar sentindo.

Júlio me contou o que aconteceu naquele dia, depois de minha saída. Gabrielle só desceu bem mais tarde, quando os "elefantes" todos já haviam chegado. E contou-lhes tudo. Disse que ia proibir minha entrada no bar, que não queria mais me ver, que eu era um *salaud*, enfim. Mas os "elefantes" ficaram encantados e orgulhosos com a minha proeza, menos Casto Alves. Quanto a Fernanda, ficou hospedada uma semana no hotel, até que arranjou um apartamento e para lá foi levada pelo seu diretor.

Mas ela? E ela, a meu respeito, dissera alguma coisa? Nada, nem uma palavra. Ficavam horas trancadas no quarto de Gabrielle. Uma vez, Júlio perguntou o que tanto as duas conversavam trancadas e só obteve como resposta isto:

– Ça ne te regarde pas.

Nem a ele, nem a mim, nem a homem algum, creio. Mas um criminoso que se preza não desiste assim facilmente de encontrar o seu cadáver e nem de saber o que a vítima está pensando do crime. Comecei a rondar a saída do teatro. Fernanda não aparecia. Por fim, acabei sendo reconhecido por um dos homossexuais que ela me havia apresentado e a quem eu dera bola.

– Casaram-se ontem, ela e o diretor. Deixou o teatro. Está grávida. Que tal se fôssemos ouvir música em meu apartamento?

E eu fui. Um cordel invisível, preso ao meu peito, puxava-me para onde me chamassem. E doía, doía muito, cada puxão. Havia uma vitrola mesmo. E discos bons também. Ele falava de tudo, como uma borboleta bêbada pelo mel das mil flores de um jardim. Não sabia que o jardim era uma cilada, as flores de plástico e o mel envenenado. Sua juventude trincada causava-me pena e ternura. Logo arranjamos um assunto comum: Mágico de Oz. Ele o odiava e eu fingi que partilhava a mesma opinião, só para evitar que traduzisse em palavras o que tinha nos olhos. Estimulado pelo meu silêncio, falava e falava, esquecendo-se por algum tempo de minha cara bonita, da razão fundamental de seu convite. Era a situação e o ambiente ideal para eu pensar no fato de Fernanda estar grávida... de mim. Mais que isso: engravidada por mim daquele jeito. E, finalmente, casada.

Coitado do rapaz! O que estaria me dizendo de tão triste para que eu me emocionasse daquele jeito? Sentou-se no chão, a meu lado, e tomou minhas mãos. O cordel puxou e veio a dor novamente.

– Por que... por que você está chorando? O que foi que houve? Eu disse alguma coisa que...?

— Solte minha mão, por favor? Qual é o seu nome?
— Raul...
— Quantos anos você tem?
— Dezenove.
— Há quanto tempo você é assim?
— Acho que sempre... mas um dia é que a gente fica sabendo certo.
— Fique lá onde você estava e me conte como foi esse dia.
— Como foi que eu soube? O que senti?
— Não... o dia, as coisas como eram, como estavam... Não me fale de você, não.
— Acho que não me lembro.
— Por favor, faça um esforço.
— Mas para quê?
— Fazia sol ou estava chovendo? Você estava num jardim ou em seu quarto?

Só depois que lhe disse isso, soltou minha mão. O silêncio que se seguiu foi de duração semelhante ao tempo que o calor de sua mão permaneceu na minha. Ele voltou a falar. Então pude me perguntar: o que é um filho? E um filho feito numa mulher que a gente não ama? E um filho feito com sadismo, sem prazer, com cinismo e violência numa mulher que a gente não ama? Esse rapaz, como teria sido ele gerado? E eu? E Gabrielle? E Benjamim? Lembrei-me de um par de meias marrom.

O primeiro homem que ajudei a morrer (eu cursava o segundo ano de Medicina e apenas começava a frequentar os hospitais), no último instante, antes de fechar os olhos para a morte, agradeceu-me o par de meias que lhe dera na véspera. Saber que morreria logo não o fazia sofrer, mas aquele frio nos pés era terrível e insuportável. Quando o retiramos da geladeira para a autópsia, estava nu, calçando apenas o par de meias marrom. Não suportei a imagem de seus pés cobertos. Despi-os, como quem cobre reflexamente o sexo quando é surpreendido sem roupa por alguém. Ou como quem esconde dos outros, sempre imperfeita e insuficientemente, os gestos românticos, os de caridade ou de bondade suspeitos. Aquele par de meias marrom, desde então, me persegue. Vejo-o toda vez que me contam um segredo, quando descubro que alguém me ama ou quando a vida me trai revelando emoções para as quais não estou preparado.

– Você quer beber?
– Não, preciso ir embora.
– Para onde?
– Não sei...
– Você é tão bonito!
– Você também.
– Obrigado, mas não é verdade.
– Não se ganha beleza amando ou possuindo o que nos parece belo.

Achei a frase imbecil, mas já havia sido dita.

– Por quê?
– Porque só podemos admirar o belo e possuí-lo pelo amor. E o amor é feio.
– Então, você não conhece o amor.
– Talvez. E você?
– Já lhe disse...

Que pena! Ele disse e não ouvi. Mas teria sido mesmo amor, fosse o que fosse? E belo? Será que o amor dos homossexuais adolescentes tem mais beleza do que suspeitamos?

– Vou vê-lo outra vez?
– Não. Adeus.
– Espera...
– Se encontrar Fernanda, diga-lhe que sei de tudo.

– Digo também que você chorou?
– Ela não compreenderia. Guarde isso pra você.

A madrugada era escura e fria. O lugar certo para ir seria o "Requiescat in Pace". Mas era impossível. Não queria paz. Um filho, mesmo gerado com ódio, é uma ideia perturbadora, importante e muito misteriosa. Onde e com quem poderia pensar e sentir a ideia de meu filho?

Uma vez, lembrei-me, um padre, amigo de infância, me dissera que as crianças de rua escondem-se tão perfeitamente para dormir que ninguém as pode encontrar. Isso! Eu queria ver, queria descobrir, dormindo, uma criança de rua. Tomei um táxi e bati na igreja. E contei tudo ao meu amigo padre. Uma perfeita confissão. Ele, conhecendo-me muito bem, desconfiava. Negou-se peremptoriamente a me atender.

– Você está bêbado, ou acabou mesmo ficando louco, Rudolf?

O meu medo era que a noite terminasse e o imbecil agarrava-se às minhas palavras, sem entender nada do que se passava comigo. Mas ele sabia o endereço. Desesperei-me e sacudi-o violentamente pelos ombros, tentando despertá-lo para o meu mundo.

– Gil, eu nem sei o que estou lhe dizendo! Tenho pouco tempo. Preciso ver uma daquelas suas crianças de rua. Me ajude, por favor!

– Ver a miséria, o abandono e o sofrimento deles...

– Não... Quero ver uma criança de rua, dormindo, escondida!

– Por quê?

– Gil, pelo amor de Deus, pela nossa infância comum, leve-me, antes que amanheça, ver um menino assim!

Gil não queria mesmo. Seria inútil insistir.

– Onde eles ficam? Apenas isso... diga!

— Há uma construção abandonada na Rua Sete de Outubro...

E deu-me as costas. Eu sempre o vencia, não sei por quê. Revia nossa infância, olhando as ruas escuras e silenciosas por onde passava o táxi. Gil era um menino triste e bom. Tudo de mau, de errado ou feio, aprendeu comigo. Lá estava o Rudolfinho ensinando "porcarias" ao Gilzinho, atrás do galinheiro. E Rudolfinho, no quarto dos pais de Gilzinho, ensinava-o a abrir a gaveta, a descobrir dinheiro e roubá-lo para comprarem balas ou revistas em quadrinhos. Não foi Rudolfinho que fez Gilzinho segurar o gato, para que ele o anestesiasse com éter, depois abrir-lhe a barriga com o canivete, só para verem como é o gato por dentro? Gilzinho quase morreu de humilhação, peladinho, e os meninos todos rindo dele, quando Rudolfinho fez com que os outros lhe tirassem as calcinhas, só porque ele sabia que Gilzinho tinha vergonha de seu pintinho que era menor que o de todos os meninos de sua idade. E via, no vidro da janela do carro, Gilzinho dizendo que ia ser padre e, por isso, não podia acompanhá-lo à casa das putas para perder o cabacinho. O chofer me despertou:

— Rua Sete de Outubro, doutor.

Quando o táxi partiu, vi-me diante de uma rua estreita e escura. Fazia frio, como todas as madrugadas de que a gente se lembra. Cruzei com um operário que ia para o trabalho. Pedi-lhe fogo. Sua mão, grossa e firme, segurando o fósforo diante de minha cara, enquanto acendia o cigarro, transmitiu-me uma curiosa sensação de segurança. Olhei, depois, suas feições duras, antes que o fósforo se apagasse.

— A construção abandonada, onde é que está?

— No fim da rua, do lado direito.

— Obrigado. Bom trabalho!

Fiquei olhando o formigão sumir. Antes de dobrar a esquina, voltou-se. Fiz-lhe um exagerado aceno de adeus. Como ele continuou parado me olhando, achei melhor cair fora, pois a coisa estava ficando equívoca demais. "Se a gente não mexe com as formigas, elas não nos incomodam porque têm natureza pacífica e não são carnívoras", opinião abalizada de Benjamim.

Um grande tapume e nenhum indício de porta. A construção era um esqueleto de cimento armado com três andares. Olhei para os lados, certificando-me de que ninguém, formiga alguma, ia assistir ao meu salto. Surpreendeu-me a agilidade com que subi no tapume e resvalei para o outro lado. Escuridão compacta e malcheirosa. Meus pés pisavam coisas túmidas, inidentificáveis. Ali, no térreo, eu não via nada mesmo e, se fosse um daqueles meninos, por causa do cheiro ruim e para maior segurança, dormiria no terceiro andar. Mas certamente não devia haver escada. Examinei a estrutura de cimento armado. Ruídos indistintos como o de ratazanas correndo e pequenos gemidos povoavam o silêncio úmido e fétido do lugar. Quando subia pelas traves escorregadias, ouvi passos na rua, um guarda, pensei. Continuei subindo e, à medida que ganhava altura, o vento frio da noite me limpava por dentro e por fora. De repente, acima de mim, apenas o céu escuro, sem luz, sem nada. Lá de cima vi na rua o dono dos passos: um indigente que fuçava latas de lixo. Comecei a procurar crianças sob tábuas, entulhos, tijolos velhos. Estava chegando ao fim da laje ou coisa parecida. Então, caí dentro de um buraco não muito profundo. O meu grito misturou-se a outro. O espaço era estreito e meu corpo, braços, pernas e cabeça misturavam-se a corpo, braços, pernas e cabeça de outro que berrava e se debatia, desesperadamente. Mas, querendo livrarmo-nos um do outro, naquele frenesi cego emaranhávamo-nos cada vez mais. Resolvi agarrar aquilo com toda a força, numa tentativa de imobilizá-lo. Não foi difícil e seguiu-se um grande silêncio, uma absoluta imobilidade da coisa em meus braços. Tirei uma das mãos e percebi que a coisa continuava inerte. Com a mão livre, fui percorrendo-a com cuidado.

Pernas, corpo, braços, cabeça, cabelos. Testa, sobrancelhas, olhos, nariz e boca. Tudo pequeno e delicado. Sim, eu tinha presa a minha caça: um menino, provavelmente desmaiado ou morto de susto. Com grande e penoso esforço, consegui sair do buraco, arrastando-o comigo. Deitei-o sobre a laje. A pouca claridade permitia-me ver apenas seus contornos. Cheguei o ouvido e escutei uma débil respiração entrecortada e aflita. Pousei a mão sobre o peito nu e senti o bater acelerado de seu coração. Estava, pois, apenas desmaiado. Então, segurei na minha sua pequena mão áspera e fria. Sentei-me a seu lado e esperei.

Os passos, na rua, multiplicavam-se com maior frequência agora. Longe, bem longe, sobre o recorte das casas, aparecia uma claridade sem cor manchando a escuridão. Os pequenos dedos, na palma da minha mão, moveram-se lentamente. Depois crisparam-se. Soltei-os e agarrei o punho, no momento exato em que o menino despertou e quis erguer-se:

– Não tenha medo.
– Não fiz nada...
– Eu sei.
– Me solta!
– Calma, preciso falar com você.
– Quem é você?
– Um amigo...
– O que você quer?
– Falar.
– É da polícia?
– Não.
– Então me solta!
– Você foge...
– Não tenho nada...
– Eu sei.
– O Betinho é que conseguiu um relógio.
– Você está tremendo... Já disse, não se assuste... sou amigo.

– Não faço isso... não quero!
– O quê? Você não faz o quê?
– Isso... Tem o gordo lá embaixo, no monturo. O gordo faz... até paga. Me solta!
– Mas eu não quero nada!

Comecei a ouvir um choro que era evidentemente fingido. Ele vai morder minha mão e sair correndo. É o que eu faria, ou será que já não fiz isso alguma vez?

– Sou amigo do padre Gil.
– Então me dá um cigarro.
– Você jura que não foge? Olha que eu posso ajudar você...
– Juro. Ajudar?
– É. Não, é mentira... Não sei como poderia ajudar você. Eu queria apenas conversar.
– Você tem dinheiro?
– Tenho.
– Se não quiser fazer aquilo comigo... se não é da polícia... me dá um cigarro e dinheiro.
– Dou.

Soltei-lhe o braço e ele escapuliu numa rapidez espantosa, sumindo completamente. Ergui-me e fui sentar no bordo da construção. A mancha no céu começava a ficar amarela e bem maior. Acendi um cigarro. Será que já não chegava? Tive-o nos braços, senti sua respiração, toquei-lhe o coração e o retive por algum tempo dormindo preso pela mão. Não é isso, só isso que se pode querer?

Começava a sentir meus nervos distendendo-se dentro dos músculos. Os pensamentos não queriam mais caminhar. Olhava a mancha amarela crescer, contaminando o céu todo. Já começava a ver-me quando ouvi passos atrás de mim. Nem que quisesse conseguiria voltar-me, pois estava dormindo todo já, menos os olhos. Os passos pararam. Fechei os olhos e deixei que meu corpo pendesse para trás até tocar a laje. Aí os olhos dormiram também. Eu sentia, inerte, mil sensações indistintas, leves e ligeiras, como se um bando de pássaros voasse rente ao meu corpo, sem o tocar nunca. Depois, depois mais nada.

Uma dor aguda me despertou. O sol estava inteiro e insólito, saindo por detrás dos telhados do casario. Ergui-me de um salto e senti dor forte por todo o corpo. Examinei-me e constatei que fora totalmente pilhado. Restavam-me apenas a calça e a camisa. Mesmo a calça precisei segurar para que não caísse, pois não tinha mais o cinto. Olhei os pés descalços e comecei a rir. Meus documentos estavam no chão ao lado de alguns papéis que trazia nos bolsos. Apanhei-os e comecei a penosa descida por entre as traves de cimento embolorado.

Lá embaixo, vi que a coisa mole sobre a qual andara pisando era um depósito de lixo putrefato.

Resolvi, por algum tempo, não ver ninguém além de meus clientes. Do consultório ia direto para casa, para só sair na manhã seguinte, novamente para o trabalho. A campainha da porta tocou muitas vezes, mas não fui abrir. Minha enfermeira informava, pelo telefone, que eu estava viajando, sem perguntar quem eram as pessoas que me procuravam.

E eu lia e estudava. Consegui, depois, redigir uma espécie de relatório sobre cada um de meus casos clínicos. Fui ao banco e fiz um levantamento de minha situação financeira. Assustei-me com a enorme quantidade de dinheiro que tinha depositado nos últimos anos. O que estava acontecendo? Esses gestos não eram gratuitos, mas não queria fuçar as causas e deduzir as consequências.

Um dia, recebi a visita de padre Gil. A princípio não entendi bem o que ele queria de mim. Não falei do acontecido na construção abandonada. Nem ele perguntou. Mas, aos poucos, fui descobrindo a intenção do homem: julgava, em sua santa ingenuidade, que o apelo desesperado, feito na igreja, era um sinal de minha conversão ao catolicismo. Não era uma criança o que eu procurava, mas sim Deus. E ali estava ele, disposto a me ensinar o caminho da imensa construção abandonada onde encontraria a verdade, a justiça e a paz. Ora, que grandíssimo sacana!

– Meu problema não é esse, querido Gil! Não nego que Deus existe, embora você não possa compreender de que forma eu entendo essa existência dele, em nós. Meu problema é arrancá-lo de mim. Mas não sou tolo como a maioria dos pagãos que cortam Deus de si, sem extirpar-lhe a raiz. Sei que é mais difícil, mas sou paciente e tenho coragem de sobra para isso. A dificuldade maior está em que suas raízes penetram fundo no sexo, no cérebro e no coração da gente. Para arrancá-las, corre-se o risco de trazer junto a essência e o valor dessas três coisas indispensáveis para se continuar vivo. Mas eu vou descobrir um jeito, você vai ver, de arrancar as raízes de Deus de dentro de mim, permanecendo vivo e inteiro!

Gil olhava-me com seus olhos bons e tristes. E mostrava um sorriso não menos bom e triste nos lábios finos. Ergueu-se, começou a examinar meus livros nas estantes. Como seria ele sem batina? E sem aqueles gestos, que a liturgia havia impregnado em seu corpo e jeito, de estudada elegância mística? Não, mesmo que o visse nu, mesmo que ele não soubesse que o estava observando, acho que seria sempre um padre. Gilzinho já era padre na escola, no útero, no espermatozoide do pai dele.

– Sua biblioteca sobre assuntos religiosos, se é que você leu todos esses livros, não justifica pensamentos dessa natureza. O cristianismo...

– Nós não estávamos falando de cristianismo, e sim de Deus. Li, Gil, li sim todos esses livros inúteis. Sabe o que penso deles? Nada... Lógica, eloquência e erudição não querem dizer absolutamente nada. Vocês, os intelectuais cristãos, escrevem sobre coisas em que a maioria do povo cristão não está nem um pouco interessada. Cristianismo, para eles, é um costume, uma coisa que se usa, como os amuletos e as medalhinhas, por exemplo. Serve apenas para afastar os maus espíritos ou para dar sorte nos negócios e para lhes conservar a saúde. Só isso. Toda a teologia, a história da Igreja e os testemunhos dos santos são matérias apenas para vocês, os intelectuais, racionalizarem e justificarem a fragilidade daquilo em que precisam crer por medo, insuficiente fé e servidão às próprias fragilidades pessoais. Deus é outra coisa...

– Fale de Deus, Rudolf.
– Do meu ou do seu?
– Do nosso.
– Esse não existe.
– Então, fale do seu.

Nesse momento bateram à porta. Fui abrir e trouxe para a sala Benjamim e Madalena. Apresentei-os a Gil. Benjamim olhava-me escandalizado e não se conteve.

– Mas, Rudolf, para que te pode servir um padre?
– Para falar de Deus, Benjamim.
– Repito: para que te pode servir Deus?

Gil ria e apreciava o jeito do negro.

– Rudolf ia me falar de Deus quando vocês chegaram. Não se incomodariam de ouvi-lo?

– Me incomodaria muito, sim, senhor. Não sei se conhece bem esse Alemão, padre. É absolutamente ignorante. Lê como quem bebe água. Mija logo quase tudo, retendo só o que lhe é indispensável, isto é, o que já sabe. Não quero ouvi-lo falar de Deus, não. Só há uma coisa de que ele entende, padre: sexo. Fale de sexo, Alemão!

– Pelo visto, é o de que o senhor também mais entende...

– Pelo visto, por quê? O que é que o senhor já viu de mim além de que sou negro, bem-humorado e tenho uma amante branca?

– Desculpe...

– Desta vez passa. E o que é que o senhor tem contra o sexo? Se não quis usá-lo, problema seu. Não temos nada com isso. Mas nós o usamos livremente graças a Deus e apesar de Deus.

– Não tenho nada contra o sexo. Apenas acho que devia presidir o seu uso uma certa pureza... um sentido moral.

Benjamim soltou enorme gargalhada. Eu sabia. Aquele riso escandaloso precedia sempre o xeque-mate em suas discussões. Tive pena do Gil. Mas esperei o resultado.

– Claro que podemos ser puros! Ah, padre, quando é que os senhores vão perder essa mania de só ver impurezas e sujeira nas coisas do sexo? Depois, é muita pretensão imaginar que com apenas cem milhões de anos de experiência bípede, do homem de Neandertal ao Einstein, houvéssemos já usado tudo aquilo que foi adicionado ao macaco por Deus para fazer o Adão...

– Quer dizer, então, que o senhor acredita em Deus e na Criação?

– Claro! Acredito em tudo. Vivo em pecado mortal por puro vício. Uns tomam ópio, outros cocaína, eu prefiro pecado mortal. Pois é, como eu estava dizendo... ser puro é tentar viver como macaco e, de vez em quando, arriscar ser Adão, mas só quando temos certeza de poder papar a Eva sem comer maçã alguma, usando bons preventivos e, em lugar bem escondido, tanto da serpente quanto de Deus. E quando aparecer algum anjo com espada na mão, com ar de querer nos expulsar do Paraíso, é só a gente fazer o falso inocente e dizer: "Eu, seu Anjo?! Imagine..."

Eu e Madalena ríamos das micagens de Benjamim interpretando a cena do Paraíso. Gil, sério, caminhou para a porta. Reconheci em seu silêncio a tristeza, o cansaço. Não estava nem escandalizado e nem ofendido. Gilzinho, com essas coisas, ficava envergonhado e triste. E cansado. Saiu sem se despedir dos meus amigos. Na porta, olhou-me com mágoa e ternura.

— Quando tiver arrancado Deus de você, Rudolf, mostre-o para mim.

— Eu o farei, esteja certo.

— Estive com o menino que você encontrou... Não foi possível reaver suas coisas. Ele e os outros já tinham vendido tudo.

— O que foi que ele disse de mim?

— Falaremos sobre isso quando você tiver chegado ao fim.

— Ao fim de quê?

— Você sabe. Adeus.

E foi embora.

Depois desse dia em que espantou Gil de minha casa, Benjamim desapareceu novamente. Um cartão-postal, entretanto, revelou-me que não havia limites mesmo para o negro. Coqueiros, areia, mar e saveiros na fotografia. Do outro lado, junto ao selo, meu nome e endereço, estas frases, para mim suficientes: "Todo pai de santo é charlatão. Candomblé, negócio rendoso e divertido. Um abraço de Exu e Exuá. Benjamim".

Ver Gabrielle agarrada e aos beijos e bolinações com o velho amante pelos cantos do "Requiescat in Pace" era coisa que me desagradava bastante. Júlio sentia ciúmes e saudade do calor na cama e piorou muito do reumatismo. Quase não podia mais andar. Gabrielle o consolou, suspendendo a proibição quanto a uma ou outra aposta nos cavalos, por ela financiadas.

Um dia, o fazendeiro não apareceu. Ela chorava como uma louca atrás do balcão, misturando lágrimas com rímel em nossos uísques. Tentei consolá-la:

— Ele vem amanhã, Gaby. Vai ver, ficou doente. Nessa idade...

— Eu te odeio, Rudolf! Quero que você morra, que fique leproso, sifilítico e...

O negócio era engrossar de uma vez.

– Não posso acreditar que você tenha reencontrado nesse velho decrépito o dom juan de sua belle époque!

– Salaud!

– Está certo, concordo, mas nem você e nem ele podem mais sentir qualquer coisa parecida com desejo e prazer, Gaby!

– Évidemment! Et alors?

É, et alors? Gaby, então, pela primeira vez falou-me sobre o que sentira assistindo ao meu vandalismo sexual com Fernanda. Estava tão excitada, tão fora de si que só falava em francês. E tão alto e tão dramaticamente que todos os "elefantes" se calaram, para não perder a cena.

Mas, depois de uma boa meia hora, a tensão foi baixando e Gabrielle se atirou em meus braços e contou-me ao ouvido, baixinho, como se estivéssemos a sós numa cama, como era lindo, no escuro do quarto, eles dois deitados, abraçados, lembrando as coisas que faziam e que diziam nos bons tempos, até adormecerem. Eu não podia imaginar como isso era bom para ela, como valia mais, muito mais que tudo o que tinham feito e falado de fato em Paris. Eles sabiam que inventavam muito, que se mentiam à vontade, com mútuo respeito e credulidade tática. Rodrigo, penalizado, mas irônico, a esta altura já tocava no acordeão o *La vie en rose*. E Gabrielle misturava às suas algumas frases da canção: "Quand il me prend dans ses bras, il me parle tout bas, je vois la vie en rose... Quand il me parle d'amour..."

Subimos juntos e, em seu quarto, ajudei-a a trocar de roupa. Ela me tratava como se eu fosse sua femme de chambre.

– Desabotoa aqui, chéri. Prends ma chemise blanche... Non, pas celle là... Merci. Oh, je suis morte de fatigue! Bonne nuit, mon cher... Seja bonzinho, Rudolf, confere a caixa para mim antes de sair. Às duas horas, tout le monde à la rue.

E eu ia fazendo tudo direitinho como ela pedia, prometendo cumprir obediente e fiel as suas ordens. Depois, cobri-a com o lençol, beijei-lhe o rosto e, quando apaguei a luz, ela falou bocejando:

– Diz ao Júlio para não subir. Ele ainda pode aparecer, Rudolf... Eu te odeio, por causa de Fernanda. Nunca odiei ninguém tão carinhosamente. Bonne nuit, petit monstre adorable, salaud de mon coeur...

Embaixo, uma grande calmaria. Estavam todos tristes e taciturnos. Juqueri, numa imobilidade irritante, alisava a própria barba, com os olhos em Rodrigo que parara de tocar e esvaziava copos e copos de cerveja. Mágico de Oz viu-me entrar no bar, depois esticou as pernas, cruzou as mãos no peito e fechou os olhos como que para dormir. Alencar lia um livro e, de tempos em tempos, contemplava sua curva vital pintada na parede e suspirava. Casto Alves tinha os olhos injetados e as mãos tremiam. Era o que me parecia mais vivo. Sentei-me a seu lado.

– Não aguento mais essa puta velha e indecente! Tomara que o velho tenha morrido!

– O que é que você tem hoje?

– Estou estourando de desejo! Por favor, me ajude, Rudolf!

– Sinto muito, você não é bem o meu tipo...

– E vontade de jogar uma bomba atômica sobre a Terra! Destruir tudo... e que não sobre pedra sobre pedra!

– Acabe de uma vez com essa palhaçada! Nem o mundo e nem tua freirinha merecem sacrifício algum.

– Acabar com a greve sexual? Nunca.

– Então, dane-se!

– Sua história com Fernanda excita-me mortalmente! Contada pela velha porca, então...

– É tão inútil o que você faz! Todas as relações sexuais que você deixa de ter por protesto, eu as realizo em dobro, compreende?

— E o que é que se ganha com isso?
— E o que é que se perde?
— Zero por zero, pelo menos o desejo insatisfeito em mim é uma esperança.
— Esperança de quê?
— De amor.
— Sei... de amor! O que é isso, castíssima e alva criatura?
— Não sei como o deixam clinicar, Rudolf! Você devia estar internado ou preso.
— Eu também acho. Seria uma bela experiência.
— Por que não comete um crime?
— Tenho medo de que algum rábula acabe provando minha inocência, ou, isto é bem mais provável, sou capaz de só cometer crimes perfeitos.
— Então, quer me ajudar?
— Matar quem?
— Uma freira...
— Não conte comigo. Sou supersticioso.
— Mas a mulher viverá, só morre a freira!
— Um rapto, então?
— É.
— E ela? Ela quer ser raptada?
— Quer, mas tem medo do esposo. Ele é onisciente e onipotente. Vê? Se me ajudar, seu crime não poderia ser jamais perfeito e advogado algum convenceria os jurados de sua inocência.
— É, é tentador. Você tem algum plano?
— Tenho.

A ideia não era má. A freirinha trabalhava na Santa Casa de Misericórdia. Às quintas-feiras são administradas as visitas aos doentes internados. Casto Alves simularia visitar um doente. Convenceria a freira a acompanhá-lo até o saguão. Eu estaria com um carro diante da porta principal. Quando chegassem ali, no momento em que ninguém os observasse, ele a arrastaria para o carro e eu partiria a toda velocidade.

– Mas, e o esposo?

– É o risco que corremos. A imperfeição da coisa, compreende, marcará a presença e a intromissão dele. Se formos mais espertos, eu fico com a mulher. Se ele ganhar e formos apanhados, você vai preso. Um de nós será sempre beneficiado. Que tal?

– Feito.

– Então nos encontramos quinta-feira aqui, às três da tarde.

Só vendo como ele se transformou. Eu estava com um leve pressentimento de que não ia dar certo, mas, de pena, não toquei nisso e prossegui alimentando sua esperança.

– E para onde vai levá-la?

– Tenho umas economias. Fugiremos para o interior.

– E depois?

– Sei lá! Se ela gostar, não acontecerá nada de mais... Acho que nos casaremos e viveremos felizes para o resto da vida, como nos contos de fadas.

– E se ela não gostar?

– Transformar-se-á em mártir. Eu a abandonarei, claro. Ela voltará para o convento, fará um relato pormenorizado que será encaminhado ao Vaticano. E, quando morrer de velha, será canonizada. A Bernadette brasileira...

– Não seria melhor matá-la? Para caracterizar melhor a sevícia criminosa, o martírio?

– Não! Já sei... Vou feri-la mortalmente, de modo que tenha tempo de fazer uns dois ou três milagres antes de morrer. A santificação assim será batata!

Deixei-o ruminando os detalhes do plano e fui conferir a caixa para Gabrielle. Depois, tentei repetir o ritual da expulsão dos "elefantes". Fui bem-sucedido. Apenas Casto

Alves teve um acesso de tosse na saída, obrigando-me a retê-lo no bar até que se acalmasse.

Júlio, muito triste e todo encolhido atrás do balcão, não respondeu ao nosso boa-noite. Entreguei-lhe a chave do bar e fiz a recomendação prometida.

– Não suba hoje, Júlio.

– Ela chamará... vai sentir medo, sozinha.

– Você acha que ele não voltará mais, Júlio?

– Foi Gaby, doutor, que o expulsou daqui ontem.

– Por quê?

– Não sei. É preciso saber dormir com Gaby. Enquanto o sono não vem, ela fala sem parar e é preciso responder. Acho que o velho dormiu antes dela. Eu ouvia daqui o ronco. Logo depois, ele desceu as escadas abotoando as calças e com a dentadura na mão.

– E você, subiu em seguida?

– Não, preciso me valorizar, doutor! O corpo de Gaby é quente... sua cama é macia, mas tenho o meu orgulho, o senhor compreende...

Casto Alves me agarrou pelo braço e saímos para a noite fria. Tossia de forma continuada. Quando apertei sua mão, na despedida, senti que estava febril.

– Você está doente. Esqueça o negócio de quinta-feira.

– Se não quiser me ajudar, faço tudo sozinho.

– Mas eu apenas me divertia à sua custa, imbecil!

– Passo de qualquer maneira aqui, às três horas. E imbecil é a tua mãe, Alemão. Estou bêbado, mas falei sério.

Deu uns passos e depois parou. Voltou-se. Pensei que iria recitar-me o *Navio negreiro*. Mas não disse nada, embora eu fosse capaz de jurar que pensou em me dizer alguma coisa tão importante como aquilo que eu senti dentro de mim, vivo, mas informe, igual ao feto que gerara no corpo de Fernanda. A lucidez incomunicável é a forma de angústia mais dolorosa. É a solidão dos deuses. E pensei em Cristo, com respeito, pela primeira vez.

O fazendeiro não voltou mesmo, nunca mais. Júlio, naquela noite em que conversamos, viu seu orgulho de homem recompensado. Alta madrugada, ouviu os gritos de Gabrielle e, sem dizer uma só palavra, meteu-se sob os lençóis e colou o corpo dolorido ao da mulher insone. A dor, aos poucos, foi passando. Ouviu, sem entender, um longo discurso em francês. Quando ela adormeceu, sentiu depois de muitos anos uma leve mas significativa ereção. Era o prêmio por sua merecida vitória. Só então, deixou-se dormir. E sonhou. Com cavalos de corrida.

Ele me contava essas coisas na tarde de quinta-feira, enquanto eu esperava por Casto Alves, no "Requiescat in Pace". Estava firmemente decidido a não acompanhá-lo à Santa Casa. Desde que soubera da gravidez de Fernanda, não conseguia me libertar de um fortíssimo desejo de recompor minha vida. Mas, recompor a vida para quê? Não ousava responder-me, porém não bebia mais, trabalhava melhor do que nunca, estudava, só vestia roupas novas e começava a não tolerar os "elefantes".

Júlio estava intrigado com minha presença àquela hora, ali.

– Tenho um encontro com Casto Alves. Onde está Gaby?

– Foi comprar lã para fazer tricô.

Tricô? Gaby? Eu ia rir.

– Quer fazer coisas de lã para o filho de Fernanda. A criança deve nascer em pleno inverno.

A pontada no peito. A vontade de dar um grito antigo. Mas disfarcei.

– Elas se veem muito?

– Todas as tardes. Estão muito amigas. Desde aquele dia...

— Júlio, você teve filhos?
— Tive.

Ponto. Abriu a *Gazeta Esportiva* na página de turfe. Diante da porta do hotel, Casto Alves, o noivo.

— Vamos!
— Não vou.
— Então, adeus! Vou usar seu carro.
— Espere... Você também não deve ir. Vamos até meu consultório. Precisamos conversar. Acho que posso ser útil a você.

Entrou no carro e deu a partida. Mas começou a tossir. Nos intervalos, enquanto tomava fôlego, olhava-me com seus enormes olhos tristes marejados de lágrimas pelo esforço da tosse. De repente, a dor em meu peito cedeu. Fui até o carro e abri a porta do lado em que ele estava sentado.

— Chega pra lá, imbecil!

Foi só quando nos aproximamos da Santa Casa que seu acesso de tosse passou.

— Deixe o motor ligado, Rudolf, enquanto me espera.

E lá fiquei eu, controlando as pessoas que entravam e saíam do hospital. Um guarda parou diante do carro.

— Não pode estacionar aqui.
— Estou esperando um doente que vai ser transferido. Ele não pode andar. É só um instante, saio em seguida.

Não respondeu nada e ficou parado a uns poucos metros, olhando-me periodicamente. Tentei reconhecer em seu rosto os traços do esposo da freirinha de Casto Alves. Convenci-me de que a semelhança era impressionante. No meio do saguão, correndo em direção à porta, lá vinha Casto Alves. Arrastava por uma das mãos a freira. Iam descer o primeiro degrau quando ele se imobilizou. Os olhos pareciam saltar-lhe das órbitas. A palidez era impressionante. Não respirava. A freira, apavorada e ofegante, com um tranco soltou-se das mãos dele. Uma golfada de sangue projetou-se da boca de Casto Alves. Curvou-se e caiu sobre os joelhos. A freira voltou-se rapidamente. E a segunda golfada tingiu-lhe o hábito branco de um vermelho rutilante. A cabeça de Casto Alves tombou sobre o colo dela. Eu e o guarda corremos ao mesmo tempo. Várias pessoas, curiosas, penalizadas e nauseadas, observaram de longe. O guarda foi mais rápido que eu e tomou Casto Alves nos braços. A freira ordenou com voz autoritária e profissional:

– Leve-o para a saleta de curativos, aí na entrada!
– É uma hemoptise.

Pela primeira vez vi o seu rosto. Feia. Os olhos escuros eram secos e firmes.

– O senhor é médico, não? Acompanhe-me, por favor.

Trabalhávamos em silêncio, a freira e eu, na sala de curativos. Quando Casto Alves estava devidamente medicado, saímos.

– O senhor o conhece?
– Sim.
– Quer levá-lo consigo?
– Não. Aqui ele ficará melhor.
– Por quê? Isto é um hospital de indigentes.
– Pois é.
– Toninho não é um indigente, doutor.
– Toninho? Ah... Chama-se Antônio, é verdade. Então a senhora acha que Toninho não é um indigente?
– Não é.
– Sabia o que ele pretendia fazer com a senhora?
– Sim.
– Lamenta ou não a hemoptise?
– Pelo visto, está a par de tudo.
– Estou. Apenas ele não me contou que estava tuberculoso. A senhora sabia?
– Não. O senhor é quem ia levar-nos?
– É... Mas a senhora não respondeu à pergunta.

– Para quê? A resposta, fosse qual fosse, não tem mais nenhum sentido agora.
– Mas teve alguma vez?
– Amo Toninho, doutor. Mas não pertenço nem a ele e nem a mim mesma.
– Prefere, então, que eu o leve daqui?
– Prefiro.
– Virei buscá-lo amanhã.
– Cuidarei dele até a sua volta.

Antes de ir embora, fui dar uma espiada no doente. Consciente, mas muito fraco. Casto Alves olhou-me calado.
– Ele ganhou, velho. Paciência... Amanhã virei buscá-lo.

No bar, atrás do balcão, Gabrielle tricotava com lã azul.
– Regarde, Rudolf, estou fazendo um sapatinho!
– Por que azul?
– Vai ser menino. Je le veux.

Pontada no peito. Suspendi a respiração. Dei-lhe a notícia do ocorrido com Casto Alves. Tive de retê-la quase à força, pois, em prantos, queria vê-lo naquele momento mesmo.
– Não vai morrer e está sendo tratado pela freirinha dele. Você precisa ver, é um horror de feia.
– Le pauvre... Encore ça!
– Dê a notícia aos "elefantes", mas não deixe que nenhum deles vá incomodá-lo hoje. Amanhã, se quiserem, podem ir comigo.
– Traga-o para cá, Rudolf! Juliô! Juliô!

O velho berrou, do balcão:
– Que é?
– O quinze está vago, non?

— Está.

— Ele fica no quinze, chéri. Eu cuido dele.

— Adeus, Gaby.

Ergueu o tricô e sorriu.

— Não quer ver o resto do enxoval?

— Não.

— Não quer saber nada sobre Fernanda?

— Não.

— Salaud!

— Putain!

— Fernanda contou hoje au metteur en scène que o filho é teu. Não te interessa saber o que aconteceu?

— Não.

— Salaud!

— Putain!

— Ele a abandonou.

— Está certo.

— Fernanda, acho, ficou aliviada. Elle pense toujours à toi.

— Azar dela.

— Não gostaria de visitá-la?

— Não.

— Salaud!

— Putain!

— Ela precisa de você...

— Eu preciso de uísque!

— Tome, beba o bar todo, mas vá vê-la, Rudolf. Je t'en prie!

— O bar todo? Mesmo, Gaby?

— Todinho!

Gabrielle debruçou-se sobre o balcão e abraçou-me com força. Eu sentia seus lábios numa face, e na outra o roçar macio do trapo de lã.

— Salaud!

— Putain!

Meu espermatozoide ainda sou eu? Meu desejo não é. Não existe o amor. Logo, meu filho não é meu. Por que, então, este amolecimento, esta vertigem de curiosidade e interesse incontroláveis por aquele feto informe ainda no útero de Fernanda?

Não quero ser pai, como não quis a pessoa e o corpo de Fernanda. Meu espermatozoide não me obedece? Ele pode ser parte de mim, mas não sou eu! Meu filho pertence a Fernanda e às leis naturais. Eu, Rudolf Flügel, não tenho nada com isso. Não sou responsável porque não houve opção.

Por que, então, a bebedeira que me custou dois dias de ressaca, aquela ternura dissolvendo o amargor e o cinismo em meu coração, e por que não conseguia deixar de sentir em meu rosto aquele contato macio e quente do trapo de lã?

Na Santa Casa, encontrei Irmã Inês, era esse o nome de guerra da freirinha de Casto Alves, montando guarda à sua porta.

– O senhor vai mesmo ajudar o Toninho?

– A ficar bom da tuberculose, sim. O resto é só com ele mesmo.

– Não poderia auxiliá-lo a mudar de vida, a encontrar uma finalidade maior ou melhor para a sua existência?

– Não.

– Por quê?

– A senhora poderia fazer isso bem melhor do que eu.

– Não é verdade. Ele não é o que diz ou aparenta ser.

– Todos nós fazemos o mesmo, esse é o problema.

– Mas é o Toninho que está em questão.

– Visto pela senhora e por mim. Já leu Pirandello?

– O senhor conhece, no coração dos homens, outra coisa além do bem e do mal?

– É o que pesquiso.

— E o que foi que já encontrou?

— Por enquanto só isto: numa variante mais palpável, o amor e o ódio, igualmente irrealizáveis, tanto um quanto o outro.

— Por quê?

— O amor de Toninho, segundo ele, só se realizaria se fosse amado pela senhora.

— Mas eu o amo!

— Não como ele quer. A senhora lhe nega dois aspectos importantes do amor: o que entregou a Cristo e o que deixa secar virgem em seu corpo. Sobrou para ele a parte do amor mais próxima do mal que do bem: a piedade, isto é, uma forma de ódio.

— Vou lhe mostrar uma coisa, doutor. Venha comigo.

E entramos pelas enfermarias. Isso me fez recordar do cheiro podre da humanidade que exalam os doentes indigentes. Levava-me a conversar com a Madre. Entramos num escritório. A velha conferia uns papéis.

— É o médico de quem lhe falei, Madre.

— Sente-se, doutor.

Ficamos sós. A Madre deixou a mesa onde estava e colocou-se diante de mim.

— Bem. Há quatro anos atrás, essa moça deixou a Irmandade.

— Por causa do Antônio?

— Não. Cometeu, como tantas outras, um erro vocacional.

— Culpa dela ou da Igreja?

— Irmã Inês disse-me que o senhor vai cuidar do Antônio.

— Vou.

— A princípio pensamos que fosse dela apenas. Esteve dois anos fora da Irmandade. No primeiro não viu o Antônio, procurando preparar-se para a vida leiga. Quando julgou ser o momento oportuno, procurou-me. Entre outras coisas, referiu-se a umas dores no ventre e a certas hemorragias...

– Ah, que mau gosto, Madre! Não me diga que...

– Digo que estava com um tumor maligno no útero, com metástases já nos ovários. Fizeram-lhe a ablação de tudo.

A história era detestável. Salva a vida da moça, ela preferiu voltar para a Irmandade. Não sei por quê, mas a Madre sorria diante de minha indignação contra aquele melodrama barato.

Irmã Inês recebeu-me de olhos baixos. Olhei-a demoradamente, lembrando a última coisa dita pela Madre à porta, despedindo-se.

– Ela era linda, doutor. A operação a fez ficar assim.

Acordei com insistentes campainhadas. Era Juqueri.

– Desculpe acordá-lo, mas é muito importante! Depois, acho que chega de dormir...

– Não chega, não, Juqueri! Vai embora!

Jogou-me numa poltrona e falou bem uma hora, andando em minha frente. Quando adormecia, ele berrava e, se isso não era bastante para me despertar, dava coques em minha cabeça. E assim conseguiu que ouvisse toda a história.

Pretendia partir para sua experiência fundamental, isto é, ser internado num hospício, completamente louco, examinado pelos médicos, diagnosticado, enfrentar o tratamento, melhorar aos poucos e receber alta. Mas para que isso fosse possível, vinha há algum tempo praticando o método de Stanislavski, que os atores usam para viver, além de representar suas personagens. Escolhera a esquizofrenia catatônica para a experiência. Estudou meses a fio e, graças a um enfermeiro que subornou, visitava frequentemente manicômios para observar esses casos. Agora julgava-se pronto e queria me fazer uma demonstração, ensaio geral, como dizia, para acertar os últimos detalhes sob minha orientação.

Fiz o que pude para escapar. Inútil. Depois de rápido momento de concentração, deu início ao ensaio. O primeiro ato terminou e não pude deixar de aplaudi-lo. Começava com a cena da loucura no meio da rua e terminava com a internação no hospital.

– Agora você vai fazer o papel do psiquiatra que me examinará.

Começava a me divertir com a coisa. Pedi apenas tempo para tomar um banho. Ele entrou junto no banheiro e, enquanto eu me ensaboava, explicou-me toda a situação que imaginava para o desenvolvimento do segundo ato. Era mesmo um bom ator. Houve momentos em que me esqueci completamente da simulação e embarquei, da cabeça aos pés, em sua loucura. Não havia dúvida, o diagnóstico só podia ser um: esquizofrenia catatônica! No fim do segundo ato, ele estava exausto. Mas feliz, porque eu, como psiquiatra, o internaria mesmo.

– Avise a turma que desaparecerei por alguns anos. Não deixe que me visitem.

Despediu-se, emocionado.

– Será hoje, depois do almoço, na Praça da Sé.

Outro abraço.

– Adeus, Rudolf.

Na porta, voltou-se.

– Eletrochoque dói?

Saiu sem ouvir a resposta.

No dia seguinte, no "Requiescat in Pace" lemos os noticiários dos jornais. A estreia fora um retumbante sucesso. De público e de crítica. A Praça da Sé estava lotada, e Juqueri conseguira comover e espantar milhares de formigas em pleno coração do formigueiro. Suas fotografias, nas primeiras páginas dos jornais, eram a consagração.

Bebemos, comemorando o seu feito. Casto Alves, já bem melhor, foi o único a não se mostrar entusiasmado. Ouvia tudo, calado. Depois, ergueu-se e subiu para o quarto que Gaby lhe cedera para a convalescença. Achei que era o momento oportuno para contar-lhe da castração da amada e convencê-lo a quebrar o jejum.

Quando já estava na escada, Gabrielle me alcançou.

– Chéri, e Fernanda?

Não sei por quê, mas eu tinha certeza de que acabaria cedendo. Sim, iria ver Fernanda. Mas era indispensável, antes disso, libertar Casto Alves. O que uma coisa tinha a ver com a outra, naquele momento, não conseguia compreender, nem explicar a Gaby. Quando abri a porta do quarto, ele estava estirado na cama. Soluçava.

Sentado junto aos pés de Casto Alves, fui reproduzindo o diálogo com a Superiora e com Irmã Inês. Não olhava o seu rosto, mas para dois enormes, imundos e velhos sapatos. Terminei o relatório friamente:

– Enfim, velho, é isso... Agora, levante-se daí e vá procurar uma puta qualquer e trepe até ter uma indigestão sexual. Você bem a merece.

– É verdade que os tuberculosos sentem mais desejo que os sadios?

– Dizem...

– Você vai comigo?

– Para quê?

– Tenho medo.

– Medo?

– Vai ou não?

– Vou.

Ergueu-se. Tirou a camisa e começou a lavar-se na pia. Trocou de roupa, penteou-se cuidadosamente.

– Rudolf, o que é que acontece depois?

– Então, é mesmo a primeira vez?
– Você sempre soube, confesse.
– Vamos embora!
– Espere... Responda, você sempre soube que sou virgem...
– Não.
– Não minta! Desde a puberdade venho inventando mil razões para não ter de ir para a cama com as mulheres. Invento e acredito. O amor por essa freira... A greve... Eu a amo mesmo, compreende? Sempre imaginei amores impossíveis... apenas porque precisava evitá-lo.
– Esquece, velho. Mas, diz, por que você precisa que eu vá junto agora?
– Rudolf, o que acontece depois?

Abri a porta e empurrei-o para fora. No bar, apenas Mágico de Oz, que bebia sozinho. Gaby, no tricô, atrás do balcão, nem nos viu sair. Casto Alves, olhando o jeito solitário e triste de Mágico de Oz, comentou:
– Seria mais fácil deitar com ele...
– Formariam um belo par... Assim como Júlio e Gaby.

Saímos. Embora houvesse prometido esperá-lo na sala do bordel, assim que entrou no quarto com Cleópatra voltei para o "Requiescat in Pace". Gaby acabava de expulsar Mágico de Oz. Ele andava para lá e para cá diante do bar. Fiquei olhando-o de longe. O coitado não sabia para onde ir.
– Sou eu que você espera?

Assustou-se. Não reconheceu minha voz e ficou parado. Uma esperança? Foi apenas um segundo. Voltou-se devagar e, quando me viu, soltou um palavrão.
– Consegui fazer com que Casto Alves quebrasse o jejum. Está na cama com a Cleópatra. Vamos esperá-lo por aqui.
– Por que você fez isso?
– Era preciso, não?
– Não.

— Acabou de confessar-me que é virgem e que tudo – a freirinha inclusive – não passou de fuga do sexo.

— E você, imbecil, acha que trepando com uma puta qualquer ele vai perder a virgindade?

— O que é que você tem?

— Vontade de lhe partir a cara! Se Casto Alves sair mais infeliz do bordel, eu lhe mato, Alemão!

E agarrou-me a gola do paletó.

— Eu sei, eu sei que você está nos usando para resolver um problema seu!

— Solte-me!

Eu estava ficando asfixiado, porque ele apertava minha garganta dentro da gola do paletó.

— Benjamim, Beatriz, Gaby, Fernanda, Casto Alves, Juqueri, todos suas cobaias, não é, Rudolf?

Dei-lhe um tranco violento e consegui livrar-me de suas mãos. Estava de novo à porta do bordel quando me alcançou.

— Eles, você pode destruir, filho da puta! Mas eu não, compreendeu? Vou ficar aqui com você até Casto Alves sair. Já lhe avisei...

Ficamos os dois, cada um de um lado da porta aberta. Eu não conseguia falar. Acho que ele também não. Passaram-se uns dez minutos. Depois risos. Gargalhadas. Passos apressados na escada. E surge Casto Alves diante de nós. Segurava o sexo sob a calça e estava branco.

— Ela ria... todas riam. Ouçam! Estão rindo ainda...

Fugiu apressado. Corremos atrás dele.

— Mas do que é que riam? O que foi que aconteceu?

— Não sei... Aconteceu muito depressa... Eu... eu comecei a falar, falar tudo o que estava sentindo... sobre as sensações, compreende? Ela começou a rir... chamou a atenção das outras. Entraram no quarto. Eu estava descontrolado, falava sem parar. Todas se atiraram sobre mim... riam e me acariciavam... Então fugi.

Mágico de Oz deu um tapa na mão dele.
– Pode soltar, não há mais perigo...
Casto Alves me olhava espantado.
– Mas, por que é que elas riram?
Mágico de Oz o abraçou.
– Você está infeliz?
– Não compreendo...

Teve um acesso de tosse. Falando baixo coisas incompreensíveis em meio aos espasmos da tosse, afastou-se em direção ao hotel. Eu quis segui-lo, mas Mágico de Oz segurou meu braço.

– Vamos para o meu apartamento, Alemão! Quero que você conheça alguém.
– Jura que não me mata nem me canta?
– Juro.

Um belo rapaz de vinte anos o esperava.
– Meu filho, Rudolf. Também é homossexual. Confessou-me tudo hoje. Chama-se Marcus. Não o via há dois anos. Não é lindo?

Fiquei olhando o moço, incrédulo. Ele estendeu-me a mão. Apertou a minha, virilmente.

– Depois da confissão, deixei-o aqui me esperando. Fui procurar você. Preciso de sua ajuda.
– É seu filho mesmo?

Eu ainda tinha esperança de que Mágico de Oz estivesse me pondo à prova. Seria uma gozação muito grosseira e estúpida mas preferia isso mil vezes à verdade.

– Quero que você o cure, Rudolf. Você vai curá-lo, compreende?
– Já lhe disse que não quero tratamento algum. Precisava dizer-lhe a verdade, papai. Essa era a minha única angústia. Agora, sinto-me bem.

Mágico de Oz não encarava o filho. Marcus jogou sobre a poltrona o livro que estava lendo. Veio em minha direção. Apanhei o livro. Mágico de Oz deixou-se esticar num sofá.

– Já leu?

Meus clientes intelectuais já haviam feito a mesma pergunta. Sim, eu lera Lawrence Durrell. Era a mania deles.

– Sim.

– Prefiro Henry Miller.

Eu também, mas não respondi. Sentia-me mal.

– Marcus, pegue a garrafa de uísque na copa. Traga gelo e copos.

Fui direto para a porta. Se não saísse logo, acho que vomitaria diante deles.

– Boa noite.

– Quer dizer que não vai tratá-lo?

– Não. Ele não quer! Nem eu...

O rapaz pegou-me pelo braço.

– Saímos juntos. No caminho conversaremos.

Mágico de Oz soluçava, de bruços no sofá. Depois ergueu-se. Falava como se Marcus não estivesse mais ali.

– Você não pode imaginar como é horrível! Só em pensar que ele também...

Debulhava-se em lágrimas e fazia gestos vazios de sentido para mim.

– A humilhação... a miséria... a vergonha...

Cada palavra tinha o seu gesto respectivo de mau ator. Gostava muito dele para poder aguentar aquela cena ridícula. E já sentia as contrações no estômago, para o vômito.

– Nele, não! É impossível! Não posso suportar, Rudolf! Saber que ele... Seria o mesmo que eu fizesse essas coisas na rua como os cachorros... Nele, não! Em mim parece invisível, irreal, impessoal... Nele, não!

Marcus olhava-nos da porta.

– Eu lhe disse apenas que amava, papai. Só isso...

Agarrei Marcus e saímos. A náusea desapareceu instantaneamente. Na rua, apontou um carro esporte.

– É meu. Vamos rodar um pouco por aí.

Enquanto rodávamos pela cidade, Marcus não dizia nada. Eu o olhava. Espantava-me a sua segurança. Talvez o dinheiro, quem sabe a beleza física. Foi como transmissão de pensamento.

– O senhor é bonito...

– Vá à merda, menino!

– E estava pensando a mesma coisa a meu respeito. Já aprendi a descobrir isso pelo jeito com que me olham. Reparava no seu olhar pelo espelho...

Achei melhor fumar. Mas, daí por diante, passei a controlar o espelhinho. Saímos da cidade.

– Estou sem gasolina. Tenha um pouco de paciência.

Enquanto o carro era abastecido, Marcus apoiou a cabeça no encosto da poltrona.

– Primeiro pensei em me matar... depois em mudar de país... depois em entrar para um convento. Tudo por causa dele. Não o vi nunca mais depois que saiu de casa. Mamãe não queria e nos disse que ele também preferia assim. Mas, um dia, eu o vi na cidade. Segui-o por toda parte. Então, descobri...

– O que foi que sentiu, Marcus?

– Papai era um ídolo pra mim. Quando deixou mamãe, achei que estava certo. Ela é uma mulher feia, neurótica e burra. Ele merecia coisa bem melhor. Foi o que pensei que houvesse feito... encontrado alguém melhor que mamãe. Entretanto, o que vi a seu lado àquele dia foi um marinheiro negro e bêbado. O que acha que podia sentir, doutor?

– O mesmo que ele hoje?

– Não. Depois do susto, senti pena. Mas logo em seguida um grande alívio. Não precisava mais me matar, emigrar, entrar para o convento...

Pagou a gasolina, deu a partida. Entramos numa estrada.

— A alta velocidade é sempre uma chance de morte, não? Sabe, é isso o que faço todas as vezes que surge o desejo de me entregar ao ato físico com ele...

Eu olhava o velocímetro. Aquela luz verde, baça, do mostrador, era muito tranquila e hipnótica. Oitenta... cem... cento e vinte... cento e cinquenta...

— Depois de um certo ponto a gente não sente mais diferença alguma...

— Do que é que você está falando?

— Da velocidade, doutor.

— Ah, pensei que era do sexo.

Marcus riu alto. No riso é que a gente melhor percebe a mocidade nas pessoas. A de Marcus era irritante.

— Pronto, cento e oitenta!

De fato, não me causava maior sensação.

— Continue nessa velocidade, Marcus.

— Pois não. Mas eu lhe dizia que preciso de velocidade para superar o desejo. E sabe por quê? Gosto muito de mulher. E elas gostam de mim. Mas só fisicamente. Não simpatizamos, não nos entendemos, não sabemos conversar. Mas na cama é um negócio!

— Cuidado com o ônibus! Vá para a sua mão...

— Reparou? É apenas quando a gente está só na pista, que não repara na alta velocidade...

Depois do ônibus vieram vários carros. Então, a sensação foi violentíssima. Ele percebeu que eu sentia medo.

— Quer que diminua a velocidade?

— Não.

— Então, doutor, quando descobri que papai era um pederasta comum em franca prostituição, deixei de me preocupar com meus sentimentos. E apaixonei-me por um colega de escola. Mas, amor platônico, compreende? Saímos sempre juntos, com mulheres. Fazemos amor com elas... às vezes no mesmo quarto.

— Disse tudo isso a seu pai?

— Disse.

— Mas por que sentiu necessidade disso?

— O senhor é que é o psicanalista. Agora chega de correria. Vamos voltar.

— E se ele se matar? Viu o desespero em que estava?

— Não, não sentirei sentimento de culpa nenhum. Estou absolutamente convencido de que não sou neurótico. Por isso não procurei tratamento psicanalítico. Mas gostaria que o senhor me respondesse a algumas perguntas.

Fez a volta com o carro. E viemos a uns noventa quilômetros. Dei-lhe, honestamente, todas as respostas. Menos uma: sobre o amor. Era a principal.

— A psicanálise, Marcus, não passa de um telescópio. Você vê a estrela aumentada, vê certos detalhes que a olho nu passam despercebidos. Mas, mesmo esses detalhes, podem ser efeitos de distorções ópticas, compreende? E ver um objeto aumentado não significa que o estamos conhecendo melhor. Digo isso, sobretudo, em relação ao amor. O que a psicanálise sabe a esse respeito não é melhor do que já descobriram a filosofia, a religião, a quiromancia. Logo, desista.

— O amor em mim, doutor, tem um aspecto original. Eu não seria útil para experiências ainda não realizadas? Veja, eu amo os homens e só me satisfaço com as mulheres.

— Não vejo originalidade nenhuma nisso, mas uma contradição vulgar, produzindo seus resultados habituais: frustrações, aberrações, insatisfações, alucinações de amor. Mas amor mesmo, quem já o provou? Esse, sim, se alguém o vivesse, seria um material realmente original para estudo. Mas, quem poderia suportá-lo?

Olhei-o. Marcus ouvia-me atentamente, muito sério. Resolvi ir até o fim.

— Não, Marcus, seu amor não é melhor nem pior que o meu, que o de seu pai, que o de todos os outros homens na Terra. É apenas diferente. Uma última palavra: não é nada.

Você é tão impotente como os outros, da alma aos colhões. Agora, leve-me para casa. Acabou meu gás.

Era isso o que podia fazer pelo filho de Mágico de Oz? Mas eu gostara de Marcus, falara sinceramente. Seria verdade o que dissera ao rapaz? Era sem dúvida a minha verdade. Não é só isso que temos o direito de dar aos outros?

O carro passou pelo prédio de apartamentos onde sabia (por Júlio) estar morando Fernanda. Pedi que estacionasse. Contei os andares. Décimo. Havia uma janela iluminada. Disse então a Marcus quem morava ali e o que havia entre nós.

– O senhor não vai mesmo voltar a vê-la?
– Por enquanto ainda suporto minha solidão.
– E seu filho?
– Você é um filho. Vi a cena de vocês. Vamos embora.

Desse momento em diante, não pude mais olhar para Marcus. Precisava sair dali para evitar duas coisas: subir para "ver" meu filho, ou, então, chorar. Eu acreditava no fundo de mim mesmo que meu filho poderia ser diferente de todos os homens do mundo, sentia que ele conheceria o amor verdadeiro. Desci do carro sem me despedir do rapaz.

Na porta do meu apartamento havia um bilhete: "Rudolf: Alencar teve um derrame, está em coma. Gaby espera você na casa dele. Júlio."

Chego à casa de Alencar. Na sala, Rodrigo, Mágico de Oz, Casto Alves e Júlio, dormindo pelas poltronas. Apenas Rodrigo despertou à minha entrada.

– Morreu?
– Não sabemos. Gaby trancou-se com ele. É ali...

Indicou-me a porta do quarto de Alencar com um erro de dois metros apenas. Bati à porta.

– Sou eu... Rudolf!

Tive de repetir isso muitas vezes, porque dizia baixo, para não despertar Mágico de Oz, que, certamente, iria perguntar de minha conversa com Marcus. Afinal, a porta foi aberta. Gaby, num gesto brusco, puxou-me para dentro do quarto. Trancou a porta a chave.

– Il est mort!

Examinei Alencar: morto mesmo, com rigidez cadavérica e tudo.

– É preciso enterrá-lo, Gaby. O que é que está esperando?

– Toi!

Deu um beijo estalado na testa do morto, pegou sua mão rígida e sentou-se na cama. Revelou, então, o que, pouco antes do derrame, Alencar lhe pedira. Impressionava-me a cara do velhote. Não era a mesma. Logo descobri o que havia, ou melhor, o que não havia: a dentadura. Enquanto Gaby tentava repetir com as mesmas palavras dele o que desejava fosse feito do seu dinheiro, vasculhei o quarto procurando a dentadura. Estava embaixo da cama, entre o par de chinelos velhos e um urinol de louça. Foi difícil abrir a boca de Alencar, devido à rigidez cadavérica. Os lábios mortos não conseguiam cobrir os dentes postiços e Alencar parecia estar rindo. Riso debochado.

Segundo Gaby, deixava tudo para as mulheres da Rua do Viajante e para Rodrigo. E entregou-me a valise onde estavam guardadas as economias do velho. Eu contava o dinheiro da mala. Ela escrevia num papel os nomes das prostitutas da rua. Pronta a divisão, fui acordar os outros. Mágico de Oz foi o primeiro a entrar no quarto. Olhou para a cara do velho e começou a rir. A coisa foi contagiante. Primeiro Júlio, depois Casto Alves, e, finalmente, Gaby. Sem nada compreender, Rodrigo os agarrava e sacudia.

– O que foi? Do que é que estão rindo? Ele não morreu?

Ninguém lhe respondia e o riso agora, coletivo, era histérico. Rodrigo foi chegando para junto da cama. Tocou os pés de Alencar e subia as mãos por seu corpo. Sentindo a rigidez dos mortos, parou por uns instantes. Mágico de Oz deu-lhe um tranco.

– O rosto, Rodrigo... O rosto!

Tocou os lábios de Alencar, ergueu-se e começou a rir também. Gaby, passada a crise, contou-lhes da herança.

– Tu es libre, Rodrigô. Livre. Et riche. Ricô! Pode ir embora já, si tu veux.

O cego tocava os maços de dinheiro dentro da mala, sem dizer nada. Gaby deu-lhe um beijo no rosto.

– Merci. Adieu.

Rodrigo a abraçou. Depois procurou pelos outros. Abraços silenciosos. Levei-o para a sala. Casto Alves prontificou-se a acompanhar Rodrigo. Decidimos que eu ficaria esperando pelos parentes. Mágico de Oz os avisaria. E Gaby, no hotel, faria a entrega do dinheiro para as meninas. Mais de duzentos mil cruzeiros para cada uma. Rodrigo recebera um milhão.

E lá se foram com a mala. Comecei a vestir Alencar. A campainha da rua pregou-me enorme susto. Abro a porta e dou de cara com Fernanda. Olhou-me séria e foi direto para o quarto de Alencar. Ouvi seu pranto. Ela chora! Formiga! É capaz de chorar quando morre um elefante, a idiota!

Enfiando os braços sob o corpo de Alencar levei-o para a mesa da sala. Fernanda apanhou uma cadeira e sentou-se a seu lado. Estirei-me no sofá. Ficamos assim uma meia hora, no mais absoluto silêncio. Ela o quebrou.

– Rudolf, eu te amo!
– Merda!
– Preciso de você...
– Dane-se!
– Não consigo mais suportar esta gravidez.
– Aborte!
– É seu filho, Rudolf!

Levantei-me. Ao me ver surgindo sobre o cadáver, ergueu-se também.

– O que é que você disse?
– Não grite!
– O que é que você disse?
– Que é seu filho...

Pousou as mãos no ventre e sorriu. Pela primeira vez seus olhos não foram submissos. Olhava firme para os meus. Tive de desviá-los e encarei Alencar. Seu sorriso era igual ao de Fernanda. Não suportei. Enfiei a mão em sua boca e arranquei a dentadura. Estava com ela nas mãos quando a porta se escancarou e entraram cinco pessoas de uma vez. Uma delas avançou para mim e apanhou a dentadura. O morto, de boca aberta, parecia dizer: "Oh!" Fernanda levou-me para a porta. Mas fomos bloqueados.

– O dinheiro!
– Não os deixem sair!
– Ele estava roubando a dentadura!
– Titio tinha muito dinheiro em casa!
– Emprestava a juros...
– Não depositava em bancos!
– Tranquem a porta!
– Vamos procurar!
– O dinheiro!

Outros vasculhavam a casa.

– Levaram tudo!
– É preciso revistá-lo!
– Quem nos avisou pode ter levado...
– Chamem a polícia!

A porta se abre novamente. Umas vinte prostitutas invadiram a sala aos berros.

– Alencar! Lelê! Porquinho!

E atiraram-se sobre o cadáver. Beijos, apertos, bolinações, gemidos, lágrimas, palavrões. A família de Alencar, atônita, não entendia nada. Aproveitamos para fugir.

No apartamento, Fernanda levou-me para o chuveiro. Vinha da sala uma melodia suave, anódina e penetrante. Depois deitou-me no sofá, onde colocara um travesseiro. Então, sem que eu precisasse fazer um só movimento, despertou meu sexo, fez-se penetrar por ele e, sem sentir prazer algum, provocou o meu que foi pequeno, dócil, dominado.

A música de cordas era invadida de vez em quando por um coral feminino. Como se tudo estivesse certo e no lugar. O coral acariciava o silêncio. Tudo era harmonicamente medíocre, pequeno e ralo. Eu e Fernanda, as cordas e o coral. Eu e o mundo, as cordas e o coral. Eu e meu filho, as cordas e o coral.

Saindo do consultório muito cansado, resolvi dar uma volta a pé pela cidade. Caminhava pela Rua São Luís, quando ouvi uma buzina atrás de mim. Voltei-me e vi o carro esporte de Marcus.

– Que tal uma corrida a duzentos quilômetros por hora, hem, doutor?

A seu lado, um jovem ruivo. Duzentos quilômetros por hora? Marcus abriu a porta. Buzinavam. Entrei e sentei-me no banco traseiro, muito incômodo. Arrependi-me, mas era tarde. Marcus fez o carro subir na calçada, espantava pedestres, fugindo do engarrafamento do trânsito.

– Já pensou, Daniel? Fazer uma roleta paulista tendo ao lado o próprio Freud?

O rapaz ruivo olhava para a frente, desinteressado de tudo.

– Daniel é o cara de quem lhe falei, doutor.

Descíamos a Augusta. Começadas as roletas paulistas, não prestei mais a mínima atenção ao que dizia Marcus e muito menos ao ruivo silencioso e carrancudo. Fomos felizes nuns cinco sinais. Mas, no cruzamento com a Avenida

Paulista, entramos violentamente no meio de um ônibus. Após o impacto, olhei para os lados. Marcus estava sem nenhum ferimento. Da testa do rapaz ruivo, pousada no painel, corria um fio de sangue. Da boca também.

– Vamos fugir! – berrou Marcus, saltando para fora. Ergui o rapaz desacordado nos braços. Do ônibus começava a descer gente. Outros carros paravam e formava-se uma aglomeração em torno de nós. Marcus, empurrando as pessoas, gritava:

– Está ferido! Grave! Afastem-se!

O cerco fechava-se e era impossível sair. Marcus passou a distribuir murros para todos os lados. Abriu-se uma brecha.

– Aquele, doutor!

Apontava um carro, de porta aberta, sem motorista. Atirou-se para o volante. Descobriu a chave e deu partida. Joguei o rapaz no banco traseiro e fiquei a seu lado. Marcus dirigia a toda velocidade, sem prestar atenção aos sinais.

– Ele toma bolinha, doutor. Mas não faz muito efeito. Antes da gente encontrar o senhor, ele tomou umas três...

– Como é que se chama?

– Daniel. É o tal que eu amo, doutor.

Procurei ver o rosto do rapaz. A luz era pouca. Não vi nada.

– Eu menti pro senhor naquele dia. Daniel não sabe nada do que eu sinto por ele. O resto é verdade. A gente sai sempre junto, as meninas topam muito ele. Eu também. Só que não diz nada, nunca. Mas antes, sempre, toma as bolinhas. Antes de sairmos e antes de voltar para casa. Mora numa vila.

Chegamos ao hospital. Levei Daniel nos braços. Entreguei-o aos cuidados dos colegas, sem maiores explicações. Marcus ficou como responsável.

Deviam ser umas quatro horas da madrugada quando fui despertado pelo telefone.

– Doutor... É Marcus... Estamos saindo do hospital. Daniel está bem. Quer falar com o senhor...

Espero quase um minuto.

– Alô! Alô! Daniel?

Apenas o som de uma respiração ofegante, no outro lado do fio. Entra a voz de Marcus:

– Obrigado. Ele não consegue falar. Boa noite!

Não havia razão para eu entrar na sala de partos. Muito menos para ficar com outros pais, na sala de espera. Desci para o jardim. Sentei-me num banco e comecei a ler a carta de Benjamim que chegara pela manhã, junto com as primeiras contrações de Fernanda.

"Rudolf.

Nem meu e nem querido. Não possuo mais nada. Não quero mais nada também. Nem Madalena. Nem Benjamim. Lembra-se de Beatriz? Fui visitá-la no hospício. Não me reconheceu. Você não sentiu a mesma coisa ao me ver pela última vez? Pois foi também o que senti ao ver você. Estamos todos loucos, Alemão. Loucos e fodidos! A alienação tem muitos caminhos. Mas a mental é menos importante e grave que a vital. Não foi nossa mente que ficou louca, mas nossa vida, compreende? E permanecendo intacto o pensamento, julgamos, criticamos, analisamos e sintetizamos essa incapacidade de ser, estar, sentir, querer e fazer. E para que isso? Que merda fedida, hem, Alemão?

Comecei a brincar com religião, travestindo-me de pai de santo. Criei um terreiro em Salvador. Mas os imbecis acreditavam mesmo em mim. De repente, Rudolf, descobri uma série de coisas terríveis. E acabei crendo que Deus existe mesmo. Assim como um cara com ótima saúde descobre estar com câncer, ou outro, solitário e desesperado, sente surgir o amor dentro de si. Mais ainda: descobri que

Deus faz mais mal que bem à gente quando se descobre que ele existe. Logo, é mais câncer que amor, segundo as comparações acima.

Você deve estar querendo saber como foi que isso aconteceu. Mas é uma história longa demais, isto é, longa verticalmente. Basta lhe dizer que, em meio a toda a minha charlatanice e mistificação, comecei a fazer milagres. Milagres! Pequenos, primeiro. Bobagens. Eles pediam, imploravam, pagavam bem. Estimulado, fui em frente. Pasme, Alemão: acabei por ressuscitar um morto! A notícia correu. Como não consegui mais repetir a façanha, colocavam-me a alternativa: ou ressuscita ou morre. E quase morri mesmo! Alemão, sozinho, sem pressões, em pagamentos, eu ressuscito mesmo qualquer morto! Eu e Deus, claro. Ontem, aqui em São Paulo, fiz a experiência. Entrei num velório qualquer que encontrei. Rezei e pedi a Deus que o morto ressuscitasse. Você não leu nos jornais de hoje? Felizmente, ninguém soube que fui eu.

Não é isso uma alienação vital, hem, doutor? Não penso mais em Daphnis e Chloé. Isso não me importa mais. Que interesse pode ter o amor para quem domina o mistério da vida e da morte?

Mas de que adianta dominar a vida e a morte se não se tem dinheiro para comer e uma cama para dormir? Preciso de dinheiro para fugir daqui quando a coisa ficar perigosa demais.

Quanto a foder, velhão, nem mais sei o que é isso. Estou cheio de teias de aranha da cintura para baixo. Madalena, é lógico, não quer saber se Deus existe ou não. Por isso foi buscar o tal instinto animal, primitivismo, et cetera e tal, em outros crioulos menos bestas que eu.

Bom, acho que você não entende nada do que tentei lhe explicar. Mas é a pessoa mais rica que conheço e como o que preciso é de dinheiro, eis a facada. Passo por aí amanhã. Será que me arranja cem mil? A carta, guarde-a para a história. Antes de terminar, anote mais esta: é foda a gente ser santo antes de morrer.

Benjamim"

Coloquei a carta no bolso. A manhã era bonita demais para eu ficar triste. Loucura? Sei lá! Respirei fundo e senti um forte cheiro de terra úmida, de verdura e de seiva. Não, Benjamim, desculpe, mas minha vida ainda não está louca. Minha mente, talvez.

Subi apressado para a sala de partos. O médico barrou-me a passagem, no corredor. Quis falar, mas não conseguiu, porque o empurrei e entrei na sala.

Primeiro vi o corpo de Fernanda. Olhei-o atentamente. Sim, estava morta, mas não senti nada. Procurei pela sala. Sobre a mesa auxiliar, um pacote de pano. Abri. Um menino. Completo, inteiro, comum. Mas morto.

O médico dava-me explicações científicas. Valiam-me tanto quanto as absurdas de Benjamim sobre exatamente o contrário.

– Filho da puta! Sai daqui!

Ele fugiu apavorado. Comecei a quebrar tudo. O que não quebrava, fazia voar pelos ares: fórceps, bisturis, pinças. Havia um enorme frasco de mertiolate. Sentia necessidade de contaminar de vermelho toda a brancura asséptica da sala. Mas o mertiolate era asséptico também! Descobri um frasco de sangue para transfusões. Quebrei o gargalo e derramei todo o sangue sobre o corpo de Fernanda e do menino. Depois arremessei o frasco violentamente contra a lâmpada. A sala ficou às escuras. Localizei a criança e a envolvi nos panos. E saí da sala. Vários médicos e enfermeiros, no corredor, olhavam-me amedrontados. Ameacei jogar a criança morta em cima deles. Fugiram. Fui para a rua e entrei no carro. Ajeitei o pacote em meu colo e arranquei violentamente, como fazia Marcus. Tentei, nas ruas, inúmeras vezes, a roleta paulista. Mas, em todas, a banca foi minha. Meu filho morto dava-me sorte. Em alucinada correria cheguei à igreja.

Era hora de missa. Gil estava no altar. Com a criança morta nas mãos, segui entre os bancos. Era o momento da elevação, todos de joelho e Gil com uma grande hóstia nas mãos erguidas. Viu-me e petrificou-se. Cheguei bem junto dele. Os fiéis soltavam exclamações e moviam-se em direção à saída.

Era a hóstia de Gil de um lado e meu filho do outro. Quase se tocavam.

– Está aqui, Gil! É o meu deus, Gilzinho! Com raízes e tudo! Como o teu: morto! Eu prometi... é teu!

Ele, num movimento rápido, o da liturgia mesmo para aquele momento, deu-me as costas e subiu ao altar. Depositei o cadáver no degrau e fui embora correndo.

Não sei se o que sentia era dor ou raiva. Apenas não queria falar com ninguém e, de vez em quando, punha-me a berrar pela sala, quebrando objetos e dando murros nas paredes. Sentia-me logo melhor e dormia onde estivesse. Acordava para recomeçar a coisa. Só a ideia de imaginar alguém diante de mim era suficiente para me pôr a cuspir, dar socos e pontapés na direção do ponto onde a pessoa imaginada poderia estar.

E a primeira pessoa real que vi foi o padre Gil. Eu estava saindo do chuveiro. Mal acabara de me enxugar senti uma bruta vontade de tomar uísque. Acho que fruto da exaustão emocional porque, sob a água gelada, tivera uma crise terrível e conseguira finalmente chorar tudo. Com berros, soluços, secreções abundantes por olhos, boca e nariz. As lágrimas pareciam estar lavando as sujeiras de dentro de mim. E sujeiras eram o que senti e conheci de Fernanda e de meu filho em mim mesmo. A água dos olhos e do chuveiro as levava de meu ser, arrastando pelo corpo, do rosto aos pés, dos pés ao ralo.

Mas chorar cansa muito. Esgota. Alivia como orgasmo, mas é diferente porque tem ainda menos sentido, porque não comunica coisa alguma. Não cria nada. Limpa só.

Bom, mas veio a vontade do uísque. Entro nu pela sala à procura da garrafa e dou de cara com Gil, lendo o breviário.

– Como é que você conseguiu entrar?
– A faxineira não queria deixar. Como sou padre...
– A porta está trancada?
– Está. Ela fechou por fora quando acabou o serviço. Ouvi você berrando no banheiro e resolvi esperar. Aproveitei para ler as vésperas.

Tive a visão. Eu, menino, berrando para os outros garotos:

– Vamos tirar as calças do Gilzinho!

E berrei e ele levou o maior susto. Foi um corpo a corpo terrível. Percebi logo que, na esportiva, não o venceria. Então apelei. Desferi-lhe um murro no nariz, violento. Sangrou. Ele ia revidar, mas alguma coisa o reteve. Voei para cima dele e comecei a despi-lo. Estava meio tonto e não reagia. Num instante eu tinha todas as suas vestes nas mãos. Corri para a janela e joguei tudo para baixo. Olhei-o, brancura só, de bruços, encolhido, sobre o tapete.

– Vejam, está escondendo o pipi! Ele tem vergonha!

Eu ria, outrora e agora, com o mesmo riso fraterno e sádico. O breviário estava no chão, aberto pela fitinha verde. Apanhei-o e, num gesto de nosso tempo de basquete, arremessei-o pela janela.

Pés delicados, pernas finas com a penugem rala, bunda seca, coluna saliente em que se podiam contar as vértebras uma a uma. Sobre as costelas destacavam-se, como asas de anjo cotó, as omoplatas e uma enorme verruga. Era a verruga que impressionava.

– Por quê, Rudolf?

Empurrei-o com o pé, fazendo-o virar. Num gesto instintivo, aquele mesmo da infância, cobriu o sexo com as mãos. Atirei-me sobre a poltrona.

– Você tinha vergonha do quê, Gil? Disso que está cobrindo agora, sem querer? Vamos, tire as mãos daí. Você não muda, você é um só, o mesmo, com a batina ou sem ela. Não sei explicar por quê, mas prefiro conversar com você assim: nus. Desculpe o soco... precisava vencer seus complexos. Vamos, levante-se.

E Gil se ergueu. Sem cobrir o sexo, suas mãos não sabiam o que fazer, apoiando-se, inseguras, nas pernas, no peito e na cabeça. Mas não paravam. Acabaram por se encontrar junto ao rosto. Apertavam-se.

– Por que você tinha vergonha desse pipi, Gil? É como o de todos nós... suficiente, útil e feio. Você o achava pequeno?

– Rudolf, por quê?

– É verdade... naquele tempo, o tamanho do pipi é que indicava o grau de macheza. No fundo, um sentimento de poder, não? Isso, em você, favorecia nossa necessidade de afirmação. Claro! Mas hoje você se vinga, é ou não é? Você se afirma com o sacerdócio, ostentando sua segurança teológica, sua fé. Ser sacerdote, para você, Gil, é exibir uma espécie de pipi grande... um pipi moral e espiritual tão grande que nos humilha e inferioriza. Você é um danado, Gil! Um danado!

Ele estava sentado numa poltrona diante da minha. Do nariz corria um pouco de sangue. Ficamos um tempo em silêncio. Eu pensava em Gil e em seu deus fálico. Desenvolvia toda uma tese freudiana para justificar sua vocação sacerdotal. No que Gil pensava vim logo a saber. E não gostei.

– A psicanálise fez de você um monstro lúcido, Rudolf. Sim, tive muitos complexos, inclusive esse a que você se referiu. Castração, não é isso? E ainda os mantenho. Lutei com você por causa deles. Cobri meu sexo porque sentia a tal inferioridade. E você? Você que não tem complexo nenhum. Por quê, então, precisou expor os meus? Pense um pouco, antes de me responder: estamos despidos, mas qual de nós dois está realmente nu?

— Eu.

— Você não quis pensar, é uma pena. O processo por que passei desde o seminário até a ordenação, creia, é mais desnudante que o striptease psicanalítico ou o que você acaba de fazer comigo.

— Olho você, nu, e ainda o vejo de batina. E incrível! Acho que é o seu jeito de falar. As coisas que diz, Gil.

— Quando você me exibiu o cadáver de seu filho...

— Você exibia o de Cristo, para os seus fiéis: um drops do cadáver mais desfrutável da história...

— Rudolf, ouça-me, vim aqui para lhe dizer que não é verdade! Que você está enganado!

— Não eram as raízes de Deus em mim?

— Não!

— O que era então?

— Não havia amor!

— Mas não há amor em coisa alguma, Gil! E vocês insistem, afirmando que Deus está em toda parte, que é o todo, a parte... tudo!

— Fernanda podia amar, você pode ainda, Rudolf!

— Mas, e a criança?

— Nasceu morta.

— Defeito de fabricação...

— Poderia vir a amar...

— Se houvesse amor...

— Se você amasse...

— Se soubesse onde há isso...

— Em você!

Mostrei-lhe primeiro os colhões, depois o ventre, o peito e a cabeça.

– Aqui? Aqui? Ou aqui? Onde, Gil? Onde?

Ergui-o violentamente. E apontava os mesmos pontos nele.

– Em você, Gil? Deus está ali... ali... ali e ali? Ou na batina que joguei lá embaixo? Onde, Gil?

Marcus visitou-me algumas vezes. Eu passava os dias embriagado e dormia sob o efeito de soporíferos. Não queria pensar enquanto estivesse descontrolado emocionalmente. O álcool entorpecia tudo e me emprestava uma euforia artificial. Mas muito agradável. Descobri que a leitura, sob o efeito da bebida, é mais saborosa. A imaginação fica mais viva e a gente cria mais do que lê. A música também. O rapaz falava de coisas que não me interessavam absolutamente: dele mesmo, de Daniel, de amor, de poesia e de sexo. Conseguia não o ouvi-lo, mas sua presença me fazia tão bem como o álcool.

Uma noite, no maior porre, acabava de engolir os comprimidos para dormir, quando Marcus apareceu. Segurava meus ombros e falava junto de meu ouvido. Um perfume doce provocava-me náuseas.

– Receita... Re... cei... ta! O senhor está ouvindo? Re... cei...ta!

Enfiei a mão aberta no rosto de Marcus e o empurrei com força. A voz vinha de longe. O perfume também. Melhor.

– Bolinha! Ele precisa...

Começava a chegar a sonolência. Com ela, um zumbido nos ouvidos, crescendo sempre de volume. Bolinha? Precisa?

– O senhor é amigo...

A cara, o perfume, a voz angustiada. Náusea mais intensa.

– Se não arranjar a receita, ele...

O zumbido parecia uma sirene de ambulância dentro de minha cabeça.

– Marcus!

– Está aqui... Eu escrevo tudo, o senhor só assina...

– Marcus...

– Por favor! Eu ajudo. Segure a caneta. Assim...

Náusea. Escuro. O grito no pensamento. Sinto medo. Abro os olhos com força e vejo tudo claro. A mão segurando a caneta sobre o receituário. A de Marcus querendo conduzi-la.

– Escreva... Rudolf... Flügel. Por favor... Ru...

A mão caminha rápido: Rudolf Flügel. Solto a caneta e a consciência ao mesmo tempo.

Conforme previra, um dia acordei lúcido. Pensei claramente e não senti emoção alguma. Mas a ressaca era tremenda. Fernanda morreu. Nada. Meu filho nasceu morto. Nada. Eu sofri. Nada. Bebedeiras. Nada. Soporíferos. Nada. Benjamim. Nada. Gil e Deus. Nada. Marcus. Nada. Receita de bolinha para Daniel. Nada.

Perfeito. Era só tratar da ressaca. Banho turco, glicose na veia. Pronto. Estava curado. Não apenas da ressaca alcoólica. A da vida, sobretudo. Vida tóxica, tomada em demasia. Chegara, pois, o momento de aceitar a totalidade das regras do jogo. Um homem sem esperança alguma, este é o verdadeiramente livre. Eu não pertencia mais a nada. Estranhava tudo ao meu redor e em mim mesmo. E me parecia muito fácil negar as coisas inúteis, despi-las, recusá-las.

Comecei pelos livros. Enchi inúmeros caixotes com eles e os vendi a peso. Quadros, objetos, tapetes, cortinas, tudo, dei ao zelador do edifício. Cama, armário, mesa e cadeiras me bastavam. E a vitrola. Cada disco era essencial. Comprei ainda muitos outros. E chegou a vez do consultório.

Só depois de assinar a escritura de venda do conjunto é que apareci lá. Indenizei a enfermeira por todos os seus anos de trabalho comigo e, durante toda uma semana, fui encaminhando os clientes a uma colega. Os novos, nem recebia. Acabava de empacotar as fichas dos doentes e as anotações clínicas para mandar queimá-las. Sentia-me admiravelmente bem. A enfermeira veio despedir-se.

– Posso lhe pedir um último favor? Está aí fora uma cliente, com a mãe. Gostaria que o senhor a atendesse. Cinco minutos, apenas. É possível?

– Por quê?

– O senhor verá.

Não havia razão para recusar.

– Mande entrar.

– Agora me despeço. O senhor...

– Sei. Leve esses pacotes para o porteiro. Já acertei com ele. Ele deve queimar tudo. Fique junto até o fim. Obrigado. Adeus.

E dei-lhe as costas. Fui para a poltrona, atrás da mesa. E entram mãe e filha.

Focalizei primeiro a mãe. Quarenta anos. Bonitona, muito elegante, perfumadíssima, joias verdadeiras. Fumava, nervosa. Conhecia bem esse tipo de mulher: insatisfeita e gulosa. Ela adivinhava meu pensamento, porque, por um segundo, olhou-me diferente, esquecendo-se de sua missão maternal. Mas recuperou-se. Começou a falar. Voz rouca de fumante incorrigível de cigarros americanos com filtro e faladora mais incorrigível ainda, sem filtro.

Sem prestar atenção ao que dizia, voltei-me para a filha. Linda, também elegantemente vestida, mas eu a via de blue jeans e camiseta listada. O cabelo, penteado em forma de capacete. Loira. Muito loira. Olhos azuis, grandes e úmidos. Sem pintura alguma. Ela me olhava séria e agressiva.

A mulher terminou o relatório que não ouvi. Fumava três cigarros e estava escandalizada com o meu silêncio.

O que poderia ter dito para imaginar que eu pudesse me interessar?

– O senhor não diz nada? Só contaria essas coisas para um padre... O que é que o senhor acha?

– Nada. Nem sequer a ouvi. Por duas razões muito simples. Primeira: se a cliente é sua filha, interessar-me-ia apenas pelo que ela dissesse. Segunda: não tenho intenção de tomá-la como cliente.

– Por que não? Nós pagaremos o que for necessário.

– Não se trata de dinheiro. É que acabo de deixar a profissão. Agora, se me dão licença...

Ergui-me. Era isso mesmo. Se a mãe quisesse ficar para deitarmos no divã, seria outra conversa. Disse isso com o olhar e perturbei a mulher.

– É pena. Recomendaram-nos muito o senhor. Passe bem. Vamos, Cleo. Há outros psicanalistas na cidade.

E foi para a porta. Notamos, então, eu e ela, que a menina me olhava fixamente, imóvel.

– Vamos, Cleo!

Ela ergueu-se sem tirar os olhos de mim e foi para a porta. Abriu-a.

– Saia, mamãe! Quero conversar a sós com ele.

– Mas ele disse...

– Saia, mamãe!

– Você prometeu...

E foi empurrando a mulher para fora. Fechou a porta e encostou-se nela.

– Posso trancar?

– Pode.

Deu volta à chave. Jogou-a para mim. Não consegui apanhá-la. Abaixei-me, procurando-a no chão. Quando me ergui, a menina estava sentada no divã e o acariciava.

– É aqui que os goiabas deitam?

– É.

Deitou-se. Sorria. Depois ergueu as pernas e pedalou no ar. Virou-se de bruços e apoiou o queixo nos braços cruzados.

– Você é um tesão, doutor.

Assim, sim. Afundei-me na poltrona e coloquei os pés sobre a mesa.

– Quer saber tudinho?

– Não adianta, não posso ajudá-la.

– Quem quer que você me ajude é ela. Só perguntei se gostaria de papear comigo. É gostoso o seu divã... macio...

Começou a despentear os cabelos, rolando sobre si mesma no divã.

– Ela me fez vestir esse vestido e me obrigou a ir ao cabeleireiro, só pra vir aqui. Não sou nada assim.

Já estava de pé, descalça, sobre o divã. Segurava os cabelos esticados ao nível da nuca, soltando-os às costas, como os rabos de cavalo.

– Gosta?

– Muito mais.

– Você é engraçado... Fala sério, mas olha a gente de jeito moleque, como os garotos da turma.

Deixou-se cair sentada no divã e começou a rir.

– Você traiu mamãe! Ela não vai te perdoar nunca. A psicanálise era a última esperança dela. Papai quer me mandar para um colégio interno na Suíça. Acho que vou acabar tendo de ir. Já pensou, eu pastando num campo verde, tendo ao fundo umas montanhas geladas. Como aquela vaquinha malhada, branca e marrom, do chocolate...

Pastava sobre o estofado e, quando mugiu tristemente, transmitiu-me a sensação de que precisava mesmo de ajuda. Evidentemente, não se tratava daquilo que os clientes vinham buscar em meu consultório. Ela me encantava, renovando tudo dentro de mim. Sentia vontade de assobiar. Agora não brincava mais de vaquinha na Suíça. Apanhou meu maço de cigarros e tirou um. Acendeu-o. Deu uma tragada e engasgou.

– Merda! Não consigo aprender a fumar. Tome.

Colocou o cigarro em meus lábios. Mas não o soltou.

– Fume, quero ver...

Depois da tragada, ela retirava o cigarro de meus lábios. Quando julgava ser o momento para outra, repetia o gesto. E percorria, descalça, a sala, olhando tudo, mexendo nas coisas.

– Gosto de cuidar de homens. Sou meio gueixa. Mas é só isso o que sei fazer, mais nada. Sou bárbara em cafuné, massagens nas costas, canto música de fazer dormir, ninguém faz café melhor do que eu, nem aperitivos. Meu pai gostava que eu cuidasse dele. Agora não gosta mais. Os rapazes da turma são muito apressados. Gueixa está fora de moda. O que é que você acha?

Apagou o cigarro e começou a acariciar meus cabelos, ficando atrás de mim.

– É melhor se sentar ali...

Obedeceu-me. No duro mesmo, eu não achava nada. Estava completamente fascinado. Jamais conhecera intimamente uma japonesa e muito menos as gueixas. Aliás não gostava de ser cuidado. A menina era uma pureza incômoda. O puro inocente é uma coisa bonita e ascética. É como imaginamos nossas irmãs e nossas filhas. Porém a pureza que ela possuía e irradiava era a de não o ser mais. Por isso incomodava.

Encarapitada na poltrona, o queixo apoiado nos joelhos e os braços envolvendo as pernas, ela me olhava sorrindo.

– Eu me chamo Cleonice. Horrível, não? Como o cabelo que a bicha fez para eu vir aqui...

Ela disse "bicha" naturalmente, quase com respeito. Um nome genérico apenas, sem intenções maldosas ou críticas. Característica de sua geração: os homossexuais fazem parte dela como um sexo a mais, integrados e compreendidos, sem preconceito algum.

– Mas do jeito que estou agora é como gosto de estar sempre. Sou Cleo. Cleo é legal. É ou não é?

Esperou meu sorriso e prosseguiu.

– Rudolf é nome alemão. Mas melhor do que Rodolfo. Tem muito ô e é meio fofo. Vou lhe chamar de Rudi. Tá?

– Tá. Mas diga-me, por que seus pais acharam que você precisa de um psicanalista ou de ir pastar na Suíça? Por que é meio gueixa?

– Por causa da turma.

E contou como deixou de ser gueixa do pai, filha única, para ingressar numa turma de moças e rapazes que frequenta um mesmo clube. Nadam na piscina pela manhã, frequentam o mesmo colégio, voltam ao clube à tardinha para dançar e, à noite, vão para um apartamento.

– Qual é sua idade?

– Quinze. Mas estou na turma desde os treze.

– Todos têm a mesma idade?

– Os mais velhos, dezessete.

– Conte o que vocês fazem no apartamento.

– A gente dança. Eu gosto mais de surf. É como se a gente estivesse sobre uma prancha em cima das ondas, deslizando, procurando se equilibrar com movimentos de braços, assim... E as pernas, nestes movimentos... Uma delícia! Experimente, doutor. Vem aqui, eu ensino...

– E depois?

– Eles puxam fumo, mas não gosto. Eles bebem uísque, mas eu não gosto. Eles tomam bolinha, mas eu não gosto.

– Bolinha?

– É. Já tomou? Não é horrível? Pra que sentir aquela aflição, aquele nervoso, aquela urgência?

Gostei do "aquela urgência".

– E depois?

— Tem um quarto. A gente se abraça, se beija. Eu gosto. Então, eles nos levam para o quarto.

Segurou os cabelos e voltou a andar pela sala.

— Eles precisam... A primeira vez foi triste. Eu chorei e tive medo. Riram muito. Para que não voltassem a rir de mim, nunca mais chorei e disfarcei o medo.

Sentou-se no divã.

— Agora é diferente. Não é mais triste e não me assusta. É bom, porque eles ficam contentes e, depois, me deixam cuidar deles.

Ergui-me. Percebi que alguma coisa nela agora fazia com que preferisse não me olhar.

— E você não sente nada especial, Cleo? Uma emoção maior... uma...

— Nada.

— É sempre o mesmo rapaz?

— Não.

— Você gosta deles?

— Muito. São bonitos.

Sentei-me a seu lado no divã. Sem que pudesse impedir, minha mão foi para seus cabelos. Acariciava-os tão naturalmente, numa ternura tão espontânea, que Cleo parecia não se dar conta do meu gesto.

— Mas deve haver um deles... alguém de quem você goste mais... que a faça sentir sensações melhores.

— No começo pensei que era Marcus.

Retirei bruscamente a mão de seus cabelos.

— Marcus é o mais bonito. Ele foi o primeiro. Um dia, trouxe um garoto ruivo...

— Daniel.

— O senhor conhece? Por que é que ele não fala? Primeiro pensei que fosse mudo... depois, que era gago, porque falava tudo pela metade quando a gente ia pro quarto.

— Então, é Daniel?

— Ele me bateu...

Apoiou a cabeça em meu ombro. Sentia um suave perfume de lavanda.

— Por causa de Marcus. Eu não queria que ele entrasse com a gente no quarto. Quando Marcus ficava junto Daniel saía aflito do quarto, bebia muito e não falava mais. Acho que ele tinha tomado bolinha. Pedi pro Marcus que saísse. Ele ficou bravo e me possuiu diante de Daniel, na marra. Eu não queria e chorei. Daniel chorou também. Fui agradá-lo. Então ele me bateu. Só um tapa. Fugiu e nunca mais quis nem falar, nem dançar, e nem ir pro quarto comigo.

Cleo soltou-se de mim e calçou os sapatos.

— Minha mãe soube de tudo. Eu mesma contei, quando fiquei grávida. Ela me levou num médico e me operaram.

— Seus pais são muito ricos, Cleo?

— Acho que sim. Depois do aborto minha mãe falou que aquelas coisas, as lá do apartamento, só podem ser feitas depois do casamento, que estava muito chateada, que eu era uma louca, uma imoral, que estava pecando, ia para o inferno e, antes, seria uma puta. Não disse puta, é claro, mas mulher da vida.

Seu cabelo estava solto sobre o rosto, como uma cortina.

— E quem deu pra mamãe o seu endereço, doutor, foi o amante dela... o meu pediatra. Ele também foi junto quando me operaram.

— E seu pai?

— O quê?

— O que é que ele faz?

— Tem uma fábrica. Foi eleito senador.

— E você, Cleo?

— Queria ser gueixa... E agora estou com vontade de ir embora.

Sorriu.

— Gostou de mim?

— Muito.

Fomos em direção à porta. Expliquei-lhe que seu problema não podia ser resolvido pela psicanálise. E combinamos nos encontrar fora do consultório, como amigos. Dei-lhe meu endereço e telefone.

– Mas não vou precisar ir pra cama com você?
– Não.

Voltou-se rapidamente e me beijou na face.

– Posso ser sua gueixa?
– Não!
– Nem um pouquinho?
– Nem um pouquinho.
– Você não é veado, não?
– Não.
– Quer dizer que...
– Exatamente. Quero dizer que vou ser pra você uma espécie de anjo da guarda.
– Legal!

Abracei-a. E lembrei-me do menino da rua, àquela noite, na construção abandonada. Exatamente daquele abraço desesperado quando caí no poço por acaso e encontrei o que procurava. Mas, como é que a enfermeira podia saber de tudo isso quando me pediu que atendesse Cleo?

Durante algum tempo o consultório ainda me serviu como garçonnière. Levava para lá todas as mulheres que encontrava. Aliás, nesse particular os psicanalistas levam certa vantagem sobre os demais médicos: o divã é muito confortável e o ambiente mais propício às expansões do id. E por falar em id, o meu andava uma fera. Você sabe o que se convencionou chamar de id? Seria, na gente, em que lugar eu não sei, o centro do conflito animal, primitivo, onde os absolutos se encontram face a face: o instinto da morte e o da vida, o da destruição e o da criação, isto é, o cadinho onde se encontram, em estado puro, misturados, o bem e o mal. Foram batizados de Tanatos e Eros, o que quer dizer, em grego, os deuses da morte e do amor. No id, não há meios-termos, panos quentes. É um querer absoluto, obsessivo, tudo ou nada. Quer uns exemplos concretos? As crianças, os índios e os tarados são os que têm, na sociedade humana, os ids mais livres e manifestos. Então, admitamos que a gente se descubra amando e desejando absolutamente uma determinada mulher. Lá está o seu Eros, no seu id, apelando. Ou ele é satisfeito imediata e satisfatoriamente, ou entra em cena o Tanatos, destruindo quem se nega ou impede a satisfação do Eros. Mas isso não é nada. Já pensou no contrário? Você quer destruir alguém. Isso lhe é absolutamente necessário, por decisão do instinto de morte, o Tanatos, em seu id particular. Todo aquele ou aquilo que se negar ou impedir a realização plena e imediata desse instinto básico será objeto das forças vingativas de Eros, de seu instinto de amor absoluto e você passará a amar, construir, criar. Bem, nem sempre essas forças são assim solidárias, na base de uma mão lava a outra no fundo dos instintos animais. Elas podem se engalfinhar. Aliás, parece ser o que mais fazem lá dentro da gente. E o vencedor, exausto, exaurido, exige satisfação na medida atual de suas forças: e a gente ama, exausto e exaurido, nossos objetos de amor, ou em caso de vitória contrária a gente odeia e destrói, exausto e exaurido, os nossos objetos de ódio mortal.

Aí está. Resumindo: se o amor é total, mata-se; se o ódio é total, ama-se; se o ódio e o amor são totalmente antagônicos, ou não acontece nada ou amamos e odiamos com as sobras sobreviventes dessa luta amorosamente mortal dentro de nós.

Naquele tempo, no meu id, as forças do amor e da morte empatavam de zero a zero. E meu sexo ficou livre. O novo proprietário das salas deu-me uns dias para a mudança. Sem os clientes, que encaminhei todos a um psicanalista chamado Roberto Freire, tinha os dias livres.

Marcava hora para o mulherio como fazia com os clientes. E trepávamos no chão, sobre a escrivaninha, no divã, no banheiro, na sala de espera, e até no corredor do edifício. Em cada ejaculação, acho, devolvia parte das coisas que os clientes injetaram hora a hora dentro de mim.

Roberto Freire, o psicanalista a quem encaminhara os meus clientes, não aceitou nenhum, enviando-os à Sociedade de Psicanálise. Lá, eles foram distribuídos judiciosamente entre os demais membros da confraria. Confesso que estava curioso por saber a razão da recusa do ex-colega, mas nem tanto que o fosse procurar. Escolhera-o como herdeiro de minhas formigas avariadas apenas porque havíamos feito juntos vários cursos e ele me parecia, naquela época, ser o menos quitinizado do grupo. E porque escrevia para teatro e envolvia-se em política, era socialista e praticava a religião católica. Shakespeare, Freud, Marx e Cristo, se bem dosados, deviam dar um bom coquetel. E ele usava um bigode honesto. Eu implicava um pouco com o seu jeito de olhar para cima (como a pedir socorro a Deus) toda vez que, no diálogo, era obrigado a pensar antes de responder. Mas eu sabia que aplicava no seu método de investigação e terapêutica das neuroses o tal coquetel, dosando as partes de acordo com a vontade ou as necessidades do freguês. E isso, convenhamos, devia ser divertido. Finalmente, e talvez fosse este o fator decisivo da minha escolha, era, a meu ver, um elefante travestido de formiga. Senti isso claramente, num bar, quando o fiz beber enquanto ouvíamos jazz, após uma chatíssima conferência científica. Havíamos nos engalfinhado nos debates porque eu, num aparte ao conferencista, considerava a religião católica a fonte principal das repressões libidinosas que geram grande parte das perversões sexuais. No bar, sob o efeito do álcool, da música e dos elefantes machos, fêmeas e híbridos que cantavam, dançavam, ritmavam desejos, frustrações, ressentimentos e revoltas ao nosso redor, acabamos por nos entender.

Mais tarde assisti a algumas de suas peças teatrais. Não gostei. Fernanda, que era sua amiga, chorava o tempo todo a meu lado. Identificava-se com as personagens e purgava com elas suas penas e misérias. Devia sentir-se também uma heroína passiva do grande martírio que, segundo Roberto, era a condição humana.

– Ele sente, ele sabe o que está acontecendo com essa pobre gente medíocre e infeliz que descreve. Mas não tem visão alguma além da própria condição delas, Fernanda! Provoca-me náusea e, em você, lágrimas. Faz-nos excretar e não digerir, compreende?

Mas não pense que o julgava pior que os outros autores de sua geração. Apenas parecia-me o menos hábil tecnicamente e o mais comprometido com o herói-vítima. Aliás, o que mais me irritava neles todos era essa concepção do martírio. Coisa tão romântica e beócia que só fazia a gente respeitar e admirar os poderosos. Só eles, os dominadores-vilões, têm grandeza, poder humano e transcendência. Sempre preferi Hitler aos judeus, como personagens da História, claro.

Certa vez mostraram-me um jornal que ele havia ajudado a fundar. Como a maioria dos católicos que, ao dar pressurosa e interessadamente a César o que era de César entregavam junto o que era de Deus, esse jornal cobrava de volta, em nome de Cristo, as coisas de seu Pai. Achei bacana. Não pelo catolicismo, claro, que é problema das formigas. Mas pela depuração das coisas e pelo inconformismo como tal. E pensando bem, Cristo, os apóstolos, os santos e alguns cristãos foram elefantes dos bons.

Uma vez prenderam Roberto, por causa de suas aventuras subversivas na política do formigueiro. Fernanda foi visitá-lo. Fui junto e troquei algumas palavras com ele.

– Sente-se bem, vivendo suas personagens?
– Como assim?
– Vítima. A comoção de seus amigos e parentes, a revolta de seus correligionários, não são a própria consagração?

— Vá à merda, Rudolf.

E eu fui. Não sei se Roberto soube exatamente o que me aconteceu logo depois, isto é, o rompimento com Fernanda, a gestação de meu filho e a morte de ambos.

Todas essas coisas me levaram a passar-lhe os clientes. E eu me sentia curioso por sua recusa. Tudo se esclareceu no dia que o encontrei na Praça do Patriarca. Ele lia os jornais pregados numa banca, ao lado de um amontoado de pessoas.

— Por que você os recusou?

— Seus clientes?

— É.

— Não clinico mais, também.

— Por quê?

— O que é que você tem com isso?

Percebi ser minha irritação igual à dele. Ótimo. É assim que a gente melhor se entende: na ofensiva.

— Ando lendo você num jornal. Bela merda, o que você escreve!

— Faço novelas imundas para a televisão também. E daí?

— Vendeu-se? Isto é, está liquidando, sem entrada e sem mais nada, teus Shakespeare, Freud, Marx e Cristo?

— Quer comprar? Basta ser um rapaz direito para ter crédito...

— Não sou direito...

— Então foda-se.

E voltou a ler, comovido e nervoso, suas mãos tremiam ao segurar o jornal, a notícia de um terremoto no Chile. Cheguei perto e li também: centenas de mortos. Roberto olhou-me sério:

— Soube de Fernanda...

— Mais uma vítima. Boa personagem para uma próxima peça, não?

— Soube também de seu filho. Sinto muito.

— Eu, não.
— Você é um cínico!
— E você é um romântico!

E foi em direção ao Viaduto. Mas eu não o largava.

— Fechei o consultório porque o meu saco estourou! E você?

Ele andava apressado à minha frente, sem se voltar.

— Descobri que é a maioria e não a minoria que precisa de ajuda.
— Socialismo?
— É. Cai fora, Rudolf!
— Não tem ismo que resolva! Falta o amor...

Ele andava cada vez mais apressado, esbarrando nos outros, na passagem pela faixa de pedestres na Rua Líbero Badaró. Mas eu não descolava.

— Você já o encontrou?
— Já.
— Mentira! Vi suas peças, li seu jornal, li seus artigos. Você também sabe que o amor não existe!
— Não grite!
— Então pare pra conversarmos, porra!

As pessoas voltavam-se para nos olhar.

— Não vamos descobrir nada falando, Rudolf!
— Nem fugindo!
— O fato de me perseguir não exclui fuga em você!
— Seu caso me interessa, Roberto!
— Garanto-lhe que é banal...
— Responda apenas isto: por que parou de clinicar?
— Já disse... a maioria é que importa. Ela não está ao alcance da psicanálise... ou vice-versa.
— O problema não é quantitativo, mas qualitativo! É o amor que importa e você sabe disso! O amor!

Como corri para junto da murada, alguns bons samaritanos, imaginando um suicida, agarraram-me e fomos parar no meio da pista para os carros. Soltei-me e corri entre os automóveis, até um ponto por onde Roberto deveria passar, na calçada. Mas os desgraçados dos samaritanos me seguiram. Fui novamente agarrado.

— Não quero me matar, imbecis! Me soltem! Preciso falar com aquele cara ali!

Roberto fingiu que não era com ele, e, quando passou a meu lado, pude gritar-lhe:

— É o Homem! O Homem! Não adianta consertar a sociedade, deixando o Homem para depois! É o amor, Roberto! O amor! A solidariedade, a fraternidade, a caridade, nada têm a ver com o amor! São apenas soluções precárias e inúteis quando não há amor! Nunca houve!

Ele se afastava e eu falava apenas para os formigões assustados. O guarda vinha correndo. Roberto, vendo-o, interceptou-lhe o caminho. E voltou.

— Deixe, está louco. Sou médico, cuido dele!

Agarrou-me o braço. Estávamos cercados por uma multidão.

— Quer se matar!
— Quase se jogou dali...
— Por amor...
— Pelos homens...
— Pela sociedade...
— É um louco...
— Nada, dor de corno...

Roberto arrastou-me para longe de novo. O guarda só se afastou quando saímos do Viaduto. Chegamos ao Teatro Municipal.

— Você viu? Todos queriam salvar minha vida. Que beleza! Suas peças são assim mesmo. Sua religião também... Salvar para quê?

— Fale baixo e não se agite tanto. Eles podem recomeçar a querer salvá-lo.

— Entretanto, se estivesse com fome ou doente, se pedisse esmola...

– Você ganhou. Diga. Diga, Rudolf, o que você quer de mim?
– Saber a verdadeira razão por que deixou a medicina.
– Você não aceitará nenhuma, a menos que seja a sua...
– Eu descobri que o amor não existe. Logo, tudo é fácil. E você? Mas fale honestamente.

Nossos olhos se encontraram e percebi que ele ia falar com sinceridade.

– Rudolf... Deus... eu creio na procura de sua existência... creio no resultado de sua verdade e ação... Creio em tudo que o significa, menos nele mesmo. Você compreende isso?
– Falei do amor, não de Deus!
– Mas é a mesma coisa! Está bem, o amor...

E começou a falar do sentimento que o unia à família, aos amigos, ao que escrevia e pretendia escrever, a seu semelhante abstrato e real, a um socialismo cristão regenerador das injustiças sociais, a um Deus que...

Deixei de ouvi-lo. Roberto era um covarde a mais. A ternura humana vencera sua autenticidade; e o misticismo, a coragem animal. A ternura pela mulher e os filhos o reduzira à condição de fêmea social. Cuida da sociedade como as mulheres da prole. Amor de mãe não é amor, pelo menos do amor que falo. Como não são amor também a solidariedade, a fraternidade e a caridade, isso eu já disse, mas é bom repetir. O grande mal é esse amor placentário fora da placenta. É esse calor da amamentação quando os seios já estão secos. É essa responsabilidade umbilical do gerador ao gerado e essa gratidão mamífera do gerado ao gerador. Será que Roberto não entendeu nada do que fez, falou e por que viveu e morreu Jesus Cristo? E falo em Cristo só por causa das convicções e crenças dele, que precisa de exemplos edificantes para compreender a perfeição e a verdade das coisas.

Seus olhos muito abertos por trás dos óculos espiavam-me estranhamente, como quem se olha num espelho e não vê a própria figura.

– O muito que você quer bem à sua família não ficará diminuído em nada se admitir que o amor verdadeiro ainda não foi vivido por ninguém, embora esteja dentro de todos nós, potente, latente e virgem!

Por um instante alguma coisa se acendeu dentro dele. Uma rápida iluminação, porém insuficiente para vencer as sombras de sua escuridão de homem comum.

– Você não sabe, engana-se, mente-se inconscientemente, mas foi por isso que deixou a profissão! Porque vasculhando, remexendo no fundo da alma de seus clientes, não encontrou amor maior que essa morna ternura humana e a libido, mais nada. Na sua, não encontrou também coisa alguma. E sabe que só esse amor poderia salvá-lo. Salvar você, salvar sua mulher, salvar seus filhos! E esses imbecis todos que estão nos olhando!

Eu subia os degraus da escadaria do Teatro Municipal enquanto dizia essas coisas. Aos berros. O povo, novamente atraído, aglomerava-se em torno de Roberto. O guarda, que não nos perdera de vista, aproximou-se dele:

– O senhor não disse que ia dar um jeito no cara, doutor?

Roberto não respondeu. Fugiu apressado. Eu o via do alto da escadaria, correndo pela Praça Ramos de Azevedo.

Voltei a frequentar regularmente o "Requiescat in Pace". Juqueri, descoberta a sua fraude, foi expulso do manicômio. Contou-me que a maioria dos malucos contraía, devido à sórdida alimentação e à miserável condição de higiene dos hospitais públicos, diversas formas de infecções e infestações intestinais. Como o número de médicos era insuficiente para que os internados fossem examinados pelo menos uma vez por semana, grande número deles empacotava de disenteria. O que, aliás, era um benefício para a administração desses hospitais, reduzindo seus encargos. Mas acontece que Juqueri apanhou também a sua infecção e quase bateu as botas.

– Às vezes a gente manda ou é mandado à merda. Mas não se tem a menor ideia do que isso significa. Pois eu agora tenho vivência e experiência completa do que é estar na própria. Imaginem uma sala do tamanho desta, com colchões espalhados pelo chão. Janelas fechadas com grades, portas trancadas. Cinquenta homens completamente malucos e um que se fazia passar por. Todos na maior caganeira e nenhum se preocupando a mínima com as consequências disso. Deixo o resto por conta da imaginação de vocês.

Foi justamente por haver protestado contra esse abandono e imundície, que Juqueri foi apanhado em flagrante pelos médicos.

– Saí do personagem porque não me havia preparado psicologicamente para a disenteria e para resistir àquele mar de merda...

Gaby pedia que ele parasse com a descrição, tapando o nariz com os dedos. Mágico de Oz, muito silencioso e alheio, não participava diretamente da conversa. Já Casto Alves ouvia Juqueri atentamente e fazia perguntas, sempre conferindo a impressão que o relato me causava. Alguma ele devia estar tramando e esperava de mim qualquer forma de conivência. Júlio não ouviu a história toda, cuidando da portaria do hotel que recentemente tivera aumentada a freguesia. Acontece que a polícia fechara todas as casas de prostituição da rua, após uma denúncia. Foi Gaby. Dera um golpe de mestra nas outras cafetinas. As meninas até que preferiam trabalhar para uma só patroa, especialmente se essa patroa era francesa. A porcentagem a ser descontada, no hotel, era menor e o quarto ficava por conta do macho.

Depois, tinham assistência moral e técnica de uma verdadeira conhecedora do *métier*.

Incomodava-me o silêncio de Mágico de Oz, os olhares cúmplices de Casto Alves e a ausência de Rodrigo.

– E Rodrigo?

– Você não soube? É um grande sucesso na televisão. Um produtor bicha o descobriu. Está ganhando um dinheirão! Dormiu um par de vezes com o produtor e já o mandou passear. Aparece só de vez em quando e com mulheres lindas.

A explicação era de Casto Alves. E veio, em seguida, a história toda. Mas, aos poucos.

– O que é que você tem, Toninho?

– Aconteceu muita coisa por aqui.

– Em você, o que foi que aconteceu?

– Pois é... Você vê que estou diferente?

– Vejo.

– Obra de Gaby, também. Lembra daquela noite que você me levou para o puteiro? Eu contei que as mulheres riram de mim...

– A quebra do jejum. Sim, era a sua primeira relação.

– Mas não houve relação nenhuma naquele dia! Eu me masturbei na cama, ao lado da mulher. Não me pergunte por quê, pois não sei. Ela ria de mim e vieram as outras... Queriam ver, ajudar. Eu fugi.

– Bem, não faz muita diferença mesmo...

– É isso. Depois eu voltei lá e consegui. É como você diz, não faz nenhuma diferença.

– E contou isso a Gaby...

– Contei. Ela resolveu me ensinar como fazer a coisa ficar diferente. Dá aulas... com uma mulher. Aulas práticas, compreende?

Compreendi, mas achei que Gaby estava indo longe demais. Primeiro o golpe nas cafetinas e agora esse cursinho teórico-prático para vestibulandos do sexo!

Benjamim apareceu no "Requiescat in Pace", muito magro e infeliz. Mandaram me avisar. Não dirigiu a ninguém uma só palavra até eu chegar. Sentado num banco, jururu, tomava cachaça e olhava tristemente para os outros.

Fui o mais depressa que pude, porque o recado era alarmante. Examinei-o por algum tempo, sem que me visse. Devia ter emagrecido uns vinte quilos e tinha um aspecto realmente doentio.

– Que é isso, negro?

– Choro, não tá vendo? Senta aí e me deixa acabar de chorar. Falta pouco...

A um sinal de Gaby, todos saíram do bar. Mas ela ficou atrás do balcão, lavando uns copos limpos.

– Pronto, acabou. Vem cá, quero te dar um beijo.

Já me habituara aos beijos de Benjamim. Ofereci-lhe a testa, mas ele preferiu a bochecha.

– E os mortos, como vão? Tem ressuscitado muitos ultimamente?

– Não.

– Perdeu o poder?

– Não.

– Enjoou?

– É.

– Por quê?

– Você devia ter mandado me avisar... Fernanda e o menino... Eu podia... Agora não dá mais. Eles, valia a pena!

Tudo entremeado de suspiros e olhar perdido, imóvel, com os braços pendidos até o chão.

– Ressuscitar formigas para ficarem mais tempo enchendo o saco da gente, você compreende, não tem sentido.

– É. Então, por isso, abandonou os milagres?

– Foi.

— Pois saiba que fiz o mesmo com a psicanálise e acho que pela mesma razão. Só que não choro...

— Estou vivendo um grande drama, seu merda.

— Está bem, então desembucha.

— Comecei a emagrecer sem parar e a sentir uma dorzinha aqui. Fui num médico. Ele me examinou, fez chapa. Quis me embrulhar e acabei dando um murro na cara dele. Então confessou: câncer.

Gaby deixou cair um copo. Benjamim a descobriu.

— O que é que faz essa putona aí, nos espionando?

Ela saiu apressada. Era desagradável a notícia, sem dúvida. O que é que eu devia lhe dizer? Nada. E foi o que fiz.

— Será que a coisa funciona comigo mesmo?

— O quê?

— Será que consigo me ressuscitar?

— Não entendo disso. Quanto tempo lhe deram?

— Um mês, no máximo.

— E o que é que pretende fazer?

— Morar com você.

— Claro, não há problema.

— Você cuida de mim? Paga o médico, os remédios e a radioterapia?

— Pago.

— Me arranja bastante morfina?

— Arranjo.

Então, sorriu. Foi horrível. A gente se convence de que os doentes estão prestes a morrer quando sorriem.

— Você me ajuda nas experiências?

— Que experiências?

— Preciso preparar você pra me ressuscitar, compreende? Se der certo, muito bem. Se não der...

— Se não der?

— Uai, se não der você me enterra. Mas tem de esperar três dias...

— Está bem. Vamos embora. Quem tem câncer precisa dormir bastante.

Agarrei o braço do negro e fomos para meu apartamento. Emprestei-lhe meia dúzia de livros e um pijama. Atirei-me na cama e adormeci em seguida.

Gritos. Acordo e procuro entender. Benjamim está diante de mim, com as mãos no abdome. Atira-se na cama e dobra-se, aos berros.

— Morfina, Alemão! Morfina!

Aplicada a injeção, ele se acalmou.

— Passou?

— Uma porra! Estou esperando...

Espero também. Aos poucos ele descontrai os músculos. Boca e olhos se fecham. A vida segue seu curso, vencida a barreira da dor e do medo.

Não era nada fácil suportar o câncer de Benjamim. Ele comportava-se como uma gestante. A coisa me irritava muito. Logo perdi a paciência. E aos berros e doses cada vez mais altas de morfina, fui enfrentando sua gestação.

Marcus apareceu num dia em que o negro, sob o efeito da droga, estava muito dócil e alheio a tudo. O mesmo não acontecia com o filho de Mágico de Oz. É que doía o câncer dele também.

— Daniel esteve aqui?

— Não.

— Ele sumiu. Na última vez que nos vimos, disse que viria procurá-lo. A situação na casa dele está horrível. Descobriram que toma bolinha. Querem agora interná-lo num hospital de loucos.

Não respondi nada, porque não pensava em nada.

— Naquele dia aconteceu uma coisa desagradável.

– Você contou a Daniel o que sentia por ele.
– Não disse, mostrei... O senhor o achou bonito?
– Não me lembro. Ele é ruivo...
– Pois é... eu o amava, mas não sabia que Daniel era tão bonito. Sei lá, o jeito dele é que me pareceu, de repente, a coisa mais linda que já vi. Depois que me contou todos os problemas com a família, me leu o que havia escrito sob o efeito de uma bruta dose de bolinhas.

No consultório, muitas vezes, ouvira confissões de amor desse tipo, tanto de homens quanto de mulheres. Lá não me causavam emoção estranha alguma. Mesmo quando Marcus me falou pela primeira vez do que sentia pelo amigo, a coisa me pareceu natural, isto é, real. Porém, naquele momento, soava falso, ridículo, feio e até repugnante. Câncer.

– O que é que ele escreve?
– Não são poemas, nem contos, nem diário. Imagens verbalizadas, assim como quadros abstratos. É insólito, muito belo e incompreensível. Parece Rimbaud.
– Mas você dizia que aconteceu uma coisa desagradável...
– Enquanto Daniel lia, eu descobria um fato novo em nossas relações, uma atração pelo belo, nele e no que escrevia, e fui me aproximando e beijei-lhe a boca. Ele me olhou demoradamente e depois começou a chorar. Eu não conseguia falar. Então foi embora e desapareceu.

Havia lágrimas nos olhos de Marcus.

– E eu era a única pessoa em que Daniel confiava. Acho que o beijo destruiu sua única fonte de comunicação com os outros.

Ficamos algum tempo em silêncio. Eu pensava na solidão humana e tentava imaginar o que devia estar fazendo e sentindo Daniel, perambulando pela cidade, sem ter para onde ir, com quem se comunicar e consumindo as bolinhas que o faziam viver, graças às minhas receitas.

– Minha única esperança é o seu receituário, doutor.
– Como assim?
– Quando acabarem as receitas que me deu e lhe passei, Daniel virá procurá-lo para obter outras.
– É, é possível.
– Gostaria que me avisasse. Não, não é o que o senhor deve estar pensando. Aquele beijo, que fez tanto mal a ele, me ajudou muito. Descobri que Daniel não compreende esse tipo de amor e descobri que somente com ele isso me seria possível. Assim, estou livre. O senhor compreende?

Achei melhor não responder. Que sabia eu?
– Quero apenas ajudá-lo, libertando-o de mim.
Outro silêncio. Ergueu-se.
– Não sou um homossexual como pensei. Foi Daniel que me fez pensar e sentir assim. Ele desperta nos que o amam esse sentimento de... Não sei completar essa frase, doutor. Mas agora estou certo de que o sexo, no caso, seria um equívoco terrível.

Marcus foi embora e eu fiquei com dois cânceres para cuidar. Benjamim e Daniel. Morfina e bolinha.

A morfina era um santo remédio. Além de tirar as dores do negro, produzia-lhe intensa euforia. Foi nesse clima que me ensinou os passes mágicos, as palavras, os gestos cabalísticos e as orações que faziam parte de seu processo de fazer os mortos ressuscitarem. Preocupava-me apenas ter de esperar três dias, até poder enterrá-lo. Eu havia prometido e cumpriria minha palavra, custasse o que custasse.

– Posso esperar mais tempo, até um ano, Benjamim. Mas não seria melhor embalsamá-lo?
– Não! De maneira alguma! Estragaria tudo. Mesmo que eu voltasse à vida, seria uma múmia. Nem pense nisso.
– Mas e o cheiro? Três dias...

– Que cheiro, seo? Na hora que eu começar a feder, pode enterrar porque a coisa falhou. Mas não vá confundir bodum de negro com exalações cadavéricas, hem?

E encostou o sovaco na minha cara.

– Vá se acostumando com o cheiro natural da raça para evitar confusões no futuro!

Os "elefantes" vinham visitá-lo todo dia. E meu apartamento passou a funcionar como sucursal do "Requiescat in Pace". Juqueri, depois de um bom tratamento, voltou à forma e dedicava-se agora ao teatro de verdade. Fez teste numa companhia e foi logo aceito. A estreia já estava marcada e o homem, nervosíssimo como um principiante, pedia a Benjamim para lhe tomar o texto.

– Você vai ser o maior fracasso, Juqueri! Só sabe fazer papel de louco... Larga mão disso!

Mágico de Oz, sob o efeito de uma longa, lacrimosa e definitiva conversa com Marcus, voltou à velha forma. Divertia muito o negro, contando, detalhadamente, as últimas conquistas. E Casto Alves era quem trazia mulheres para o apartamento, organizando e realizando com Benjamim homéricas surubas.

– Quem te viu e quem te vê, hem, Antônio?

O negro negava-se a usar o apelido do outro, agora inteiramente descabido.

Gaby aparecia pouco, porém mandava recados e doces de padaria, às toneladas. Nós jogávamos tudo fora, menos quando era dia de suruba, para adoçar as meninas gulosas. Depois descobrimos que a francesa preparava mais um golpe de mestra. Mágico de Oz é que trouxe a notícia: Gaby ia fundar uma cooperativa, a primeira do mundo, de prostitutas. O assanhamento, na rua, era total. Já haviam bolado a sigla, o dístico e já tinham estatutos. Mas era tudo segredo ainda. Benjamim comentou, contorcendo-se em dores, enquanto a morfina não fazia efeito:

— Vão acabar todas presas... onde já se viu putas comunistas?

Mas o dia da maior festa foi quando apareceu Rodrigo. Trazia, é claro, seu guia: a maior e mais "boa" vedeta da televisão. Magnânimo e caridoso, deixou Benjamim papá-la ao som do acordeão. E a vedeta adorou. Fez para nós este comentário, depois:

— Judiação, um homem com um pau desse tamanho morrer de câncer!

Benjamim, orgulhoso, ria feliz aquele riso de quase morto que tanto me incomodava.

— Deixo de herança pra você, neguinha...

Rodrigo tocou seus últimos sucessos, cantados pela vedeta, e tivemos de interromper a festa dada a violenta crise de dor de Benjamim que a morfina não foi capaz de debelar. Passei a noite acordado junto dele, ouvindo-o gemer e orar. Eram estranhas orações, algumas católicas, outras de umbanda e a maioria inventadas na hora, com palavrões e tudo. Manhãzinha, ele dormiu. Fui ver se o leiteiro já havia entregue o leite, pensando num reconfortante café da manhã.

Abro a porta e dou com Daniel sentado no chão, encostado no batente, adormecido. Tomara quase todo o litro de leite e comera metade do pão. A roupa suja e os sapatos furados. Encostei-me também à porta e fiquei olhando-o, sem me decidir sobre o que fazer. E lembrei-me de Marcus. O rapaz era mesmo bonito, mais pelo jeito, não há dúvida. O cabelo vermelho absorvia demais a atenção, não permitindo maior tempo de observação do resto. E passei para outro tipo de considerações. Dezessete anos, solidão, vício de excitantes cerebrais, poeta, perseguido por um homossexual, em crise com a família, tomou todo o meu leite, comeu a metade do meu pão e dorme inocentemente à minha porta!

Dei-lhe um pontapé na bunda. Acordou, mas não me viu. Bocejou e ia se acomodando para nova esticada de sono. Agarrei-o pela camisa e o joguei para dentro.

– Desculpe, era muito tarde quando cheguei... Não tenho relógio... não quis...

Bocejava seguidamente e mal podia manter os olhos abertos. Eu conhecia os sintomas. Os viciados em psicotrópicos passam dias seguidos sem dormir. Quando param de ingerir a droga, vem o torpor do sono acumulado. Fiquei quieto para testar a coisa. Ele cambaleou, dobrou os joelhos, os olhos se fecharam e caiu sobre o tapete. Dormindo.

Os berros de Benjamim não foram suficientes para despertar Daniel, embora crescessem e crescessem. A única solução foi interná-lo. Os médicos achavam que devia ser operado. Poderia viver algumas semanas mais e não sofreria tanto. Benjamim foi contra porque isso prejudicaria seu ressuscitamento.

– Que é que vou fazer depois que voltar a viver, sem a metade do corpo?

Prometi passar todas as noites em sua companhia e deixei-o aos cuidados dos médicos e das enfermeiras.

Voltei para casa. O garoto dormia feito um anjo. Preparei uma batida de frutas e enfiei-lhe goela abaixo. Não acordou. Melhor. Um câncer de cada vez.

Eu não sabia o que fazer da vida. Decidi então que, enquanto Benjamim vivesse, cuidaria dele; depois, veria. Estava tomado por imensa necessidade de mulher. Alguém que pudesse me dar um pouco mais, não muito, além do sexo. Ia sentir saudade de Fernanda, mas mudei logo de pensamento.

O que é que podia agradar Benjamim? Vasculhei inúmeras livrarias e acabei descobrindo umas edições raras de *Daphnis e Chloé*. Depois fui a uma casa de discos e comprei algumas gravações do balé de Ravel inspirado na obra grega. E uma vitrola de pilha.

No hospital, começamos por ouvir os discos.

– Tudo uma merda, Alemão! Nem Ravel e nem os arranjadores entenderam um níquel da coisa. Jogue tudo fora. Uma merda!

Joguei os discos na cesta e Benjamim ainda cuspiu em cima.

– Você tem saco de me ler em francês essa versão do Courier?

E eu li. Varamos a noite. Amanhecia quando chegamos ao último parágrafo.

– "Cependant, Daphnis et Chloé se couchèrent nus dans le lit, là où ils s'entre-beisèrent et s'entr'embrassèrent sans clore l'oeil de toute la nuit, non plus que chats-huants; et fit alors Daphnis ce que Lycenion lui avait appris: à quoi Chloé connut bien que ce qu'ils faisaient auparavant dedans les bois et emmi les champs n'était que jeux de petits enfants." Fim.

Benjamim chorava.

– Você leu minha versão. Lembra? A que destruímos em seu consultório. Era perfeita!

– Mas impossível, Benjamim. Impossível compreendê-la. Você trocava o amor pela morte. Invertia tudo. Além de incompreensível, era cruel demais.

– Era belo!

– Sim, era...

– Os adolescentes descobrindo a morte e praticando-a em lugar do amor, com paixão e ternura, violenta e docemente. E sendo o sexo instrumento mortal. A dor, em lugar da alegria. O desespero total, substituindo a paz.

– Aranhas e cobras e não cabras e ovelhas...

– Subterrâneos e charcos e não prados e montanhas...

– E a caçada.

– Sim, a caçada, Alemão! Era o maior e melhor momento da obra...

Benjamim sentou-se na cama. Tudo era branco, imaculado, a seu redor. Sua cor, depois da doença, um negro baço, sem reflexos. Abriu os braços e os olhos. A voz, exausta e rouca, ecoava antes mesmo de sair da boca:

– O amor, sendo traído, mentido, negado, iludido, falsificado, destruído! Porque não são as pessoas que existem, mas a esperança de amor que há nelas. Não há nomes, não há olhares, não há gestos, palavras. Apenas o seu conteúdo, em promessas, intuições de amor. Não há projetos de vida, não há realizações, não há conquistas, somente essa busca cega e desesperada de salvar o frágil e único legado de Deus! A ilusão de amar. Porque a vida humana é essa imensa e grotesca caçada: cada homem tentando alcançar o germe de amor que há no outro, para aprisioná-lo, feri-lo, matá-lo. Por isso fazem-se amigos, parceiros, parentes, amantes, sócios. Porque é preciso estar mais próximo, mais ao alcance do ódio, mais perto da ilusão de amor do outro. Para a ceva, para o bote, para o crime. A humanidade é o resultado dessa caçada. Os homens estão vivos, mas o seu amor está morto. Assassinado. Um matou a possibilidade de amor no outro. A lei é essa mesma: amor por amor, para que não haja amor.

E deixou-se cair, exausto, sobre os travesseiros. Ofegante. Parecia um gemido sua respiração. Agora a voz era débil, quase um sussurro.

– Por isso é fácil ressuscitar os homens mortos, Alemão!

E adormeceu. Como os seus mortos ressuscitáveis. Chamei a enfermeira e a deixei em meu lugar.

De uma posição bem alta, assistia ao dia nascer sobre a cidade. E contemplei o reinício das atividades dos homens vivos e de amor morto, em sua caçada cotidiana.

Diante da porta de meu apartamento, participo de uma curiosa e original situação: batem de dentro para fora. Entrei direto e deixei a porta aberta.

– Resolva: ou vai embora ou fecha a porta!

O menino a fechou.

– Não tenho para onde ir... O senhor trancou a porta.

– Chega de dormir?

— Chega.
— Está com fome?
— Comi o que encontrei na geladeira.
— Quer falar?
— Não.
— Receita de bolinha?
— É.
— E sua família?

Daniel não respondeu. Aproximou-se da vitrola.
— Não consegui fazer funcionar...
— Está com defeito, mas eu sei o jeito de fazê-la tocar. Quer?
— Gostaria de ouvir este disco.

E mostrou-me o *Sketches of Spain* de Miles Davis.

Apontou a faixa:
— *Concierto de Aranjuez*.

Enquanto eu fazia a vitrola funcionar, Daniel deitou-se no chão, apoiando a cabeça nos braços.
— Marcus e Cláudio têm esse disco. Ouvindo o *Concierto*, tenho a impressão de não ser eu mesmo...
— Você tem dezessete anos?
— Tenho. E o senhor?
— Quase quarenta.
— Agora, preferia que o senhor não falasse...

Entrava, nesse instante, o som das castanholas.
— Quem é Cláudio?
— Pintor... É amigo de Marcus. Tem muitos livros. Já li quase todos. Ele pinta o que sente durante uma trepada, levando um choque elétrico, nos exercícios de ioga, tomando bolinha, quando rouba alguma coisa, quando mata um bicho, durante uma briga, cheirando éter e ouvindo músicas como essa. Ele agora está preso. Faz já um mês que não aparece no ateliê. Maconha.
— E você, para escrever, faz tudo isso também?
— Quem disse que escrevo?

– Marcus. Esteve aqui à sua procura.

Senti vontade de beber. Servia-me enquanto observava Daniel sentar e tirar de dentro da camisa um caderno pequeno. Do bolso da calça apanhou uma caneta esferográfica e fez algumas anotações. Depois, guardou tudo de novo. E voltou a deitar, agora abrindo os braços em cruz.

– Por que você escreve, Daniel?

– Porque... porque falta alguma coisa. Se eu descobrisse o que é, não precisava escrever mais.

– E o que escreve representa essa coisa?

– Como é que eu posso saber? Acho que se o Miles Davis descobrisse também não precisava tocar trompete, tocar trompete desse jeito.

– E toma bolinha pela mesma razão?

– Não. Eu só preciso escrever, mais nada. Os comprimidos são para ficar meio louco. Não é uma necessidade... é um gosto. Sinto coisas bacanas.

– Marcus me disse que pretendem interná-lo num hospício.

– O senhor pode impedir isso.

Ergueu-se e ficou a meu lado, no sofá. Fui descobrindo outros detalhes: olhos verdes, sardas, muito magro, mãos trêmulas.

– Precisa dizer aos meus pais que está me tratando.

– Não.

– Eu deixo que me trate...

– Não.

– Por que é, então, que me recebeu e está conversando comigo?

– Porque Marcus me pediu. Ele precisa voltar a falar com você. Quer desfazer o equívoco criado por aquele beijo.

– Que equívoco? Marcus é veado. E daí? Sempre quis me beijar. Dei sopa e ele beijou. Fiquei puto da vida porque não gostei.

– E se gostasse?

— Seria veado como ele. Agora está tudo claro: eu não gosto, Marcus sabe disso e não vai mais encher com as frescuras dele.

— Mas você chorou...

— Já disse, fiquei puto da vida.

— Por que não lhe deu uma porrada?

— Ele é meu amigo. Fiquei triste, porque senti nojo. E tive pena dele.

— Não vai vê-lo mais?

— Não sei...

— Ele precisa...

— Eu não!

Tinha o rosto contraído e as mãos tremiam muito quando pegou meu copo e bebeu um gole de uísque.

— O senhor vai me ajudar?

— Está certo mesmo que vão internar você?

— Não apareço em casa há mais de uma semana. Devem estar me esperando com a camisa de força...

Fez, com os braços, a posição que imaginou ser a dos contidos pelas amarras. Olhar aflito, expressão de desamparo e medo. Desde que o havia descoberto à minha porta, lutava por não deixar que o menino me dominasse. Pela ternura. Mas, vendo-o assim, perdi o controle. A coisa chegava a doer. Revi e ressenti de memória o calor daquele abraço na construção abandonada.

— Está bem. Se internarem você, dê um jeito de me avisarem logo.

Daniel sorriu. Soltou os braços do corpo e olhava-me franca e afetuosamente nos olhos. Ergui-me de um salto e, depois de uns trancos violentos, apossei-me do caderno, dentro de sua camisa.

— Vai embora!

Ele olhava a camisa rasgada. Depois começou a rir.

— Pare com isso!

— Não posso... Eu rio sem querer, às vezes.

Depois que Daniel saiu, coloquei novamente na vitrola o *Concierto de Aranjuez* e abri o caderno. Na primeira página, estas citações:

"A ordem é: ampliar a área da consciência." – Ginsberg.

"O caminho do excesso leva ao palácio da sabedoria." – William Blake.

"O poeta torna-se vidente por um longo, imenso e sistemático desregramento de todos os sentidos." – Rimbaud.

"Atualmente, os poetas deixaram de ser loucos; muito pelo contrário; eles fazem negócios." – Pierre Bergé.

"Energia é a única vida e pertence ao corpo... energia é a eterna Delícia." – William Blake.

"É preciso semear a desordem entre as famílias." – Lautréamont.

Virei a página.

"Nós, os pássaros subterrâneos, vermes e serafins, guardiões eunucos das fontes dos voos, dos cantos e das cores, nós, os pássaros subterrâneos, raízes aladas da humana fome de rosas, orgasmos, alma e pão, nós os pássaros subterrâneos..." – Cláudio.

Mais outra.

"Finda a guerra inútil dos vazios, o inseto agora de asas nunca pousou na infância derramada pelos corpos vivos insepultos. Da fé, dos sonhos, dos ardores, o inseto agora de asas nunca sugou o mel desperdiçado e infectou de inércia o voo preparado..." – Marcus.

Procurei a página onde Daniel escrevera enquanto eu o observava.

"Aranjuez. Miles Davis. Doutor. Camisa de força. Marcus e Cláudio, a gente: roseiral no mictório." – Eu.

O caderno de Daniel tinha, sobretudo, palavras isoladas, pensamentos incompletos, riscos, desenhos e palavrões. Tudo em maiúsculas.

A maioria dos pensamentos ou versos ali transcritos não era de Daniel. Mas que importância tem isso? Nós não somos as palavras, os pensamentos e seus conteúdos. Essas coisas passam por nós, atravessam-nos, fecundam ou não as pessoas em seu caminho de vento ou maré. Essas imagens e ideias passaram, vertical ou horizontalmente, por Daniel, juntamente com muitas outras. Mas foram essas que ele reteve no caderno. Quero dizer que, sendo originais ou não os pensamentos, Daniel os possuía tanto de fora para dentro como vice-versa. Eu o compreendia melhor. E precisava compreender mais. Não como nos é necessária a água quando se tem sede. Talvez como Daniel precisava de bolinhas.

Esquecido o de Daniel, o câncer de Benjamim invadia a sala. Sou contra o símbolo inventado para o dito: o caranguejo. Não, o câncer é mais surrealista. Quem sabe, até abstrato. Lembro-me dos livros de patologia: células que se multiplicam descontroladamente no fígado, no estômago, no ovário, na pele, no sangue. E eu penso agora: ideias que se multiplicam descontroladamente na pessoa, nos casais, nas famílias, nas sociedades, na humanidade. E penso mais: verdades, belezas, emoções, sentimentos, angústias, êxtases, vícios, purezas, desejos... descontroladamente... multiplicando-se, dividindo-se sem nenhum sentido, razão ou finalidade, a não ser a de se multiplicarem descontroladamente. Câncer! O de Benjamim, afirmam seus médicos, é no fígado. A tal multiplicação descontrolada já não existia em outros órgãos, emoções, sentidos, sentimentos e conhecimentos? O câncer de Benjamim era, pois, do tipo universal, sobrenatural. Uma religião. Um deus. Descontrolados.

O telefone tocava já há algum tempo e eu incorporava a campainha à multiplicação infinita de minha visão do câncer surrealista de Benjamim.

Atendi:

– O que é?

– Do hospital... Dr. Flügel?

– Sim.

– O senhor Benjamim...

– Morreu?

– Não...

– E daí?

– Quer vê-lo imediatamente. Está com o cego... Acontece que...

Rodrigo. Será que armaram nova suruba?

– É mais por causa do cego, compreende? O senhor Benjamim até que passa bem...

– Já vou!

Desliguei, irritado. Pelo menos, no consultório, os problemas tinham hora marcada e eu os desconhecia das oito da noite às oito da manhã.

Novamente a campainha. Telefone, porta da rua ou inconsciente? Esperei. Não, não há dúvida; porta da rua. Fui abrir.

– Cleo!

– Rudi!

Nem todas as pessoas, mesmo as mais amadas, cabem certo em nossos braços. Cleo, quietinha, abrigada, quente e viva, ocupava todo o espaço que sobrava entre mim e o resto das coisas.

– Rudi... Rudi, que saudade!

Por que é que eu não me excitava? Por que, se o pequeno corpo colado ao meu era tão querido, desejado, presente? Apertei ainda mais o abraço. Ela soltou-se de mim. Olhei-a melhor, então.

– Mas, e a Suíça, Cleo?

– Embarco semana que vem...
– E está contente?
– Não. Vim me despedir.

E invadiu o apartamento. Examinou tudo. Quando gostava das coisas que via, erguia os braços e rebolava como se estivesse dançando. Se não gostava, olhava para mim e sorria engraçada e crítica. Descobriu o disco na vitrola.

– Você estava ouvindo isso, Rudi?
– Estava...
– Não quero nem ver o que é... Vamos ouvir!

Armou o corpo para dançar o que fosse tocado.

Mas foi só entrarem as castanholas da abertura do *Concierto de Aranjuez* e Cleo, assustada, correu até mim.

– Daniel!
– Você gosta, Cleo?
– Não! Desligue, por favor!

Procurei, entre meus discos, um de dança moderna. Era de hully-gully. Troquei o disco e esperei o ritmo invadir a sala para observar a reação de Cleo. Estava encostada à parede, colada a ela como uma lagartixa. Sentindo o ritmo, saltou para o meio da sala. Jogou os sapatos para cima, num movimento dos pés. E começou a caminhar, lenta, mas ritmadamente, em minha direção, olhando-me e a fazer vibrar seu corpo dentro da cambraia e do brim de suas roupas.

– Sente, Rudi... sente...

E pegou minha mão, levando-me para a porta. Fechou-a, atrás de nós.

– Mas a vitrola ficou ligada.

Entramos no elevador. Cleo olhava-me. Depois mostrou-me o pé.

– Deixei meus sapatos lá em cima...
– Quer voltar?
– Não.

Ainda nos chegava o som do hully-gully. Cleo dançava e sorria.

— O que é que há, menina?

— Isso... sou uma menina. Pelo menos para você.

— Seu jeito de dançar não é nada infantil. Vejo seus seios atrás da camisa e seu ventre...

— Rudi!

E colou-se à porta, parando de dançar. Agarrei o chumaço de cabelo solto abaixo da fita, e o sacudi.

— Não consigo sentir desejo por você, Cleo!

O elevador chegara ao térreo. Cleo apertou o botão do último andar. Subimos novamente.

— Que pena... Gostaria de experimentar com você...

— O quê?

— O amor. Olha, estamos quase chegando no seu andar. É só apertar este botão...

— Não aperte.

— Por quê?

— Você falou amor...

— Queria dizer, ser possuída por você.

— Não há posse...

— O que é possível, então, haver entre nós dois, na cama.

— Não pode haver nada melhor do que você já conhece...

— Passou o andar...

— Pois é... Vem aqui, junto de mim.

Cleo obedeceu. Apertei o botão do térreo.

E ficamos em silêncio. Meu corpo, então, não resistiu. A música chegou junto com o desejo. Cleo, percebendo-o, sorriu e desmanchou meus cabelos. Quando a ereção foi intensa, e a música em sua máxima audibilidade, beijou minha boca e tocou o meu sexo. À medida que nos afastávamos da música, Cleo deixava meu corpo e voltava a dançar. No térreo, abri a porta e dei-lhe uma palmada no traseiro.

— Gostou?

— Você é como Daniel...

Achei melhor não perguntar qual era a relação. Entramos no carro.

– Onde você quer ir?

– Rua Augusta. Vai indo que eu lhe mostro onde é...

E fomos. Cleo ligou o rádio e não encontrou uma música que a agradasse. Então dobrou-se e deitou a cabeça em meu colo. As pernas ficaram sobre as costas do banco. Os pés, ao vento, fora da janela. Eu pensava no câncer de Benjamim, nos pensamentos poéticos do caderno de Daniel e sentia a pressão da cabeça de Cleo em minha perna.

– Chegamos na Augusta. E agora?

E agora? Cleo dormia. Freei o carro. Virei levemente seu rosto. Era tranquilo e verde, ao contrário de maduro, na mulher.

– Cleo... Cleo... Cleo... Rua Augusta!

Nada. Seu rosto estava colado ao meu.

– Daniel!

Não sei por que eu disse isso. Mas Cleo abriu os olhos, agarrou-se a mim como quem vem fugindo de muito longe.

– Chegamos, menina. Rua Augusta.

– É ali...

Apontava para uma janela iluminada num apartamento.

– Rudi, você sobe comigo.

– Por quê?

– Eu vou para a Suíça... Vem!

No elevador, quando nos olhamos, havia já um certo constrangimento.

– Deixo você e vou embora... sou muito coroa pra essas reuniões...

A porta se abriu. Som forte de música estranha, viva e ritmada. Cleo soltou-se de mim e começou a tremer toda, erguendo os braços como se estivesse deslizando sobre superfície ondulada.

— Surf, Rudi, surf!

Diante de nós um rapaz jovem, mas de cabeça e olhar de professor jubilado. Era Cláudio. Os cabelos, inteiramente brancos, e os olhos míopes é que provocavam essa impressão. Devia ter, no máximo, vinte e cinco anos. Camisa vermelha, aberta no peito, onde se via uma grande cruz de madeira.

Cláudio beijou Cleo no rosto e ficou me olhando sério. Paredes cobertas por desenhos, óleos e gravuras sem moldura. Nenhum móvel. No chão, a vitrola, os discos, os copos, as garrafas e os pés. Cleo estava diante de Daniel. Olhavam-se em silêncio. O menino vestia-se de forma diferente daquela com que aparecera em meu apartamento. Roupas finas e de bom gosto. Não eram dele, evidentemente. O que mais ressaltava era o enorme cinturão de couro, com fivela de cobre. Calça e camisa azuis. Embora houvesse umas vinte pessoas, eu só via os dois. Marcus aproximou-se de mim. Sua camisa era indecente, sei lá por quê.

— Boa noite.

Grudada a ele, uma garota que tremia inteira, como Cleo, acompanhando a música.

— Conhece o surf, doutor?

Sentei-me no chão, como os que não dançavam. Marcus empurrou a garota e sentou-se a meu lado.

— *If had a hammer*. Trini Lopez. Conhece, não?

Cleo e Daniel, sem sair do lugar, tremiam feito geleia, os braços erguidos à altura dos ombros como os trapezistas sobre o arame. Os outros casais, igualmente tensos, livres e inseguros. Cláudio veio sentar-se junto de Marcus e olhava-me respeitosa e cinicamente.

— É uma mistura da batida meio dura do rock e as modulações delicadas da música havaiana...

Cleo fugiu deslizando pela sala e ficou longe de Daniel. Olhavam-se a distância, sem perder o ritmo nos corpos e a intenção também ritmada de voltarem a se ligar. Um elástico invisível, feito de sexo, juventude e alegria, os unia, embora esticado ao máximo.

– Observe o Daniel e a Cleo... Como se estivesse em cima de ondas, deslizando sobre uma prancha. Em cima está o céu, o sol...

Isso falava Marcus. Cláudio me estendeu um copo de uísque.

– Queria muito conhecê-lo.

Incomodava-me bastante a solicitude dos dois jovens intelectuais. Eu achava lindo o ritmo da vida nos corpos de Cleo e Daniel e a harmonia dos gestos que eles produziam.

– É preciso dançar!

Olhei agora para Marcus.

– Por quê, Marcus?

– Melhor seria voar, como os astronautas... O surf é uma descoberta genial, quebra o galho.

Cláudio ergueu-se e, dançando diante de mim, completou o pensamento do amigo. Seria bom se ele parasse de rebolar na minha frente. Eu observava Cleo, era mais bonito, podia sentir melhor o que Marcus queria dizer.

Quando Cláudio saiu da minha frente, Cleo estava só, encostada à parede. Daniel tentava abrir a porta. Dava murros, porque não conseguia abri-la.

Marcus foi até ele.

– Calma, velho...

– Quero a chave!

– Espera, querido...

– Querido é a puta que o pariu.

E veio a bofetada. Marcus não caiu, mas ficou meio mole e incerto sobre os pés, no meio da sala. Uma espécie de surf, ainda mais naturalista, porém sem ritmo.

Cláudio segurou Marcus e foi sobre Daniel. Derrubou-o com dois ou três golpes de caratê. A música continuava gostosa, violenta. Cleo ia socorrer Daniel, mas

Cláudio a reteve. Dançou diante dela, Cleo o acompanhou e todo mundo voltou a dançar. Marcus, tapando a boca, com náuseas, entrou no banheiro. Tomei todo o uísque do meu copo e levantei-me. Quando me abaixei ao lado de Daniel, vi Cláudio empurrando Cleo para dentro de um quarto. Daniel assistiu ao movimento e, erguendo-se, gritou:

– Cleo!

Segurei-o pela camisa.

– Que foi? Quer tirá-la de lá?

– Quero!

– Venha!

E invadimos o quarto. Cleo estava quase despida. Cláudio, nu e de pé sobre a cama, exibia-lhe o membro ereto. Daniel abraçou-se a Cleo e desviou-lhe o rosto. Parei diante de Cláudio. Daniel já saíra do quarto com Cleo.

– Desce daí, imbecil! Veste a roupa ou arranco essa minhoca do teu corpo!

Ele vestia as meias, silencioso e humilhado, quando saí. Atravessei a sala, em meio às ondas do Pacífico. E chegando atrasado diante do elevador que acabava de descer, resolvi ir pela escada. Oito andares. Cleo e Daniel estavam sentados na sarjeta, separados um do outro pelo menos uns dez metros. Cheguei junto dela.

– Você já viu o câncer?

Antes que respondesse, ergui-a pelo braço. Fomos junto de Daniel.

– Quer ver a morte?

Levantou-se prontamente, e fomos para o carro. Joguei-os no banco traseiro. Olhavam-se, assustados.

– Benjamim é o meu melhor amigo. Preto. Está morrendo. Um cego, Rodrigo, amigo comum, faz-lhe companhia. Acho que teve um estufoque. Qual tal o programa? Não é bárbaro? Não é mais legal do que dançar surf ou trepar sem vontade? Imaginem um preto meio deus, morrendo de câncer, diante de um cego em crise histérica...

Não me ouviram. Olhavam-se. Dois espelhos, um diante do outro. Num escuro quente.

Olhei algumas vezes para trás durante o trajeto, e os dois permaneciam na mesma atitude semi-hipnótica. Não deixavam de se olhar, mas eu tinha quase certeza de que não se comunicavam. O que os mantinha assim presos um ao outro não era perceptível e, provavelmente, nem sentido. Seus corpos distantes, indiferentes, e aquela profunda seriedade triste, cansada, nos rostos, marcavam a solidão de seus mundos.

Resolvi despertá-los.

– Chega!

Como se já estivéssemos conversando há muito tempo, sem aparente transição, Daniel disse alto ao fim do pensamento que elaborava em silêncio:

– Vou despertá-los, desintoxicá-los, ressuscitá-los, sei lá... O que falta em casa é ar, altura, vento, claridade, sol... Dentro de cada um, dentro de cada quarto, sob os telhados...

– Benjamim diz que sabe ressuscitar mortos. Fale com ele.

– Meus pais e minha irmã não estão mortos ainda... estão presos, sem ar...

Tirou um papel do bolso.

– Eu sou igualzinho a eles... vivo também oprimido pelos tetos e paredes das coisas. Mas eu não me conformo, eu quero o ar. Como não consigo escapar sozinho, uso isto! Dura pouco, mas enquanto dura eu cresço, eu subo, eu voo!

Notei que tinha na mão uma de minhas receitas em branco. Referia-se às bolinhas, suas cápsulas espaciais.

– Da próxima vez vou levá-los comigo! Terão de ir ou...

– Ou o internam.

– E o senhor vai me soltar.

O pensamento obsessivo de Daniel devia ter acabado porque, então, começou a observar Cleo que ainda continuava incomunicável. Tocou-lhe os cabelos com a ponta dos dedos.

– A Suíça é um lugar muito alto, sua boba. Não fique triste...

Daniel apanhara um pequeno chumaço dos cabelos de Cleo e os puxava levemente. O pensamento dela, de onde estava, veio para nós, como que emergindo pelos cabelos, nos dedos de Daniel.

– Só vaquinha pastando, gelo nas montanhas, chocolate e relógios...

– Tudo muito alto, muito limpo, muito claro... – continuou Daniel.

– E muito chato – concluí.

Chegamos ao hospital. Entramos no quarto de Benjamim. Ao nos ver, ele fez um sinal que indica loucura e apontou para Rodrigo, de pé, com a cara quase colada à parede. Cleo e Daniel aproximaram-se da cama de Benjamim e ficaram olhando sérios e espantados para ele. Quando fechei a porta, Rodrigo falou sem se voltar:

– Mande ele embora, Benjamim! Já disse que não vou gritar mais... Só não posso me voltar, nem sair, enquanto ele estiver aqui dentro.

– Mas o que foi que aconteceu?

Minha voz petrificou o cego.

– Rudolf! Cuidado!

Apoiei a mão em seu ombro.

– É você? Rudolf, é você?

– Sim...

– Quem mais entrou com você?

Benjamim voltou bruscamente a cabeça para o lado deles.

– Cleo e Daniel...

Seu rosto opaco e cinzento iluminou-se.

– Cheguem mais perto.

O negro examinava, milímetro por milímetro, os rostos dos dois.

– Cleo e Daniel... Cleo e Daniel... – repetiu inúmeras vezes.

Rodrigo me abraçou e, sem se voltar, falou baixo e depressa:

– Eu estava sentado de frente para Benjamim. Ele dormiu, e eu fiquei calado. Comecei a sentir uma dor, não bem dor, compreende? Aqui no peito. Havia o mais completo silêncio. Silêncio demais, compreende? E eu comecei a sentir medo... como se estivesse perdido no espaço, a gente que não vê sente muito isso. Precisava romper o silêncio, porque sentia uma claridade na escuridão... Queria chamar Benjamim, mas minha voz não saiu. A claridade crescia e a dor aumentava. Benjamim começou a gemer cada vez mais alto... seus gritos e a claridade, me dando aquele medo... Então, Rudolf, então eu vi... Eu vi! Vi, Rudolf! Em volta, tudo escuro... no meio da claridade... eu vi Deus, Rudolf. Deus! Benjamim urrava e eu estava apavorado. Mas o meu grito saiu. Berrávamos os dois. Com isso, Deus parou e está ali até agora. Não quero vê-lo mais, nunca mais!

– Mas como você sabe que é Deus?

– É evidente!

– Como evidente? Você nunca viu Deus antes, ninguém ainda o viu... Você nunca viu nada, Rodrigo!

– Quem vê sabe que é.

– Está bem. Ele está ali ainda? Olhe e me diga.

Rodrigo voltou lentamente a cabeça até o ponto onde estavam Benjamim, Cleo e Daniel, que ainda se olhavam em silêncio. E voltou-se bruscamente:

– Está ali... me olhando!

– Que tal é, Rodrigo?

– Horrendo!

— Tem forma?
— Só saberei tocando, mas não quero!
— É grande?
— Como é que posso saber, Rudolf? Sou cego!
— Mas você diz que o vê...
— Vejo... É Deus, Rudolf!
— Sei, mas por que você tem medo dele? Por que é horrendo?
— Não. Porque ele quer entrar em mim... eu percebi... Pelos olhos! Eu não quero que Deus entre em mim, Rudolf!

Cobriu os olhos, enfiando a cabeça em meu peito. Soluçava. Benjamim recostou-se novamente, exausto.

— Ele ficou louco, Alemão. É melhor levá-lo daqui.

Virei Rodrigo violentamente e o retive de frente para onde apontava estar Deus. Ele começou a gritar e a se debater. De repente, deu um berro horrível, cobrindo os olhos. E despencou em meus braços.

— Entrou, Rudolf... Deus entrou em mim! Por que você deixou?

— Assim ele não te assusta mais, não há mais nada horrendo... nem claridade e nem silêncio, Rodrigo.

O cego soltou-se lentamente e movia a cabeça para todos os lados, procurando ver. Ele me acompanhava pelo quarto. Estávamos na porta. Cleo e Daniel vieram para junto de mim. Ela falou baixo, ao meu ouvido:

— Ele morreu.

Examinei Benjamim e constatei que era verdade.

— Vocês viram quando aconteceu?

— Quando o cego gritou. Ele sorriu para nós, depois fechou a cara como se sentisse muita dor. Cheguei perto e vi que ele estava morto.

Rodrigo ofegava. Empurrei-o para fora. Cleo e Daniel saíram também. No meio do corredor, encontramos a enfermeira.

— Benjamim está morto. Vistam-no. Avise o médico de plantão. Volto já.

Rodrigo apertou meu braço.

— Morreu? Ele morreu? Não sinto nada... Nada! Só esta falta de ar...

Não consegui ressuscitar Benjamim. Fiz tudo o que me havia ensinado, mas não deu certo. Só não esperei os três dias. A culpa não foi minha. Madalena é que não deixou. Ameaçou-me com a polícia. Ela chorava um bocado, agarrada ao negro, beijando e tocando seu corpo meio necrofilamente. Mas estava doida para que o enterrassem dentro do prazo oficial. E conseguiu, sob meus protestos.

Não se sentirá a transição. É como cruzar a linha do Equador. A gente fica esperando, marca o minuto exato, prepara-se interiormente, emociona-se mas não acontece absolutamente nada. Apenas alguém, com relógio na mão, anuncia gravemente:

— Passamos!

Pois passei. Alguém falará por mim, de mim, na medida em que, no conjunto, significar um pouco mais que minha própria consciência.

Assim é também com a morte. Passamos, definitivamente, sem perceber ou sentir coisa alguma, da primeira para a terceira pessoa do singular.

Cleo caminhava por entre os convidados que a olhavam com o interesse curioso e amendrontado dos frequentadores dos zoológicos diante das jaulas dos animais selvagens e carnívoros. A mãe, a domadora, levou-a para o quarto e trancou a porta por fora. Guardou a chave e voltou à mesa de jogo.

E comentou com os parceiros:

– Sairá de lá apenas para entrar no avião – e não pensou mais no assunto. O senador estava em Brasília, e com a filha trancada e incomunicável, ela poderia dormir com o pediatra, o amante, no próprio quarto. Porém, o mais importante agora era completar a canastra e bater.

Cleo, deitada na cama, pensava na morte. Na de Benjamim. Um sorriso que vira carranca. Um morto, quentinho ainda, pela primeira vez. E não sentira nada. Somente aquele olhar feito máquina de cinema, filmando toda a sua cara e a de Daniel. E o cego louco? "Não sinto nada... Nada! Só essa falta de ar..." Ouvira a palavra "Deus" algumas vezes, mas era tudo confuso e o olhar de Benjamim fazia muito barulho. A cara, o jeito e o corpo de Rudi excitado, no elevador. Igual a Daniel. Por que igual, se eles são diferentes?

Depois, o pensamento ficou todo tomado por Daniel. Mas, sobre ele, Cleo não sabia e nem conseguia pensar. Somente naquele dia, no consultório de Rudi. Falou muito, mas não era tudo verdade, nem mentira. Pensamentos feitos na hora, e nem sempre se pareciam com o que sentia quando estava perto de Daniel. Longe, ele sorria mais, falava mais, acariciava mais... mais bonito, mais velho, mais forte. Perto, daquele jeito que ele era mesmo.

Ouviu risadas vindas de baixo. Risos histéricos e que pareciam gritos, de várias mulheres. E lembrou-se de uma vez em que estava na cama com Marcus, e Daniel com Sandra, sua melhor amiga, na outra. Marcus olhava mais para os outros dois que para ela. E Cleo passou a fazer o mesmo. Não sentia nada, além de calor e da presença do corpo de Marcus sobre e dentro dela. Porém, o que acontecia com Sandra era estranho e feio. Ela gemia, dizia coisas incompreensíveis, enfiava as unhas na pele de Daniel e contorcia-se como se estivesse amarrada e tentasse soltar-se. Mas Daniel não deixava e, cada vez com mais violência, atravessava-lhe o corpo. E aconteceu aquela coisa espantosa:

os dois se imobilizaram como se estivessem petrificados. E Sandra chorava, ria e gritava numa alegria de fim de dor ou alívio de chegada. Marcus a soltava no mesmo instante e, livre dele, ela olhava meio desesperada para o rosto de Daniel, cuja cabeça pendia para fora da cama. Seus olhos se encontraram e Daniel sorriu. E o sorriso ainda aumentou mais o mistério.

Ergueu-se e olhou para o jardim, através da janela aberta. O que era aquilo? O que sentia Sandra para viver aquela loucura de segundos nos braços de Daniel e ficar, depois, longo tempo adormecida de olhos abertos, inerte e pacificada sobre a cama? E por que ela, Cleo, não sentia nada mais do que a ternura pela beleza e mocidade deles, nada mais que uma vontade amiga de satisfazê-los na companhia, no riso, na dança e naquele exercício de fusão de corpos? Sobretudo, por que nada era indispensável, urgente e realmente belo? Cleo obedecia a tudo, para não perder os amigos. Sem eles estaria condenada ao colégio, à família e à solidão. E a imagem de Sandra, uivando e agarrando os cabelos de Daniel, permanecia diante de seus olhos, fundindo-se com as copas das árvores do jardim.

Voltou para a cama e atirou-se para dormir. Havia entre ela e a vida um grande vazio. Fechou bem os olhos, e o pai, a mãe e o pediatra apareceram imensos, fantasiados de rei, dama e valete, dos baralhos. Eram os guardiões de seu vazio. Mas, igualzinho a cartas de jogar, eles apareciam com as metades superiores repetidas nas metades inferiores, como se tivessem, ao nível do umbigo, um espelho.

Sentia que os soluços nasciam-lhe no ventre; ecoavam pelo peito e irrompiam como ondas dos olhos e da boca. Porém, nenhum grito, nenhuma palavra, Cleo estava perdida e consciente de que as possibilidades de socorro ficavam muito além do alcance de seu grito.

Num canto da farmácia, Daniel preencheu a receita. Titubeou um pouco ao colocar o número de vidros. Pretendia escrever dez. Era a última receita assinada. Mas aquela não seria a experiência definitiva? Chegava um vidro? Cada um tinha dez comprimidos. Nunca tomara mais que dois de uma vez. Um impulso qualquer, irracional, levou-o a escrever "dois". Dois vidros: vinte comprimidos. E olhou ainda um instante a assinatura do doutor. Cara esquisito. O que pretendia ele? Os adultos sempre pretendem alguma coisa da vida e dos outros. Indiferente a tudo, participava de um jeito amigo das coisas e pessoas como ele, Daniel, como Cleo, como Benjamim, como aquele cego maluco. E gostou que o doutor existisse, tivesse o disco *Concierto de Aranjuez*, lhe desse receitas de bolinhas.

Entregou o papel ao farmacêutico e aguardou a reação.

– Qual é a sua idade?
– Não enche, me dá o remédio.
– Isso dá prisão...
– Tem receita, não tem?
– Mesmo com receita, só um tubo de cada vez. Esses excitantes cerebrais... Se você tomar tudo isso fica louco, menino!
– E o que é que o senhor tem com isso?
– Tenho um filho de sua idade...
– Dê-lhe bolinhas, que não acabará como o senhor.

O homem sentiu vontade de meter a mão na cara do menino, mas, pensando no alto preço (muito acima da tabela) que iria cobrar, foi buscar os dois tubos do psicotrópico.

Correndo pelas ruas, Daniel se perguntava por que, desde garoto, tinha aquela mania de correr. Para ir à escola ou brincar no parque, preferia as próprias pernas como transporte. Chegava quase ao mesmo tempo que os outros, e era gostoso sentir a velocidade, o cansaço e a dor no baço.

E corria. Agora, apertando na mão o tubo de remédio, sentia-se mais seguro e quase feliz.

E chegou ao bar da esquina, perto de sua casa. Pediu a cerveja e sentou-se na banqueta, junto ao balcão. Sentia o pulsar do coração, os músculos doídos e o suor correndo pela espinha, colando a camisa. Baixou o copo sob o balcão e despejou todos os comprimidos do vidro. Dez! Será que chegava? Olha que eram ele, a irmã, o pai e a mãe! As paredes estreitas e o teto baixo. As casas da vila, todas iguais, os homens, as mulheres, os moços e as crianças também. A mesma asfixia. Se pudesse, salvaria todos. Deixou os comprimidos caírem, um a um, pensando nas caras dos vizinhos, conferindo-os como Noé os seus animais ao embarcá-los na arca, antes do dilúvio. Observava o medicamento dissolvendo-se na cerveja. Falaria primeiro com o pai, depois com a mãe e, finalmente, com a irmã. Destruiria todas as barreiras domésticas (não pisar na grama; não deixar a porta do banheiro aberta; não se masturbar; não comer com os cotovelos na mesa; não dizer palavrões; fazer visitas aos parentes; não responder aos pais; não mijar na tábua da privada; não cabular aulas; fingir que não sabe que papai e mamãe trepam só aos sábados; tolerar papai ser a favor de tudo o que é conservador e moderado e ler jornais conciliadores e ser religioso por temor ao inferno, cuja fornalha está nos colhões da gente). Depois, destruídas as barreiras gerais, passaria para as particulares. Arrancaria a bunda do pai da cadeira de balanço e seus olhos da televisão. Da mãe, cortaria o medo da maldade dos homens, o medo da violência dos homens, o medo da insegurança e do risco da vida dos homens. Levaria a irmã a conhecer um puteiro e um convento de freiras e depois, num parquinho de diversões, dar-lhe-ia pipocas, alegria, vertigem da roda-gigante e a certeza de poder encontrar um homem que as putas desconhecem e as freiras nem sequer supõem que existe.

E tomou o primeiro gole. Longo, quase meio copo. Esperou. Sabia que o efeito começava por uma sensação igual à do despertar do sono. O corpo ficava tenso e o pensamento rápido. O mais importante era a falsa alegria de fazer rir apenas com a boca, e a vontade perigosa de querer fazer só o proibido.

Mas não veio nada. O rosto envelhecido e sereno do pai estava dentro do copo que ele olhava, esperando a coisa vir. O que era um banco? Para que servia um banco? Por que era assim tão importante um banco, para um homem entrar lá aos quinze anos, ser aposentado aos cinquenta e achar que o mundo é um banco cercado de desemprego por todos os lados? O que sai escrito nos jornais moderados para um homem não precisar ler livros e outros jornais mais corajosos a fim de compreender o mundo, a sociedade, a política e os outros homens? Por que o artista será sempre um marginal, um antissocial, um comunista ou um pederasta? Por que o sexo rima com gonorreia, aborto, pecado, tara e casamento na polícia? Por que todo jovem precisa comer bem, dormir muito, ter método, não se masturbar, não trepar, estudar direitinho e formar-se em direito, medicina, engenharia, arquitetura, química ou farmácia? Por que o resto não tem futuro e por que ser poeta, escritor, jornalista, pintor e ator não dá futuro e é pior que ser bancário? E, afinal, por que é preciso economizar saúde e dinheiro, por que é preciso casar no civil e no religioso, ter filhos, enxaquecas, úlceras de estômago, alergia, reumatismo, miopia, câncer e enfarte do miocárdio?

Não vinha nada, diabo? Tomou outro gole. O gosto era amargo, agora. Vai ver as bolinhas ainda não estavam dissolvidas na cerveja, quando tomou o primeiro gole. Teve uma ligeira náusea. Respirou fundo. Nada. Engoliu o resto. Pagou a cerveja. Saiu para a rua e foi caminhando lentamente para casa. Sentia vontade de chorar, mas controlou-se. Vontade de mijar e foi desabotoando as calças.

Mijou. Vontade de vomitar, mas isso nunca! Apressou o passo e entrou na vila. Apenas sua casa tinha luzes acesas nos dois andares. Reinava um tão grande silêncio que Daniel sentiu vontade de gritar e bater palmas para acordar todo mundo. Mas não vinha nada de novo dentro dele. Raiva de si mesmo, dos comprimidos, do farmacêutico e do doutor.

Viu um vulto atrás das cortinas, movendo-se diante da luz. Daniel deu um salto e encostou-se à porta. Estava meio tonto e a náusea era muito forte agora. Bateu de leve na porta. Ouviu os passos lá dentro. Bateu com mais força. A janela abriu-se e ouviu a voz do pai.

– Quem é?

Daniel não conseguiu responder.

– É você, Daniel?

A voz não saía. Começou a bater como um louco na porta: com as mãos, com os pés e com a cabeça. A porta foi aberta.

– Daniel, por que você fez isso? Sua mãe está desesperada, doente! Já estive na polícia, nos hospitais, no necrotério...

– Papai, ouça...

Tentou apoiar a mão nos ombros do pai, mas o homem recuou, encostando-se na televisão. Viu, então, o guarda-chuva e o chapéu no lugar de sempre, o jornal dobrado sobre a cadeira de balanço e um só cigarro fumado, no cinzeiro.

– Papai, precisamos conversar...

– Sabe que horas são?

– Não tenho a menor ideia... Preciso lhe dizer um monte de coisas!

– Você precisa é ouvir, menino! Certamente quer me contar suas farras e desatinos pelas ruas, durante toda essa semana...

– Não, pai, a gente precisa sair disto!

E o teto baixou mais de um metro. As paredes encolhiam-se, devagar.

— Isto asfixia... Não tem ar bastante... Veja, pai, o teto... as paredes...

— Você está bêbado!

Queria abraçar o pai, mas este afastou-se novamente.

— Quando entro aqui minha cabeça começa a se reduzir... a ficar como a sua...

Havia medo e insegurança nos olhos do velho.

— É o banco, são os seus jornais...

— Suba já para o quarto, Daniel!

Mas, e as bolinhas? Sem elas, acabaria se submetendo. Fechou os olhos por instantes, concentrando-se, acreditando poder, com isso, forçar a droga a fazer efeito. Quando os abriu, sentia-se preso entre as paredes e o teto, que formavam um cubículo do seu tamanho. Mas podia ver através das paredes o pai, o guarda-chuva, a televisão e o jornal, imensos e disformes.

— Suba, Daniel! Eu lhe avisei... Amanhã mando chamar o médico! Eu lhe avisei!

Era a internação. Não sentiu medo, lembrando-se do que lhe prometera o doutor. Começou a empurrar as paredes e o teto. Cederam, e, afastados para longe, não paravam de crescer e ele crescia com o tamanho da sala. Do alto, via o pai como um inseto, tentando fugir, histérico e apavorado, da sola ameaçadora de seu pé. Não queria atingi-lo, mas não pôde se controlar. Pisou violentamente o que imaginava ver sobre o assoalho.

— Pare com isso, Daniel! Pare, senão eu chamo o médico agora mesmo!

Abriu os olhos e viu-se abraçado ao pai. Soltou-o e foi para a escada. O ar faltava. Era preciso subir. Lá em cima talvez não sufocasse. Subiu correndo as escadas e parou ofegante no corredor. Era pior, muito pior. Estava ficando tonto e a vista escurecia. Tombou sobre uma porta e a abriu.

Uma lufada de ar fresco fê-lo respirar de novo, livremente. Ouviu um choro. Voltou-se e viu a mãe, com as mãos no rosto, sentada na cama.

– Mamãe!

Sentou-se ao lado dela.

– Não chore... eu voltei, estou bem. Precisamos conversar, mamãe. Olhe pra mim, por favor!

A mãe olhou.

– Precisamos sair daqui, todos! Falta ar, mamãe, o teto é baixo... as paredes...

Via tristeza, desespero nos olhos dela. Aquilo o contagiava, amolecia. Sentiu um imenso cansaço e deixou-se cair de costas na cama. A mão apoiada sobre o lençol. Esperou que viesse para os seus cabelos. Mas ela preferiu apertar o lençol. Depois foi crescendo e, por mais que crescesse, mesmo ocupando todo o tamanho do quarto, não tocava nele. A asfixia de novo, desta vez ainda mais violenta: não havia ar algum. Ouviu uma voz descomunal, em eco:

– Daniel... el... el... el!...

Foi erguido e arrastado. De repente o ar voltou. Estava no corredor, carregado pelo pai. Soltou-se dele e foi para a porta do quarto da irmã.

– Aí não, Daniel! Deixe sua irmã em paz! É melhor que ela não o veja nesse estado...

A porta não cedia.

– Eu tranquei, estou com a chave.

Começou a bater:

– Lena! Lena, abra por favor!

Foi agarrado. Alguma coisa partiu-se dentro dele. Lutou. Com ódio. Mas o que transmitiu no rosto deve ter sido algo ainda pior, porque o pai recuou e pediu em voz trêmula:

– Não faça isso...

Muito tarde. Já o dominava. Pelo pescoço. Colou a cara na dele e deixou que o pranto contido viesse todo de uma vez. Seu descontrole físico não conseguia ser amparado pelo pai e ambos desequilibravam-se enquanto durou o pranto de Daniel. Depois ele soltou o pai, porque o ar desaparecia de novo.

Atirou-se para dentro do banheiro. Trancou a porta e acendeu a luz. O branco dos ladrilhos lhe fazia bem, apesar de não ter ar nenhum ali. Não importa, o branco ajudava. Abriu as torneiras da pia, do bidê, da banheira e do chuveiro. Jogava água no rosto e no peito. Entrou sob o chuveiro. Era bom, quase ar. Porém a sensação de alívio passou logo. Saiu do chuveiro e olhou para o teto. Viu o alçapão. No forro, quem sabe, poderia respirar. Subiu na pia e esticou o braço. A ponta dos dedos tocava apenas a madeira. Saltou e conseguiu com um soco fazer o alçapão ceder. Caiu no chão sem sentir a dor da queda. Ouvia as batidas na porta e vozes. Deitado, via apenas o orifício aberto no teto e, mais acima, as traves de madeira e as telhas, através das quais filtrava-se a luz do luar. Se chegasse até lá estaria salvo. As vozes agora eram muito fortes.

Subiu novamente na pia e observou que a água, jorrando pelas torneiras, inundava o banheiro. Saltou e agarrou-se à borda do alçapão. O ar que vinha do forro alimentava-o de forças novas. Subiu lentamente, erguendo-se pelos braços. Primeiro a cabeça e depois o tronco. E sentou-se. Muito escuro, mas fresco. Já não ouvia as vozes, nem as batidas na porta ou o jorro de água das torneiras. Ficou de pé. Respirou melhor. Mais do que ar, ali havia paz e silêncio. Andou um pouco, tropeçou e tornou a cair. Levantou-se. Com a queda, foi envolvido por uma nuvem de poeira que o asfixiou novamente. Agarrou-se a uma trave e subiu nela. Forçou uma telha e conseguiu deslocá-la. Um retângulo negro com a lua, uma estrela e algumas nuvens finas e esgarçadas. Enfiou a cabeça e recebeu a brisa. O ar entrava puro e fresco em suas narinas e boca, descendo para reanimar o pulmão e o coração. Com os ombros deslocou outras telhas e subiu para o telhado. Deitou-se e espreguiçou o corpo. Chegara ao fim: nem paredes, portas, escadas e tetos mais. Só o céu, o ar, o vento. Estava livre e vivo.

Ergueu-se e olhou para baixo. O buraco formado pelas telhas retiradas, o alçapão aberto e o chão do banheiro cheio de água. Como se boiasse, absoluta e única em sua visão, a privada. Lá embaixo, só a privada. E começou a rir. Riso pequeno, curto. Mas logo depois veio a gargalhada. Enquanto o riso o libertava ainda mais, lembrou-se do propósito de salvar a família e todos os homens, mulheres, moços e crianças da vila. Claro, era preciso destelhar a casa para que o ar descesse. Agarrou a primeira telha e a beijou. Jogou-a longe. Esperou ver e ouvir o choque contra o telhado da casa ao lado. Sim, despertaria todo mundo. Eles o veriam ali, destelhando sua casa. E fariam o mesmo. Quando agarrou a segunda telha, percebeu que as bolinhas começaram a fazer efeito. Ótimo.

A euforia, a força extra e surpreendente. Os gritos, os saltos, os pensamentos rápidos. Daniel jogava telhas para todos os lados. Elas arrebentavam nos muros, nas paredes, nas janelas, nos telhados, nas calçadas, nos jardins, no meio da rua. E ele gritava e saltava. As luzes das outras casas foram se acendendo. Gente que olhava das janelas e das portas. Gente que saía para a rua mas voltava correndo para dentro, fugindo das telhas que despencavam feito chuva grossa.

Alguns homens conseguiram atravessar a rua e entraram em sua casa. Ouviu gritos muito próximos. Olhou pelo buraco aberto no telhado: lá embaixo, em volta da privada, o pai e alguns vizinhos. Como insetos. Faziam-lhe sinais e diziam coisas que não entendia. Jogou sobre eles uma telha. E riu de sua fuga. Jogou outra. E mais outras.

Ouviu uma sirene ao longe. Sentiu vontade de cantar. E cantou. Mas não parava o seu trabalho, continuava atirando telhas para todos os lados. Entraram na vila um carro pequeno, uma ambulância e um carro grande, de bombeiros. Deste se acendeu um grande refletor e o facho de luz atingiu-o em cheio. Cegava. Daniel, com raiva, jogava telhas contra o clarão. Mas ia ficando tonto, porque a luz era muito forte. Sentiu que o agarravam. Enfiaram-lhe uma camisa cheia de tiras, que eram amarradas. O ar lhe faltou, a voz não saía mais e o corpo foi ficando leve, leve. E tudo escureceu. Não sentiu mais nada.

Despertou deitado na padiola, quando passava pela sala rumo à rua. A seu redor, muitas caras conhecidas, mas de olhares irreconhecíveis. Interior da ambulância. Olhou os enfermeiros. Sorriam. Sorriu também. Sentia-se leve e tranquilo.

– Onde vão me levar?
– Para o hospital.
– Podem me soltar.
– Só lá.
– Me deixem, então, espiar por aquela janelinha.

O enfermeiro mais velho ergueu-se e soltou uma faixa. Ajudou Daniel a erguer-se. E ele viu, através da gradinha, junto à ambulância, as caras conhecidas, agora de olhares mais reconhecíveis. O pequeno grupo foi afastado por um médico e, atrás dele, vinham seu pai, sua mãe e Lena. Choravam os três. Daniel colou os olhos na gradinha para poder vê-los melhor.

Foi dada a partida na ambulância. Ligaram a sirene. À medida que o carro rodava, lentamente, Daniel via o grupo ir ficando cada vez menor, mais unido e mais distante. Depois, só o escuro da noite que os escondia e confundia com todas as outras sombras.

Cleo despertou e viu-se sentada na cama. Em seus ouvidos ecoava o som de um grito. Tentou lembrar-se do sonho, mas sentiu apenas um medo irreconhecível. Medo de alguma coisa dentro dela mesma. Havia chorado. Por quê? Deitou-se novamente. A dor no abdome não a deixava dormir. Viera fininha, em pequenas pontadas, longe, bem longe. Reconheceu-a e inquietou-se. Era sempre assim e logo viria a cólica violenta. Depois o sangue. Precisaria ir ao banheiro, mas a porta estava trancada.

Ergueu-se e espiou pela janela. Estava tudo escuro. O jogo já terminara, todos haviam ido embora e a mãe devia estar dormindo. Sempre se sentia muito insegura nos dias de menstruação. Não sabia o que significava realmente e não podia aceitá-la. A dor que a precedia, o mal-estar e a hemorragia causavam-lhe terrível e humilhante sensação de inferioridade física e moral. Lembrou-se da primeira vez que isso acontecera. Sentia-se mal, com dores no ventre. Queixou-se à mãe.

– Não invente dores para não ir ao colégio, Cleo!

Estava diante da lousa, frente às colegas e ao professor, resolvendo um problema de matemática. Subitamente a dor passou, mas começou a sentir o contato quente de um líquido nas pernas. Olhou para baixo e viu as meias brancas empapadas de sangue. Algumas das meninas começaram a rir. O professor olhou para ela e percebeu o que estava acontecendo.

– Pode sair, Cleo...

No corredor, chorou. De vergonha. De medo. O sangue continuava a correr e, ao andar, sentia que pisava, dentro do sapato, sobre ele. Quase na porta do colégio, encontrou uma freira.

– Que foi, Cleo?
– Nada...

Mas a freira a reteve. Viu o sangue.

– É a primeira vez?
– Não aconteceu nunca... Não estou ferida em nenhum lugar.

A freira levou-a para casa.

– Mamãe, estou urinando sangue... sem querer.

– Vá para seu quarto e troque de roupa. Vou já. – Estava no telefone. Mas não foi logo. Cleo trocou-se e deitou na cama. A mãe entrou com um pacote nas mãos.

– Isso não é nada. Você está na idade. Vai acontecer agora todos os meses. As mulheres são assim. Coloque isto aí... onde sangra. E fique deitada.

Cleo fez o que a mãe disse.

– Está melhor?

– Estou.

– Ótimo. Amanhã você poderá voltar ao colégio. E não se esqueça de marcar o dia de hoje. Prepare-se para daqui a 28 dias. Vai ser igual. Cada 28 a trinta dias.

Ia sair.

– Mas por quê, mamãe?

– Porque é assim. Você ficou moça.

E foi embora.

Quando voltou ao colégio, apesar dos olhares cúmplices de algumas colegas, não quis tocar no assunto. Vergonha e um certo nojo. E todos os meses a coisa aconteceu, menos quando ficou grávida.

A dor agora era terrível. Atirou-se na cama e contorcia-se, gemendo baixo. Que diabo era isso? Por que devia sofrer assim? Por que ensanguentar-se todos os meses? Não via sentido, nem utilidade. Apenas o sofrimento e a sujeira, absurdos. E se gritasse? Devia ter alguma relação com as coisas que fazia com Daniel, Cláudio e Marcus, com o que as mulheres fazem com os homens. Sobre essas coisas ninguém fala nunca.

E gritou:

– Mamãe!

Ficou repetindo a palavra cada vez mais alto, sempre no ritmo da dor. Ouviu passos no corredor. A porta se abriu e a mãe, de camisola apenas, recendendo perfume e descabelada, entrou no quarto.

– O que foi, Cleo? Ficou louca?

– Não, vou ficar menstruada! Estou com cólica... Logo vou precisar ir ao banheiro.

– Mas por que gritar desse jeito?

Cleo ergueu-se e olhou a mãe de perto. Estava diferente, aflita e não mantinha o olhar firme, desviando-o toda vez que Cleo a encarava.

– Vá ao banheiro e volte direto para cá! Enquanto seu pai não chegar, você não sai do quarto.

– Mamãe, precisava conversar com a senhora.

– Hoje não...

– Agora!

Deu uns passos para a porta. A mãe, surpreendida, avançou rapidamente e bloqueou-lhe a passagem.

– O que foi?

– Nada...

Então Cleo sentiu. Tinha certeza. E com ela, a dor passou. O sangue viria em seguida, mas precisava ver, confirmar a intuição. Correu em direção ao quarto da mãe.

– Não! Não, Cleo!

Entrou e foi direto à cama. O homem cobriu-se com o lençol, até a cabeça. A mãe, na porta, gritava:

– Saia, Cleo! Vá para o seu quarto, depois conversaremos. Não é o que você está pensando...

O sangue então correu livremente e Cleo atirou-se na cama. O homem saltou, envolto no lençol, e saiu do quarto como um fantasma apavorado. A mãe recolhia as roupas dele, espalhadas pelo quarto. Depois saiu também. Sozinha, Cleo pensou no pai. Em Brasília, a esta hora, devia estar deitado com outra mulher. Na cama do marido dela. E o que é que tem isso? Por que é que o pediatra assustou-se tanto?

Estava quase adormecendo quando ouviu a voz da mãe.

– Cleo...

Abriu os olhos, e lá estavam diante da cama, vestidos, a mãe e o pediatra.

– Levante-se, Cleo. Vá ao banheiro e depois desça. Eu e o Henrique precisamos conversar com você.

– Ótimo. Eu também.

Ergueu-se. Ao passar pelos dois, observou suas expressões tensas e impressionadas. Seguiu o olhar deles e viu, no lençol da cama, enormes manchas de sangue. Voltou-se. Eles estavam realmente sérios e tristes. E muito amedrontados.

Tomou um longo banho. E sentiu vontade de vestir uma camisola branca. Tinha um roupão branco também. E desceu. Eles a esperavam na biblioteca. Bebiam. Cleo tinha sede. Encheu um copo com água e sentou-se na poltrona de couro, a que o pai usava para as intermináveis conversas com os políticos. Bebeu a água, olhando o nervosismo do pediatra e a aflição da mãe.

– Desculpem...

Quebrou o gelo. A mãe sentou-se no braço da poltrona.

– Por isso, meu bem, preferia que você se tratasse com um psiquiatra, compreende? Ele poderia lhe explicar certas coisas...

– Mas eu vou para a Suíça...

– Ainda não estou decidida, meu bem. Vai depender desta nossa conversa.

Cleo não gostava do "meu bem". Aquilo era novo, desagradável e falso. "Meu bem", só porque encontrara o pediatra nu na cama dela.

– Mamãe, sempre soube que você e ele faziam isso. E não me interessa nem um pouquinho. Faço o mesmo com os meus amigos. Papai também, com outras mulheres. Não é esse o problema...

O pediatra, aliviado pelo que Cleo dissera, quis garantir-se ainda um pouco mais.

– Mas seu pai não deve saber que estive aqui e que...

– Não vou contar, podem ficar tranquilos. Já disse que não tenho nada com isso.

Sentiu a mão da mãe pousando em seu ombro.

– Eu amo Henrique, filha...

– O quê?

– Eu amo...

– Não compreendo.
– Gosto mais dele que de seu pai.
– Ah, sei...
– Mas minha vida com seu pai deve continuar assim. Por causa da política, compreende?
– Não.
– Seu pai é um senador da República!

O pediatra sentou-se no outro braço da poltrona.

– Cuido e trato de você desde que nasceu, Cleo. Gosto muito de você.

Sentia calor, com os dois em cima dela. Além disso, não estava interessada naquele assunto. Ergueu-se e falou de frente para eles.

– Escutem, não precisam deixar de me tratar como sempre, só porque vi você na cama de papai, doutor! E você, mamãe, pare de me chamar de "meu bem".

– Cleo!

– Meu negócio é outro! Ele é médico e você é mulher. Por favor, respondam às minhas perguntas. Mas diretamente, a verdade...

Os dois se ergueram.

– Pois não, Cleo...

– Por que que as mulheres ficam menstruadas?

– Que mais você quer saber, minha filha?

– Por que elas devem deitar e ser penetradas pelos homens? Por que algumas gritam, gemem, se contorcem e depois ficam meio desmaiadas?

– É só isso?

– Não. Por que ficam grávidas às vezes? Por que algumas precisam fazer aquela operação, e outras, depois de nove meses, vão para a maternidade e têm filhos?

– Bem...

– Espera! Por que é que eu preciso ir para a Suíça, só eu, se faço o mesmo que vocês, que todo mundo?

Ouviu primeiro as explicações científicas do pediatra. Ele falava bem claro. Entendeu tudo, perfeitamente. Espantou-se quando ele passou a descrever o orgasmo.

– Não sinto isso.

– Vai sentir um dia. Não depende só de você.

– Foi o que aconteceu comigo, filha. Só vim a sentir com Henrique...

– Quer dizer que a senhora estava sentindo, quando comecei a gritar?

– Bem, eu...

– Mamãe, fale a verdade. Tudo, tudo por favor!

– Estava...

– O senhor disse que não depende só de mim...

– Pois é... Os homens, geralmente, são muito egoístas nessas coisas.

– Não é verdade! Daniel faz Sandra sentir isso. Mas eu não sinto nada, mesmo com ele.

– Talvez Daniel goste mais de Sandra do que de você, Cleo...

– Gosta mais de mim.

– Certas mulheres descobrem isso antes das outras. Certos problemas psicológicos...

– Está bem. Fale-me agora, doutor, sobre a gravidez, as operações para matar e para fazer as crianças nascerem.

Os dois bebiam muito. E o pediatra falava. Devia ser professor, pensou Cleo. Explica bem as coisas e se entusiasma quando fala.

– Compreendo... É bonito. Se soubesse disso tudo, não teria deixado que me fizessem aquela operação.

– Mas você não era casada, filha. Não ficava bem...

– Ficava, sim! Paciência. Só não entendo ainda por que devo ficar trancada e por que preciso ir para a Suíça.

Os dois olhavam-se em silêncio.

– Por que se olham e não me respondem?

A mãe veio até ela. Sentou-se outra vez no braço da poltrona e alisou-lhe os cabelos.

– Agora... Agora acho que não há mais necessidade.
Ele sentou-se no outro braço.
– Nós o convenceremos.
– Quem? Papai?
– É. Foi ideia dele. Mas você promete não contar nada do que viu e tomar muito cuidado no que faz com os rapazes, daqui por diante?

Novamente o calor e a aflição. Levantou-se. A mãe segurou a mão do pediatra.

– E quando encontrar um rapaz bonito, sadio, de quem goste de verdade, sentirá as coisas boas de que falamos.

Cleo foi para a porta. Não se conformava de haver ficado tanto tempo ignorante de coisas tão simples e claras. E revoltava-se ainda mais por não conhecer as tais emoções que a mãe e Sandra sentiam.

E subiu para o quarto. Deitou-se e abraçou o travesseiro. Estava lúcida, porém ainda mais só. O que adiantava saber tudo aquilo, se o principal permanecia inacessível? Pensou em Daniel e seu corpo vibrou todo numa esperança, bem mais adulta que a ponta de desejo que a fez rever, de memória, o sexo de Daniel, depois suas mãos e, finalmente, seus olhos verdes.

No "Bar do Viajante", Rudolf acabava de contar a Gabrielle, Mágico de Oz, Casto Alves e Juqueri, a morte de Benjamim e a loucura de Rodrigo. Todos ouviram em silêncio, bebendo muito. Gabrielle chorava, por causa, sobretudo, de Rodrigo.

– Pauvre Rodrigô... Pauvre Rodrigô!

Juqueri quis saber detalhes sobre os sintomas de Rodrigo. Interesse profissional, que não foi muito longe. Benjamim não os interessou muito. Apenas Casto Alves, que estava completamente bêbado, perguntou:

– Você acha mesmo que ele ressuscitava os mortos?

— Claro. O que é que tem isso de mais? Se não fosse Madalena, eu...

— Rudolf, acho que nós é que estamos mortos...

Essa frase de Casto Alves irritou Mágico de Oz.

— Morto está você!

— Estou sim. Mas você também! Inclusive morreu antes de mim. Já está fedendo...

Levou um tapa na cara. Ergueu-se cambaleando e agarrou a garrafa de cerveja, ameaçador.

— Para que os vermes te comam, seu veado, falta só uma porradinha a mais... só uma!

Gaby tirou-lhe a garrafa da mão. Depois começou a recolher os copos.

— Acho que ele tem razão... Mas agora, tout le monde va faire dodo!

Beijou o rosto dos amigos e foi empurrando-os para a rua. Rudolf não sabia para onde ir. Precisava de companhia. Da companhia de Fernanda ou de Benjamim. De Cleo ou de Daniel. Mas estava definitivamente separado dos dois primeiros. E dos jovens a distância ainda lhe parecia maior. A morte não é nada, confrontada com a solidão. "Acho que estamos todos mortos".

Rudolf criara um mito e vivia à custa dele, como os charlatães e os gênios. O que era o mito de Rudolf? Parece haver um limite para o conhecimento da verdade das coisas. Os homens não estão preparados para sondagens muito profundas na própria natureza e na de seus semelhantes. Falta-lhes linguagem para a transcrição das coisas novas e misteriosas que lá existem. Mais do que isso, não possuem resistências mentais e relés emocionais de adaptação automática a estímulos de intensidade e amplitudes muito grandes, acima dos comuns. Os casos de Beatriz e Rodrigo são bons exemplos. Acabam sendo comidos por eles mesmos.

Rudolf é bem mais forte do que eles. Isso lhe dá um grau maior de resistência e de adaptação ao sublimbo. Mas até quando? Os psicanalistas, ao descobrirem um método de investigação do comportamento social e a terapêutica para corrigir seus desvios comprometedores, incauta e ingenuamente imaginaram-se de posse de um sistema filosófico. E tentam adaptar à pessoa humana, no sentido vertical, o que serve apenas para o social no Homem, no sentido horizontal. Conclusão: veem mais fundo dentro das pessoas, não entendem claramente o que encontram e são obrigados a extrapolar esses conhecimentos, sofismando generalidades aparentemente novas. Daí seu misticismo agnóstico e individualismo egoísta. Concepções que geram comportamentos meramente defensivos. Porém, com o tempo, acabam sendo também consumidos pela verdade, como tudo o que chega perto demais do fogo, desprotegido, por mais alto que seja seu ponto de fusão.

Mais especificamente, o mito de Rudolf é este: devorar a esfinge em lugar de decifrá-la. E seguir o itinerário da solidão, percorrendo os caminhos do sexo, da loucura e da morte. E, por mais que lutasse, não conseguia afastar-se muito da Rua do Viajante. Essa noite, exausto de tanto andar dentro de si mesmo sem chegar a lugar nenhum, decidiu subir uma escada. E viu-se diante das mulheres que o olhavam com simpatia e solidariedade. Estavam sentadas numa fileira de cadeiras, fumando, bebendo ou cochilando. Havia uma cadeira vaga. Rudolf sentou-se e bocejou. A mulher a seu lado acariciou-lhe o sexo e tentou ressuscitá-lo. Outra afagou-lhe os cabelos. Mais outra, sentando-se no chão, encostou a cabeça em seus joelhos, pegou-lhe a mão e colocou-a entre os seios. As demais olhavam apenas, esperando vez. E Rudolf fingiu dormir. Foi levado para um quarto. Acomodaram-se todas, como puderam, na cama, em torno dele. Como se fossem a placenta, em torno de um feto.

Quando as sombras dissolveram todas as coisas da noite, Daniel voltou-se para o interior da ambulância. Os enfermeiros fumavam. Olhou-os. Que diferença fazia? Assim, não podia mover os braços e as mãos. Porém, esses eram os movimentos menos importantes. Para ele. Mas para os outros, seus pais, as famílias da rua, para os enfermeiros e os médicos, o importante era que Daniel não movesse os braços e as mãos.

– Merda!

– Amarra a boca dele, vai começar a gritar. São sempre assim...

Chegaram ao hospital. Daniel viu o pai no corredor, conversando com um médico. Levaram-no para o quarto e o amarraram na cama. Ali era bom, e a cama muito fofa. O sono vinha chegando, gostoso, devagar.

Daniel saía da penumbra, sacudido por movimentos irregulares que lhe abalavam todo o corpo. Abriu os olhos: estava deitado numa padiola sobre rodas, num longo corredor. Viu a cara do enfermeiro de baixo para cima: parecia um sapo. O carrinho parou. Foi passado para uma mesa. A seu lado havia um aparelho cheio de botões. Verificando que Daniel estava acordado, o homem deu-lhe um tapinha no rosto.

– Vai ficar bonzinho?

Fez que sim. O enfermeiro retirou o pano de dentro de sua boca.

– O que é que vai fazer comigo?

– Eu, nada... O doutor vem aí...

– Que aparelho é esse?

– Para tratamento.

– Dói?

– Não sei, acho que não.

– Eu não estou louco!

– Eu sei.

Entrou o médico. Olhou Daniel e sorriu. Ajudou o enfermeiro a encostar coisas em sua cabeça. Coisas que o ligavam à máquina.

– Doutor, eu não sou louco!
– Fique tranquilo, não dói nada.

O médico apertou um botão. Daniel sentiu uma pancada violenta na nuca. Do que o médico e o enfermeiro viram ele não participou: as contorções epileptiformes, os esgares do rosto, os olhos esbugalhados e a baba espumosa que lhe escorria pela boca. Agonia sem morte, orgasmo sem prazer.

A enfermeira entrou no quarto e olhou para o cliente. Suspirou. Lindo! Chegou bem perto. Nunca achara bonitos os homens de cabelos vermelhos. É quase um menino. Com cara de homem. Novo suspiro. Examinou a papeleta: Daniel, choque elétrico. Coitadinho, tão bonito, tão moço, e louco. Dormindo assim, nem parece. Certificou-se de que estava bem amarrado, porque lembrou-se daquela moça que lhe enfiara as unhas nos seios. Com louco não se brinca, e quem vê cara não vê miolos. Mas que cabelos, que testa, que nariz, que boca, que sardas, puxa vida! Gostaria que tivesse olhos claros e bons dentes. Seria uma pena se fosse meio banguela ou vesgo. Depois dos choques eles custam a acordar, o sono é profundo. Os cabelos devem ser macios. Pelo menos podia retirar aqueles caídos sobre os olhos. Nossa, parecem seda! Geralmente os ruivos têm pele muito branca, como barata descascada. Mas esse garoto é bronzeado, deve tomar muito sol. Vai ver é só no rosto. Aliás, está meio barbudo. Como espeta barba vermelha! É bem possível que tenha corpo branco, sem pelo. Vou abrir a camisa, só um pouquinho. Que nada, que nada! E se entra alguém aqui? O melhor é trancar a porta por dentro. Mas o que é que vou dizer se baterem? Que pena, porque eu bem podia ver como é o dele. Mas não é preciso ver para saber como é...

E deixou a mão pousada. Sua curiosidade ansiosa foi mais que satisfeita. O corpo de Daniel já reagia aos estímulos exteriores.

Desejo. Ereção. Claridade. A lâmpada. O teto. A parede. A enfermeira. A mão da enfermeira em seu sexo. O que é isto? Quarto de hospital. Por quê?

— Por quê?

A moça deu um salto e sufocou o grito.

— Isto é um hospital?

— Desculpe. Pensei que estivesse dormindo...

Olhava-o encabulada, mas curiosa. Sim, os olhos eram verdes e nenhuma vesguice. Faltava ver os dentes.

— O que é que o senhor deseja?

— Sair daqui.

— Impossível. Está incomunicável. Não pode receber visitas.

— Eu não estou louco!

— Sei.

— Você me acordou de um jeito muito agradável. Deve ser muito bondosa. Podia me fazer um grande favor?

— Depende.

— Sou cliente de um famoso psicanalista. Fui internado sem que ele soubesse. Você poderia avisá-lo...

— Se quiser, aviso o médico de plantão,

— Chegue mais perto.

Ela não queria, mas ele, acordado, era infinitamente mais bonito e menos menino do que parecia dormindo. E chegou mais perto.

— Você, pelo que já percebi, não é pessoa de querer que eu acabe levando choques elétricos na cabeça, sem estar louco...

Acabe levando? Coitadinho, se soubesse... Mas, que não tinha jeito de louco, não tinha. Se pudesse ver os dentes! O danado não sorria. Pelo contrário, ficou mais triste.

— Por que você só é boa comigo quando estou dormindo?

— Não fale mais nisso, moço. Foi uma fraqueza minha...

E sorriu. Quem sabe, ele a imitava. E foi batata. Completo, perfeito. Os dentes mais bacanas que já vira. Mas precisava resistir à pretensão dele. Só porque era lindo não era menos louco e não tinha mais direitos que os outros. Depois, não queria perder o emprego.

— O nome dele é Rudolf Flügel. Rudolf, com u e termina com efe. E Flügel é efe, ele, u, gê, e, ele. O telefone você encontra na...

Não pôde terminar porque ela colava os lábios nos seus. Mordeu-os levemente e saiu correndo do quarto.

A porta fechou-se. Eta mulherzinha mais feia e mais tarada! Tentou relaxar o corpo. Era difícil assim com os braços e as pernas amarrados na cama. Sentia a boca amarga, náusea e sensação de peso na cabeça, mais na nuca. Tentou lembrar do que acontecera antes de adormecer. Percebeu que a memória era lenta, pastosa, difícil. O que foi que aconteceu? Como é que vim parar aqui? O que fizeram comigo? Recordava-se apenas do que conversara com o doutor e o que lhe prometera: tirá-lo do hospital, caso o pai o internasse mesmo. E ele internou. Mas como? Precisava lembrar!

Fechou os olhos e perdeu-se numa sonolência dentro da qual não pensava e apenas sentia coisas confusas e desagradáveis, convulsas.

O "Sanatório Mesmer" era um dos piores de São Paulo. Rudolf não o conhecia direito, e muito menos seus médicos. Aquele com quem conversava parecia conhecer psiquiatria tanto quanto Mesmer. Depois de uma conversa cacete e falsa de quase meia hora, conseguiu embrulhar o plantonista.

— Falarei com ele apenas para algumas verificações de seu estado psicológico atual.

— Está bem. Mas é melhor que continue amarrado na cama. Teve reações agressivas, violentas, com os enfermeiros.

— Compreendo...

Rudolf sabia do efeito benéfico, embora provisório, do eletrochoque em algumas formas de alienação mental, mas, no fundo, via naquele método brutal mais punição do que tratamento. Quando chegou junto à porta do quarto indicado, uma enfermeira aproximou-se.

– Doutor, fui eu! Mas, pelo amor de Deus, não conte a ninguém que o avisei...

– Certo. Obrigado.

– É verdade mesmo que ele não é louco?

– Varrido!

Ela não ouviu, estava meio desatenta, achando que nunca vira tanto homem bonito junto, num só dia.

Rudolf entrou no quarto. Antes de olhar para Daniel foi examinar a janela. Ótimo, não tinha grade. Seria mais fácil do que previra. Aproximou-se da cama e foi desatando as amarras. Daniel despertou.

– Doutor!

– Bico calado.

Acabou de soltá-lo.

– Você é capaz de saltar essa janela, correr até o portão e, lá chegando, sair do hospital como quem não quer nada?

– Sou.

– Experimente ficar de pé.

Se Rudolf não o amparasse, ele caía.

– É melhor andar um pouco aqui dentro primeiro, para desenferrujar. Vamos, ande.

– Você é um cara legal, doutor!

– Deixe de frescura e trate de conseguir andar direito, se quer sair daqui. O plano é o seguinte: você cai fora pelo jardim, toma um táxi e depois me encontra no apartamento. Antes dê umas voltas pelo centro, porque preciso fazer um pouco de hora com o médico de plantão.

– Me empresta dinheiro para o táxi, estou duro.

Rudolf enfiou-lhe umas notas no bolso.

– É, já está melhor. Vá respirar fundo lá perto da janela.

Abriu a janela. Olhou para fora e ajudou Daniel a saltar. E ficou rindo, porque o garoto corria um pouco e se esborrachava no gramado, feito peru bêbado. Erguia-se novamente e assim foi até o portão. Ali, escondido atrás de umas plantas, descansou um pouco. Uma ambulância chegou junto à portaria. Daniel passou rapidamente por ela, do lado oposto em que conversavam o chofer e o porteiro. E sumiu.

Rudolf trancou a porta por fora. A enfermeira veio apressada ao seu encontro.

– Tudo bem?

– Não. Está muito agitado e não creio que as amarras suportem sua fúria. É melhor deixá-lo trancado. E guarde a chave, por favor. Eu avisarei o médico de plantão.

E ficou um bom tempo com o médico, discutindo o caso de Daniel. Quando pareceu-lhe que o rapaz já devia estar longe, despediu-se.

– O senhor devia tê-lo colocado num quarto-forte. Aquela janela sem grade... Bem, obrigado e até a vista.

No carro, a toda velocidade, Rudolf compreendia que sua liberdade estava definitivamente comprometida. Para onde e para que seria levado por Cleo e Daniel, não podia suspeitar. Acelerou ainda mais o carro e ligou o rádio. Não era pressa, mas ansiedade. O tempo é o alimento dos ansiosos, pensou. Ou o tóxico? Começou a ouvir um surf lento, quente e tenso. E parecia-lhe ver, sobre as ondas gigantescas de um mar de asfalto, Cleo e Daniel deslizando ao contrário, isto é, da praia para o horizonte. E Rudolf precisava alcançá-los. Por quê?

Cleo chegou à Galeria Prestes Maia, depois de um longo passeio pelo Anhangabaú. A maleta pesava um pouco, cansando-lhe o braço. Mas era gostoso caminhar junto às filas de ônibus, examinando as caras e os jeitos das pessoas, pacientemente ordenadas umas atrás das outras, quase coladas, sem se falarem, sem se olharem. Mas todas olhavam para ela. E ia classificando o que significavam esses olhares: indiferença, crítica, desejo, admiração, inveja, implicância, desejo, indiferença, raiva, crítica, desejo, indiferença, admiração, desejo, indiferença, inveja, implicância, desejo, indiferença, desejo, desejo, desejo, desejo, indiferença, indiferença, desejo, indiferença. Acabada aquela fila, ia passar junto de outra. Caras sérias, tristes, secas, safadas, cínicas, ternas, agressivas, enojadas, indiferentes, taradas. No silêncio geral daqueles olhares, raramente ouvia uma voz. As que ouviu, só masculinas, diziam a mesma coisa, em palavras diferentes: gostosa, belezinha, vamos dar uma voltinha?, olha que bunda!, tá procurando homem?, gatinha, lindeza, putinha, juro que não é cabaço! E os sorrisos sem alegria, os assobios, os gemidos, as gargalhadas.

Entrou, triste, na Galeria Prestes Maia. Muita gente apressada. Chegou à escada rolante. Subiu. Em movimento, os mesmos olhares, as mesmas caras; ouvia as mesmas palavras, risos e assobios, gemidos. Porém, era tudo rápido, como num filme.

As imagens em movimento fizeram Cleo lembrar-se do tempo de criança, quando brincava de pegador no colégio. A fuga coletiva, aflita e confusa, todos tentando escapar do pegador e à procura do pique.

De volta ao sol, na Praça do Patriarca, sentiu que a chamavam.

– Cleo!

Olhou para todos os lados e não reconheceu ninguém. O chamado, tinha certeza, viera do lado do Viaduto. Caminhou apressada. Logo, pareceu-lhe ouvir novamente o chamado. Estranho, porque a voz era clara e parecia vir de longe. Não a identificava, entretanto.

– Cleo! Cleo! Cleoooo!

O pensamento reduzia-se progressivamente como o foco de um projetor de luz, no qual se fecha o diafragma. E restou apenas isto: alguém está me chamando. Seus sentidos fundiam-se formando uma urgência aflita de não sair daquele som que imaginava ouvir: Cleo. Não havia nela nenhuma sensação identificável. Tudo foi desaparecendo. Aberto, nítido e iluminado, um rumo à sua frente. Começou a empurrar as pessoas. Apressou o passo.

– Cleo! Cleo! Cleoooo!

Corria com dificuldade, tropeçando, chocando-se com braços, pernas, costas, ventres. Ouvia buzinas e freadas violentas. Agora o caminho era mais livre, com menos pessoas barrando-lhe a passagem. Metais coloridos, vidros, buzinas e gritos. E Cleo corria, sentindo cada vez mais próxima a fonte do chamado.

– Cleo! Cleo! Cleoooo!

De repente não se sentiu mais tonto. Quase deitado no banco traseiro do carro. Daniel esforçava-se para não dormir. Pedira ao chofer que o levasse até o centro. Ergueu o tronco e olhou para fora. Árvores. Fez o chofer parar o carro. Pagou e desceu. Sentia-se bem. Apenas um vazio dolorido do estômago. Reconheceu a Praça da República. A claridade era intensa e fazia com que visse manchas pretas boiando sobre as coisas. Procurou uma sombra. Sentou-se na grama. Apoiou a cabeça nos joelhos e, sem saber por quê, chorou. Lágrimas que corriam dos olhos, apenas. Não possuíam imagem ou emoção desencadeantes. Era como se houvesse uma zona anestesiada entre sua vida interior e seus gestos. As ordens e mensagens passavam para a superfície, mas na zona anestesiada perdiam o conteúdo, não o poder. Aos poucos, as lágrimas deixaram de correr. Daniel ergueu a cabeça e viu um sorveteiro diante de si. Apoiado no carrinho colorido, o homem olhava curioso para ele.

– Precisa de alguma coisa, menino?
– Preciso... um sorvete.
– Qual?
– O que tiver...

Daniel pegou o sorvete. Pagou. O homem continuava espiando. Ergueu-se e saiu dali. O doce gelado descia pela garganta, trazendo-lhe progressivo bem-estar. Os músculos pareciam voltar à tensão normal, equilibrando-o melhor. Começou a notar as pessoas que passavam por ele. Olhava para todos os lados e para o próprio corpo. Tomava posse de si mesmo e do que o rodeava. Chegou junto a uma grade e viu, do outro lado, um grupo de meninos jogando bola. Assistiu por algum tempo aos lances do jogo, ouvindo, com prazer, os gritos e as faltas infantis. E tomava o sorvete, lentamente, reanimando-se como quem recebe uma transfusão de sangue após violenta hemorragia. Acompanhou o voo da bola e retirou o rosto da grade quando a bola veio em sua direção. Os meninos a disputavam aos trancos e caneladas. Um deles caiu e os outros se afastaram levando a bola. O garoto esfregava a canela.

– Fio da mãe...
– Machucou?

Voltou-se e viu Daniel. Quis desviar o rosto, mas não conseguiu. Sentia-se preso pelo olhar do rapaz. Novamente as tais lágrimas sem emoção e sem explicação. O menino veio para junto da grade. Olhava muito sério para as lágrimas.

– Vem ver, pessoal!

O grito do menino doeu-lhe na nuca. Limpou os olhos e sentiu a primeira emoção identificável, após o despertar no hospital: solidão. E diante dele, inúmeros rostos infantis, ofegantes, suados, vermelhos, vivos. Sorrisos de espanto e curiosidade. Olhares puros. Através das lágrimas, as imagens deformavam-se e pareciam dançar. Ouviu novo grito e fechou os olhos. Apoiou-se de costas na grade. Tinha certeza de não haver mais dentro dele aquela zona anestesiada. Apenas a memória continuava interrompida entre a conversa com o doutor Rudolf e o hospital. E sentiu saudade. Não, não era bem isso. Sentia necessidade de alguém. Para comunicar alguma coisa importante. Para dar. E caminhava pela praça. Sensação absurda, linda, virgem. As árvores, o lago, as pontes, as estátuas, as gentes, sobretudo aquelas que estavam paradas, como árvores. Daniel sorria para elas, sorria para as coisas. Procurando.

Meu pai? Dor na nuca. Minha mãe? Lágrimas, outra vez. Minha irmã? A porta estava fechada. Que porta? Quando? Marcus e Cláudio? Roseiral no mictório. Doutor Rudolf? *Concierto de Aranjuez* e bolinhas. Cleo?

Parou. Não veio outro pensamento. Nada. Nada que a identificasse, coisa alguma que fosse além de uma palavra, um nome. Cleo. Sussurrou:

– Cleo.

A palavra-som soltou-se dos lábios e subiu pelo ar, levada pelo vento. Folha só de nervuras, bola de sabão.

– Cleo... Cleo... Cleo...

Começou a correr sem direção. Vez por outra saltava, berrando:

– Cleo! Cleo! Cleeeo!

E viu o nome diante de si. Nome ofegante, com a maleta na mão. Entre o nome e ele, um banco. A calçada e depois os carros, os ônibus, os edifícios.

O nome caminhou e ficou encostado no banco. A mão se abriu e a maleta caiu no chão. Abriu-se: pijama, escova, chocolate, calcinha, um livro, um disco.

No ar, outro nome:

– Daniel!
– Cleo!
– Daniel!
– Cleo!

Ele chegou também para junto do banco. E o espaço entre seus lábios diminuía, enquanto pronunciavam os nomes cada vez mais baixo, mais para uma só pessoa.

– Cleo...
– Daniel...

As mãos se encontraram quando não era mais possível falar. Porém ainda houve tempo para que Cleo e Daniel dissessem os nomes, um dentro do outro. Sentaram-se abraçados, as bocas coladas.

Primeiro a subida. Como nos sonhos. A gente salta e permanece longo tempo no ar quanto quiser. Cleo subia pelos lábios, pelo calor e umidade dos lábios de Daniel. Subia insuflada pelo ar, pelo hálito verde, seiva aérea que chegava à boca e descobria passagens novas e inexploradas para se expandir. E percorria seu corpo por onde jamais passaram os nervos, o sangue, a linfa, a vida. Um despertar de sono eterno, dos átomos, das células, dos órgãos. Mais luz que calor. Sentia a transparência inflamada de uma necessidade antiga e desconhecida. No alto, muito alto, acima de tudo, percebeu que a vida se reorganizava dentro de si, fluindo mansamente de todas as partes iluminadas, para um centro único. E começou a descida. Primeiro dentro. Da boca ao ventre. Quando toda a sua vida, renovada, limpa, concentrada, unitária, deixou morto o resto do corpo e ficou suspensa, imóvel no sexo, veio a explosão, a desintegração, o caos. A paz vertiginosa.

Daniel sentiu e compreendeu tudo o que acontecia em Cleo. Porque não havia mais Cleo. Nem Daniel. Havia o beijo. O encontro, a ascensão e a queda. Queda que era ascensão, pois não havia mais centro, como não há centro e nem periferia no universo. O curso da energia livre não tem fim. E as novas desintegrações, novas sínteses, no ritmo do infinito sendo antes e depois sem tempo, sendo aqui e agora, sem espaço.

Um beijo de adolescentes num banco de praça. Três horas da tarde. Bocas coladas, olhos fechados, mãos apertadas. Nenhum movimento na superfície. Nenhum indício aparente de que havia sido violado o segredo da vida dentro daquele beijo.

O primeiro transeunte achou bonito e parou. Olhava o casal, mas via sua própria condição. E chegou no limite de sua solidão e insatisfações. Deixou de sentir e pensou. Parou de pensar e julgou. Julgou com a solidão e as insatisfações. E condenou.

O segundo, o terceiro, o quarto, o quinto, todos, porque já não eram mais um, não tiveram tempo e nem possibilidade para a surpresa, a emoção e o juízo. O sexto, o sétimo, o oitavo, o nono, o décimo, porque precisavam perguntar para conhecer o que viam, sentiram o que o primeiro julgou e aos outros escandalizou.

Onde dez pessoas param, haverá logo uma centena. Nasce a multidão, exigindo satisfação plena. Como o amor e o ódio das feras em liberdade. As leis do *nós* não têm conteúdo de consciência, de ética e de valor.

Olhares, gestos, gritos, assobios individuais, logo tornaram-se corais e danças. Por isso, para compreendermos a massa é preciso estar bem acima dela, numa posição e distância em que não nos possa contaminar e não seja possível distinguir o que faz um de seus componentes. A unidade da massa é a massa. E seu líder, o inconsciente da humanidade.

Quem, como pessoa, pode suportar, face às suas limitações, frustrações e angústias, a imagem da liberdade total, do prazer e da alegria revelados de forma pura e natural? Quem, como pessoa, que racionaliza o impossível, que mistifica o misterioso e sublima a impotência, pode tolerar a visão física do eterno, o segredo humano revelado, a energia vital possuída e possuindo?

Não se via nada, além da estátua de um beijo. Estátua de carne, mas estátua. Nenhum movimento. Apenas o tempo do beijo era maior, como o das estátuas. Só isso se via sobre o banco da praça. Cada um que olhava, entretanto, sentia o que não estava olhando. E entrava merda em lugar de sangue, em seu coração. Sentia, cada um, ao ver aquilo, o que não houve nunca em si mesmo. E a estátua de carne torna-se uma ofensa. Ofensa insuportável que exige revide. Necessidade de revide que é inveja. Muito mais que inveja, é o ódio. E quando chega-se ao ódio, descobre-se o amor. O amor inatingível, o alheio amor. Então, olhando o beijo de Cleo e Daniel, sentindo o que vê – o desconhecido sentimento, o inatingível prazer – cada um é um mendigo em desespero. Cada um é o ódio exigindo destruição.

Na massa, poucos veem, mas todos sentem. E basta alguém gritar. E alguém gritou. Veio a fúria. Todos gritavam. Gritavam para se libertar da dor que os imobilizava, impedia-os de viver.

Cleo e Daniel não se davam conta de nada além do que sentiam. Era tudo novo, imenso. Não podiam ouvir gritos e perceber a presença da massa enfurecida a seu redor. Subidas e descidas, sem fim. Sons e cores desconhecidos e mais belos que os existentes. E o calor, mais qualidade que intensidade. Cleodanieldanielcleo: silêncio.

Os mais próximos berravam em seus ouvidos. O que é que diziam? Nada. Berravam, como os bichos. Berravam que era preciso parar, acabar. No céu, desde que os dois se haviam encontrado, apenas o sol desaparecera. Na terra, por ali, o trânsito estava interrompido. Filas imensas de carros, de ônibus e gente que descia e juntava-se à massa. O que havia? O que era? Os últimos nunca sabem a verdade. Mas gritam como os primeiros. E são ainda mais cruéis.

Sirene. Os soldados descem de caminhões. Enfrentam a massa. Para dispersá-la. Porque o trânsito está parado e o povo ocupa toda a Praça da República, as ruas próximas. Apitos que ensurdecem, bombas que fazem chorar. Muitas bombas e muitos apitos. Os homens choram, mas não se afastam.

Distantes, muito distantes do alcance das bombas, Cleo e Daniel choram também e estreitam o abraço. Mas são agarrados. Um grupo segura o corpo de Cleo e outro o de Daniel. Começa a luta. Conseguem, num tranco violento, separá-los. Suspensos sobre as cabeças do povo, são impulsionados por braços e mãos, sem direção. Seus gritos não podem ser ouvidos, porque um gemido desesperado e contínuo, coletivo e anônimo, encobre tudo. Os dois dizem apenas: Cleo e Daniel. Cleo grita por Daniel. Daniel grita por Cleo. Mas a distância entre eles aumenta sempre. Ela está na Rua do Arouche e ele na Rua São Luís, suspensos agora por pequeno grupo de pessoas. E caem no asfalto. Não se erguem. Ninguém mais é todos. Acabou. Ônibus e carros superlotam. O trânsito volta a fluir. Ruas e praças ficam desertas. As luzes se acendem.

Cleo, deitada de costas, ergue a cabeça e vê um ônibus vindo em sua direção com o farol aceso. Fica cega, mas ouve o ruído crescente. Foge. Daniel, deitado de bruços, beija o asfalto. Um carro freia violentamente, parando as rodas junto a seu corpo. Descem pessoas e o erguem. Gritos. Afasta-se. Cleo agarra-se à parede dos edifícios e caminha lentamente, de costas para a rua. Daniel faz o mesmo, na outra calçada. Estão ambos, agora, na Rua São Luís. Arrastam-se. De repente param. Acabaram-se os prédios para Daniel. Vê árvores. Não são as mesmas da Praça da República. Volta-se. Há pouca gente. Reconhece o lugar que ele chama de Praça da Biblioteca. Tem medo ainda das pessoas. Mas as descobre indiferentes. Então, berra:

– Cleo! Cleo! Cleeeeeo!

Ela, colada ao vidro da porta de um edifício, exausta, tenta agarrar-se a qualquer coisa para não cair. O vidro é imenso e sem relevo algum.

– Daniel! Daniel! Danieeeeeel!

Ouvem-se ao mesmo tempo. Daniel corre. Atravessa a rua e vê Cleo de joelhos diante do vidro. Curva-se a seu lado. Vão abraçar-se, mas sentem medo. Ele a toma pela mão e a ergue. Tenta, mas não consegue falar.

O que ele quis dizer? O que Cleo está pensando? Ninguém pode saber, nem eles. É impossível compreender os sentimentos e os pensamentos que brotam e fluem nas pessoas que conhecem o amor, não o nosso, mas o inédito, o proibido, o que não sabemos ou não aprendemos a sentir.

Estão de mãos dadas. Olham-se em silêncio. Caminham por uma rua. Uma rua larga que os levará ao Jardim da Luz. Solidões iguais, lado a lado, silêncios de mágoa, paralelos. Apenas ligados por aquele precário e leve aperto de mão. Quando não lhes foi possível mais andar, pararam. Diante de uma porta iluminada. A do "Hotel do Viajante".

Rudolf esperou por Daniel no apartamento o quanto lhe foi possível. Desde que saíra do hospital, sentia angústia intensa. Inexplicável. Ou melhor, explicável, se aceitasse a verdade que temia enfrentar: a profunda e envolvente ternura por Cleo e Daniel. Sentimento mole demais para ele. Precisava fugir tanto do sentimento quanto de sua causa. E, paradoxalmente, deixava-se envolver por eles. Era isso o que o angustiava. Estava ali, esperando Daniel chegar e torcia para que não viesse. Pensava em Cleo e adoraria tê-la a seu lado novamente. Ao mesmo tempo, seria muito bom se não a visse nunca mais.

Mas, e se Daniel viesse? E se Cleo voltasse? Merda, merda, merda! Rudolf repetia a palavra "merda" para negar a outra, a verdadeira, mas intolerável. Se Daniel ou Cleo aparecessem, não os receberia! Não os receberia! Merda, merda, merda! Sua vida não tinha sentido, não queria que tivesse sentido algum! Por que esses dois filhos da puta não o deixavam em paz? Merda, merda, merda! E não havia merda que chegasse, porque Rudolf não tinha mais dúvida:

Cleo e Daniel simbolizavam tudo o que ele sentia sobre a espécie humana e a vida: um poder vir a ser que não virá nunca, apesar de toda a beleza que existe.

Merda, merda, merda! Rudolf caminhava pela sala, aflito e desorientado, porque já não conseguia, com o "merda, merda, merda", esconder de si mesmo o que sentia: eu amo, eu amo, eu amo esses dois filhos da puta! E via, como assombrações, multiplicados e misturados pela sala, o menino da construção abandonada, seu filho morto, Cleo e Daniel. Gil, imenso, atravessou a porta fechada e, chegando ao meio da sala, recolheu, como quem colhe flores num jardim, todas as visões de Rudolf e, tendo-as nos braços, parou diante dele. E falou com a voz de Benjamim:

– As raízes de Deus, Rudolf! Vamos ressuscitá-lo. Venha!

Não aguentava mais. Mesmo um louco com as rédeas da normalidade nas mãos não pode conduzir a vida pelo vazio, quando cede ao chamado dos mortos e dos que estão além da vida. Só tinha mais uma chance. Sabia perfeitamente qual era. Correu para o banheiro. Abriu o armário. Seria a primeira vez, mas há muito tempo guardava ali a ampola para o momento decisivo. Encheu a seringa e aplicou a injeção na coxa, através da calça. E foi para a janela, esperar a reação. Recebia o vento da noite no rosto vendo a cidade iluminada lá embaixo. Na Praça da República, grande aglomeração, trânsito parado e confusão geral. Fechou os olhos. As buzinas distantes transformavam-se nas castanholas do *Concierto de Aranjuez*. Merda, merda, merda!

A angústia era desfeita à medida que uma paz orgânica percorria-lhe o sangue. Começou a rir e a apalpar-se. Primeiro os cabelos, o rosto, o peito. E sentiu violenta ereção. Era ele, Rudolf, Rudolf Flügel mais o tóxico. Alguma coisa a menos também: Cleo e Daniel! Claro, estava livre. De Benjamim, do menino da construção, de Gil, do filho morto, de Fernanda, de Cleo e de Daniel! Livre! Livre do Rudolf Flügel deles! Era apenas aquela ereção e a liberdade.

Ouviu a campainha. Estava livre, fosse quem fosse saberia proteger-se. Era até bom experimentar o novo Rudolf. Colou o rosto na porta.

– Quem é?
– Eu! Não reconhece a voz?
– Não!
– Eu, Rudolf... Estou curada!
– Vai embora!
– Não posso... Abra, Rudolf! Sou eu, Beatriz. Lembra?

Como um boneco de mola, Rudolf foi lançado por ele mesmo para o meio da sala. A morfina o fazia cada vez mais leve. Beatriz? Beatriz, a pintora que ficou louca porque viu a esfinge, pintou seu segredo sem decifrá-lo e foi engolida por ele. Como teria conseguido escapar?

– Abra, Rudolf! Preciso de você! Abra!

Mas onde estava o Rudolf? Se quer entrar, que entre. E o que viu diante de si era uma foca loura. Gorda e feia.

– Você é a Beatriz?
– Você é o Rudolf?

Começaram a rir. Depois ela falou. Ela não compreendia quase nada. Sim, era Beatriz, apenas deformada, mental e fisicamente, pelos choques insulínicos. Não estava mais louca. Nem normal. Quer dizer, inofensiva.

Como ele. Ótimo. Era a companhia ideal. Beijou-a no rosto e a puxou pela mão.

– Vem, Beatriz. Vamos ao "Requiescat in Pace". Onde estão seus pincéis e tintas?
– No apartamento...
– Passamos lá primeiro. Vem, você vai pintar os "elefantes"!
– É para um cemitério que você vai me levar?
– É. Que tal?

A mulher fez uma expressão triste. Mas o que resultou foi aquele ar trágico dos palhaços quando riem profissionalmente.

Gabrielle acabava de anunciar, em lágrimas, a Júlio, Casto Alves, Rodrigo, Mágico de Oz e Juqueri que decidira vender o hotel e o bar, juntar os trapinhos e voltar para a França. O silêncio que se seguiu a tão dramatizada revelação, a indiferença alcoólica e vital dos "elefantes", ofenderam-na profundamente. Então partiu para o francês e os agredia em baixo calão gaulês, quando entraram Beatriz e Rudolf no bar.

– Beatriz, pintora famosa que ficou louca, ex-amante minha e de Benjamim, veio pintar vocês. Todo mundo nu!

Ela montou uma tela sobre o balcão e abriu a caixa das tintas. Silêncio e desinteresse geral. Rudolf começou a desabotoar o paletó de Casto Alves.

– Toninho, você é o primeiro.

Júlio saiu da sala e foi para a portaria do hotel. Ela iria abandoná-lo. Era o fim. Imaginava-se num albergue noturno e pedindo esmolas na porta do prado de corridas. Ouviu a primeira trovoada. E foi espiar a chuva que certamente viria em seguida. As dores que sentia em todas as juntas nunca falharam como prenúncio de temporal. Ouvia, apoiado na porta e olhando a rua deserta, os berros de Gabrielle.

– Assez! Assez, Rudolf! Je viens de dire à tout le monde que je m'en vais. Pour toujours! C'est fini!

Casto Alves já estava sem camisa, exibindo o magro e branco torso do tísico. Mágico de Oz aproximou-se de Rudolf. Rodrigo tocava a canção *Hino ao Amor*, de Piaf, certamente em homenagem à despedida de Gabrielle.

– Rudolf, você tem visto Marcus?

– Não! Fica nu e de costas, Mágico de Oz! Ela pode ir pintando todos de uma vez...

Gabrielle agarrou Rudolf pelo braço.

– Vai embora, Rudolf! C'est fini, c'est fini!

Uma lufada forte de vento invadiu a sala. Rodrigo parou de tocar e, transtornado, gritou:

– Estou vendo! É ele! É ele! É ele de novo!

Trovoada. Júlio vê o casal parado diante da porta do hotel, iluminado pelo relâmpago. Não vão entrar, são muito moços. Mesmo que quisessem, não poderia consentir. Dá galho. Trovoada. Parece que não ouviram nada. E como são lindos! Ah, era bom amar nessa idade... Se tivesse tido a beleza do menino, então. Os belos amam mais e melhor, pensou. Ouviu o grito de Rodrigo, quando caíram as primeiras gotas de chuva. Voltou-se para dentro. Viu Casto Alves, Mágico de Oz e Rudolf agarrarem o cego que se debatia muito e gritava:

– Estou vendo... ali! É horrendo! Me soltem! Não quero ver! Me soltem! É horrendo! Ali...

E apontava para a porta que ligava o bar ao hotel. A francesa, muito nervosa, chegou perto de Rudolf.

– Qu'est-ce que c'est? Qu'est-ce qu'il dit? Qu'est-ce qu'il voit?

– Deus! Dieu! God! Dios! Dio! Gott!

– Merde, alors... Il est fou!

Rodrigo soltou-se dos que o agarravam e ficou de costas para a porta, com a cara colada à parede. Tirava sons absurdos e dissonantes do acordeão. Todos voltaram para as mesas e Gabrielle para a caixa registradora. Beatriz pintava ferozmente. Silêncio cortado pelos sons desagradáveis do acordeão de Rodrigo. Júlio voltou a olhar para a rua. A chuva caía agora com toda a violência. O casal jovem, completamente molhado, na mesma posição. Estranho, pensou Júlio, parecem não sentir a chuva.

– Ei, vão embora. Está chovendo!

A voz de Júlio os despertou. Olharam como bonecos, simultaneamente, para ele.

– Está chovendo! Cho-ven-do!

Moveram-se ao mesmo tempo e entraram no hotel.

– Aqui, não! Vão cada um para a sua casa!

O rapaz estendeu o braço e sua mão quase tocava o peito de Júlio.

– Já disse que não posso dar-lhes quarto...

A moça debruçou a cabeça no ombro do rapaz e Júlio olhou-a de perto. Nunca vira nada tão lindo. Cabelos escorridos, molhados, e aquela tristeza serena, jovem, cansada. Voltou-se para o rapaz. Os olhos verdes eram duros, violentos, secos.

– Vão caindo fora!

Não se moviam. A mão do rapaz comprimia-lhe o peito. Recuou. Os olhos verdes e duros o perseguiam.

– Desistam!

E fugiu para o bar. Rudolf desabotoava as calças de Casto Alves diante de Beatriz.

– Gaby... Gaby!

Júlio, aflito, tentava chamar a atenção de Gabrielle, que tinha os olhos presos na tela onde Beatriz aplicava tintas com os dedos.

Rodrigo cobriu o rosto com a mão.

– Não! Não!

Todos, menos Rodrigo, voltaram-se para a porta. E viram Cleo e Daniel, molhados, imóveis, de mãos dadas. Ele mantinha um dos braços erguidos, com a mão espalmada.

– Eles querem um quarto...

Rudolf sorriu. Enfim!

– E por que não, Júlio?

Gabrielle empurrou Júlio de sua frente e foi para o hotel. Sem se aproximar muito, examinava-os fascinada.

– Alors, vou voulez une chambre?

Nenhum movimento ou resposta.

– Querem um quarto?

– Gaby, são adolescentes! – disse Júlio.

E Rodrigo voltou a gritar, tirando sons ainda mais desesperados do acordeão.

– Não! Não!

Cleo e Daniel voltaram-se para a porta do bar. Mas Rudolf fechou-lhes a passagem. Seus olhares atravessavam Rudolf, como se ele fosse transparente. Gabrielle deixa cair uma chave na mão do rapaz. A mão se fecha reflexamente. Outros reflexos eram aparentes em seu corpo, desfazendo aquela imobilidade das figuras de cera. Rudolf, Gabrielle e Júlio assistiam à transformação, como se acompanhassem o trajeto da vida reanimando partes sucessivas do corpo do rapaz, da mão que recebera a chave à outra que prendia a de Cleo. E o processo repetiu-se na moça. Quando tudo terminou, Rudolf e Gaby afastaram-se um pouco. Cleo e Daniel caminharam em direção ao bar.

Casto Alves vestia-se rapidamente. Mágico de Oz ergueu-se com o copo na mão e, cambaleando, juntou-se, na porta, a Gabrielle, Júlio e Rudolf. O mesmo fez Casto Alves, depois de vestido. E Beatriz, atrás do balcão, olhos fixos no casal, pintava, em transe.

O cego voltou-se lentamente. Ergueu o braço e tocou a ponta dos dedos no rosto de Cleo. Percorreu-o todo, enquanto com a outra mão fazia o mesmo no de Daniel.

– Então... então é assim?

Baixou os braços e procurou as teclas do acordeão. Produziu música sem melodia, harmonias apenas. Assim descrevia o que vira e o que lera. Aos primeiros acordes, Daniel voltou-se e puxou Cleo atrás de si. Atravessaram o bar e pararam novamente diante do grupo na porta.

– Allez, Juliô... Vá na frente... dei-lhe a chave de meu quarto.

– Tem tantos vazios, Gaby!

– Eu quero, eu quero!

A francesa os empurrava, dirigindo-os para a escada. Subiram. Silêncio. Só a chuva e o acordeão de Rodrigo. Sentaram-se todos em volta de uma mesa, como numa sessão espírita. Menos Rodrigo e Beatriz. Júlio voltou e juntou-se ao grupo, na mesa. Havia, bem no meio deles, um centro de esfera e todos olhavam para ele, fixamente. Chuva. Música. Rodrigo voltou os olhos para o teto e sua música transformou-se: ficou mais forte, mais tensa. Beatriz olhava para cima também, e pintava sem observar o que suas mãos faziam. No grupo, o primeiro a elevar o olhar foi Gabrielle. Todos a seguiram. O centro da esfera deslocara-se para o sótão do hotel.

Mas chegavam até lá apenas os sons do acordeão. Mãos dadas ainda, Cleo e Daniel, diante da janela aberta, olhavam a chuva. Chuva que formava espessa cortina, limitando a visão e alguns reflexos luminosos sobre a água vertical.

– Daniel...
– Vem, Cleo...

Levou-a para a cama. Deitaram-se lado a lado. Entre as pernas deles, a boneca espanhola de Gabrielle. As mãos, unidas ainda, estão agora junto às cabeças.

Os olhos se fecham. O silêncio foi se libertando da música e da chuva, crescendo, crescendo. Nem chuva, nem música. Silêncio. Nem silêncio.

Violenta gargalhada de Gabrielle. Como se ela fosse o médium e o espírito acabasse de baixar nela. Rodrigo parara de tocar e, tateando, procurava sair da sala. Chegou à rua. Sentiu a chuva no rosto. E, sem nenhum sentido ou direção, caminhou apressado, desaparecendo por trás do muro de chuva densa.

Gabrielle passou do riso para a histeria. Caiu no chão e movia-se como se estivesse sendo possuída. Mágico de Oz ia segurá-la, mas Rudolf o reteve.

– Deixa... está sendo deflorada por Daniel, o menino ruivo. Vive o que imagina estar acontecendo com Cleo... a menina loura, lá em cima.

— É nojento isso! Essa velha porca é bem capaz de gozar aí na frente da gente!

Mágico de Oz ergueu-se e ia sair. Rudolf falou alto, ao seu ouvido.

— Marcus... seu filho, amou esse menino. Comportava-se mais ou menos assim como Gaby...

Com um tranco, Mágico de Oz libertou-se de Rudolf e jogou-se sob a chuva como quem se atira num precipício.

Ajoelhado perto de Gaby, Júlio falava baixo, cuidadosamente:

— Pare com isso, Gaby... Pare! Vamos dormir... Vamos, Gaby, pare com isso!

— Deixa. Agora ela vai se acalmar, Júlio. Acabou.

De fato, Gabrielle estava calma, com os olhos muito abertos. Júlio trouxera Casto Alves para junto dela e os dois a ergueram nos braços. Levaram-na para a escada. Lá foi mais fácil, pois já andava e subiu amparada apenas por Júlio. Casto Alves voltou para o bar.

— Rudolf, o que foi que aconteceu?

— Venha, Toninho, vamos ver!

E o levou para trás do balcão. Beatriz tinha diante de si meia dúzia de telas cobertas de tinta. Trabalhava, ora numa, ora noutra. Com pincel, espátula e os dedos.

— Foi isso o que aconteceu, velho, foi isso!

Viam as manchas, os riscos, as cores, os relevos, sentindo violenta e inexplicável emoção. Sim, podia ser aquilo. Rudolf segurou as mãos de Beatriz e a afastou dos quadros.

— Chega!

Levou-a para a rua. Jogou a mulher na chuva e trancou a porta. Voltou para o bar. Encheu dois copos com uísque, olhando as telas.

— Beba, Toninho. Acabou. Vamos comemorar.

Beberam muito tempo em silêncio, presos às telas. Rudolf não conseguia ficar embriagado. Casto Alves, completamente tonto, apoiou-se nele.

— Eu queria ver...
— O quê?
— Eles... lá em cima.
— Mas está tudo aí, nesses quadros.
— O que é que ainda podemos fazer, Rudolf?
— Dormir. Venha, eu o ajudo...

E foram subindo, abraçados. Casto Alves segurou o rosto de Rudolf.

— Sempre pensei... agora tenho certeza. Você é o diabo!
— Talvez...
— Ah, não sabia?
— Não. Mas se você diz...
— Digo. Digo que você nos levou todos para o inferno.
— Não existe inferno e nem diabo, Toninho.
— Claro... fogo e caldeiras eternas, não. Claro... diabinhos vermelhos, chifrudos, com rabo e tridentes, não. Não é desse inferno e desses diabos que falo...

Pararam no meio da escada. Casto Alves sentou-se no degrau.

— Filho da puta!

Rudolf viu a porta do sótão. Subiu lentamente. Lá em cima, voltou-se. Casto Alves, de gatinhas, tentava subir também. Rudolf apoiou-se no trinco e torceu-o. A porta se abriu. A imagem de Cleo e Daniel adormecidos atingiu-o como uma bofetada. A mais violenta agressão que já recebera. Perdeu o equilíbrio e tombou sobre Casto Alves. Rolaram juntos alguns degraus. Levantou-se e desceu correndo.

Chegando embaixo, foi tomado de um asfixiante desespero. A porta não abria. Atirava-se contra ela violentamente, sem resultado. Começou a gritar. Júlio e Gabrielle apareceram. Ela arrastava Casto Alves para baixo. Júlio abriu a porta e Rudolf fugiu.

Tomando Casto Alves das mãos de Gabrielle, o velho botou-o na rua. Ia fechar a porta, mas Gaby a reteve aberta. Olharam-se longamente. Júlio entendeu, afinal. Baixou a cabeça. Com doçura, ela foi empurrando-o para fora. Depois, rapidamente, trancou a porta. Apagou as luzes. Na escuridão, lá dentro, apenas uma faixa de luz que saía por baixo da porta do quarto do sótão. Subiu.

Olhou demoradamente para Cleo e Daniel. Deitou-se no tapete. Só adormeceu quando certificou-se de que a noite terminara. A noite.

Cleo abriu os olhos e viu os de Daniel, por trás das mãos apertadas. As águas claras misturam-se simplesmente e desaparecem uma na outra, para sempre. Assim foram seus olhos, assim foram seus corpos, sem pensamentos ou palavras turvadoras. O prazer foi longo, alto, um só para os dois. Porém, ao final, deixou-os suspensos no vazio, sem paz. Erguem-se aflitos. E veem o rosto de Gabrielle, os olhos velhos de Gabrielle, o sorriso cansado de Gabrielle. Gritam. Fogem. A porta, embaixo, estava trancada. Os olhos úmidos e o sorriso cansado avançam para eles. Cleo esconde o rosto no peito de Daniel. A porta é aberta.

– Não tenham medo... podem ir. Acabou. Allez... Merci.

Na rua, Cleo chorou.

– Não chore...
– Não foi igual.
– Não foi.
– Como no beijo...
– O prazer, sim.
– Mas não veio a paz...
– Não veio.
– Não virá mais, Daniel!
– Tem de vir! Não chore.

Abraçou-o. Colou os lábios nos dele. Veio o calor, a emoção, renasceu o desejo. Tudo, menos a paz. Abriram os olhos. Em torno, outros olhos, outros sorrisos, palavras e gestos. Nem calor, nem emoção, nem desejo.

Daniel fazia esforços para se localizar. Depois daquele beijo na praça, tudo o que acontecera antes em sua vida era tão distante e vazio de sentido que, mesmo chegando à memória, não permanecia e não provocava novos pensamentos ou emoções. Para que lembrar então? Para que pensar? Apertava a mão de Cleo e sentia brotos de sensações novas. Olhava seu rosto e pensava muito, pensava em como era bom olhar Cleo. Pensamentos como as variações em torno de um tema único: Cleo. E uma tristeza: por que não sentiam mais, no beijo ou na relação sexual, aquela paz maravilhosa experimentada no banco da praça? Sem aquilo, as emoções e o prazer não começavam do princípio, eram colhidos já maduros, parecendo alheios. E teve uma intuição mágica.

– Vamos à praça, Cleo! Quem sabe é ela... quem sabe está ali e não em nós...

Sim, Daniel podia ter razão. Enquanto caminhavam, ela pensava que era preferível morrer, sem a paz. Porém, por que chamavam aquilo de paz? Que outro nome podia ter? Sensações? Talvez fosse uma total ausência de sensações, como seria a morte. Mas estava viva. De outra vida. A vida em semente, o tempo em semente, o amor em semente. Gostou do pensamento e olhou para a sua mão dentro da de Daniel.

Na praça, ajoelharam-se sobre o banco. Estavam ofegantes, porque haviam corrido muito. Daniel segurou a cabeça de Cleo com as duas mãos.

– Parem com isso!

Não ouviram a frase, mas sentiram o peso das mãos do guarda em seus ombros, separando-os.

– E vão caindo fora!

Correram um pouco mais. Estavam diante do parque infantil. Agarraram-se à grade e olharam para as crianças, ordenadas, frente a uma instrutora, fazendo ginástica. Cleo chorava.

– Não chore!
– Não vem... Eles não deixam.
– Venha, Cleo, vamos procurar.

Soltaram-se da grade, mas ficaram sem saber para onde ir. Daniel procurava, na confusão de seu mundo interior, uma ideia qualquer. Qualquer uma. Ouviu a voz de Cleo.

– O doutor...
– O quê?
– Rudi.
– Ninguém, Cleo, ninguém pode ajudar a gente. Você viu, eles não querem.

Apertou a cabeça da menina contra o peito. Os lábios dela colaram-se em sua pele, pela camisa aberta. Esperou. O desejo surgiu bonito, como uma ideia poética, uma lembrança querida. Depois, sentiu medo.

– É nosso. Ninguém compreende... por isso não querem deixar a gente... Precisamos fugir!
– Ou morrer.
– Não!
– Eles vão nos matar, Daniel.
– A gente se esconde.
– E se nos pegarem de novo?
– Então, sim...
– Foi o que eu pensei. O Rudi, acho que ele compreenderia. Ele me prometeu.
– O quê?
– Um remédio. Quando não for mais possível fugir... quando quiserem nos separar para sempre.
– Um remédio que prolongue a paz, nem que seja dentro da morte.

A instrutora das crianças, do outro lado da grade, gesticulava e falava coisas para eles.

– ...vergonha?
Voltou para junto delas e as obrigou a ficarem de costas para o casal abraçado.

Rudolf estava em pijama. Fugia deles pela sala.
– Acabou! Acabou! Não conheço vocês! Vão embora!
– Rudi...
– Chega, Cleo!
– Doutor...
– Fora! Fora! Não se aproximem!
Estava encurralado junto à janela. Não olhava para eles. Contraiu-se. Cobriu a boca com as mãos. E, empurrando-os, saiu da sala. Ouviram os gemidos de Rudolf vomitando. Silêncio. Novos gemidos. Silêncio.
Vestindo um roupão branco, pálido e trêmulo, Rudolf surgiu diante deles com o vidro na mão.
– Ninguém viu vocês entrarem aqui?
– Não...
– Não podem vê-los sair também.
Apoiou o vidro sobre o braço da poltrona e deu-lhes as costas. Daniel apanhou o vidro. Cleo tocou a mão no ombro de Rudolf. Ele quis fugir, mas caiu de joelhos.
– Morram! Longe, longe daqui!
Na porta, Cleo voltou-se. Ele continuava ajoelhado, com os braços abertos.
– Rudi... o anjo da guarda. Você me tinha prometido. Estou vendo...
E saíram.

Daniel contou o dinheiro que ainda lhe sobrava. Sentiam fome. Mas o dinheiro era pouco. Comprou um chocolate. Depois subiram num ônibus. Ele apalpava o vidro no bolso da calça e sentia-se seguro. Sentados e abraçados, olhavam a paisagem monótona, fria e severa da grande avenida. Cleo pediu para ver o remédio. Daniel segurou a mão dela e despejou na palma algumas cápsulas. Azuis. Guardou-as novamente no vidro. Olhavam agora as pessoas no ônibus. Tristes. Azuis. Como as cápsulas. Por fora e por dentro. Gelatina colorida recheada de morte. O ônibus parou e entrou um grupo de jovens estudantes, moças e rapazes. Sua alegria espontânea contagiou Cleo e Daniel. Eles cantavam e dançavam entre os passageiros taciturnos e preocupados.

Daniel olhava através da janela. Viu árvores imensas, formando um bosque cercado por muro alto.

— Cleo! Veja...

Nem deu tempo que ela olhasse e arrastou-a para a porta de saída. Os estudantes bloqueavam-lhes a passagem, rindo. O ônibus parou. Saltaram. O bosque ocupava todo um quarteirão e tinha apenas uma entrada, um portão de ferro, gradeado, enorme, trancado. Entre as árvores, um palácio. Parecia desabitado.

— Cleo, é aqui! Precisamos entrar...

— Olhe... Lá no fundo tem uma cachoeira.

— Vamos dar uma volta completa. Deve haver um jeito de saltar esse muro.

Cabeças voltadas para cima, mãos dadas, caminhavam à procura de um ponto vulnerável na muralha de pedra. Estavam voltando ao ponto de partida. Daniel parou. Descobrira, no muro, alguns relevos maiores. Não havia ninguém na rua. Saltou e agarrou-se às pedras. Sentindo-se apoiado, estendeu o braço para Cleo. Ela o alcançou. Dois padres vinham apressados pela rua, depois de dobrar a esquina.

— Depressa! Suba, Cleo, eu vou depois...

Escalando o joelho de Daniel, ela chegou ao alto do muro e saltou. Colou-se à parede e ficou imóvel. Ouvia os passos dos padres e depois suas vozes.

– Depende do cardeal... Se Sua Eminência desejar...
– Mas só depois que terminar o retiro. Não atenderá ninguém até a Páscoa...
– Terá de me atender! O retiro de Sua Eminência não é mais importante que...

O ruído violento do motor de um caminhão encobriu tudo. Os padres se afastavam. Daniel ergueu os braços e, segurando a borda do muro, suspendeu o corpo e viu o gramado lá dentro. Atirou-se. Ficou deitado um instante, olhando o céu. Azul. Como as cápsulas. Ergueu-se e procurou por Cleo. Nada. Grama, plantas, flores, árvores e o silêncio quebrado apenas pela queda d'água. Estava um pouco inquieto, mas a tranquilidade do ambiente dissolvia tudo. Resolveu caminhar em direção à fonte do som.

No fim do gramado havia um pequeno bosque. Ali encontrou, em meio a um canteiro de margaridas, as roupas de Cleo. Deu alguns passos mais e descobriu as pedras por onde corria e despencava a água, sobre um pequeno lago. E Cleo, nua, recebendo no corpo o jato d'água. Sentou-se numa pedra e ficou olhando. O corpo de Cleo. Ela o viu e acenou, feliz. Uma enorme curiosidade tomou conta dele. Curiosidade de conhecer melhor aquele corpo. Quantas vezes já deitara com ela, nua assim? Nem se lembrava. E não havia olhado? Sim. Mas qual era a diferença? Por que não sentia desejo agora? Por que pareciam-lhe tão perfeitas as formas do corpo de Cleo? As costas... os seios... o ventre... as pernas... Não eram assim! E a pele... e os cabelos... A beleza que descobria agora em Cleo o comovia, provocando estranho e delicioso encantamento. Encantamento. Como se não fosse real. Real. Ela estava ali, sob a água, sob o sol, sob seu olhar. Seu. Encantamento.

Cleo saiu da água e sentou-se numa laje, sob os ramos de um chorão. Enrolava os cabelos por cima de um ombro. Daniel jamais sentira emoção tão pura. Mas, por quê? E lembrou-se do que haviam pensado quando foram à Praça da República procurando paz: vai ver não está na gente, quem sabe vem de certos lugares. A beleza também. É possível que seja aquela cachoeira, sua água, que dê beleza ao corpo de Cleo. Quem sabe, daria a paz também? Cleo pendia a cabeça para trás, olhava o céu e recebia o sol no rosto. Chegou ainda mais perto. A testa... as sobrancelhas... os olhos... o nariz... a boca... o queixo... as orelhas. Uma harmonia nova, perfeita. O rosto de Cleo era um outro rosto de Cleo. Beleza. Encantamento. Nenhum desejo. Alegria. Alegria da beleza no encantamento.

Olhava as próprias mãos, os braços, o corpo, as pernas. Adivinhava o rosto, de memória. Afirmaram muitas vezes que ele era bonito. Sempre sentira vergonha da cor ruiva dos cabelos. E teve um pensamento que o perturbou: queria que a água o tornasse tão bonito como Cleo. Gostaria que ela, ao olhá-lo, fosse tomada também pelo encantamento que estava sentindo. Encantamento. Beleza. Sem desejo. Encantamento. Alegria. E despiu-se. Recebeu o jato d'água nas costas e não conteve um grito. Cleo assustou-se. Depois, vendo-o, começou a rir.

Daniel sentiu vergonha e deu-lhe as costas. Não, ele era feio, ridículo. A água não podia dar-lhe beleza. Cleo rira. Sentia muita vergonha de estar mostrando as nádegas para ela. E voltou-se, porém com as mãos cobrindo o sexo. Cleo estava de pé. Caminhava lentamente para ele. Entrou na água do lago e, chegando diante dele, segurou-lhe as mãos e as afastou. Estava muito séria, Daniel via em seus olhos uma luz nova. Encantamento?

Não, não era encantamento. Apenas revelação. De fato, era a primeira vez que Cleo olhava mesmo para o corpo de Daniel. Vira-o nu muitas vezes. Olhara, sim. Tivera muita curiosidade. Rememorara-o certa vez, quando estava sendo possuída por Marcus. Mas o que gravara dele, como homem, eram detalhes anatômicos, formas, apenas o que a curiosidade procurava. Mas isso não era o corpo de Daniel. Não era o que via naquele momento, banhado pela água da fonte e à luz do sol do meio-dia. A beleza que pode haver no corpo de um homem não é vista pela curiosidade, nem pelo desejo. E Cleo via beleza em Daniel, via Daniel com beleza. Como explicar isso? A beleza está nas coisas ou as coisas produzem beleza, no ar, na luz, no olhar? Como é que Cleo podia saber? Fechou os olhos e ainda viu a beleza de Daniel. Sim, a beleza, não Daniel. E o que sentia era uma emoção como a que a música lhe provocava. Só a música, nada mais. E ouvia música no ruído da água batendo no corpo de Daniel. Conseguia separar dois ruídos: água na água (não havia música) e água na beleza (quase desfalecia de encantamento).

Encantamento! Sim, Cleo sentia o mesmo encantamento. Daniel saiu do lago e parou quando seu corpo ia tocar o dela. Não havia mais corpos, nem para ele, nem para Cleo. Deitaram-se no gramado. A beleza antes do desejo, o encantamento antes da posse, prolongam o caminho entre a alegria e a paz.

"Pai nosso que estais no céu, santificado seja o vosso nome, venha a nós o vosso reino, seja feita a vossa vontade, assim na Terra como no céu." O cardeal, com o breviário apertado contra o peito, dizia alto o "Pai Nosso", aproximando-se da queda d'água. Habituara-se, àquela hora, a ficar junto ao lago para meditar sobre as fraquezas e misérias humanas. Ergueu o breviário e o beijou. Então viu, a seus pés, os corpos nus, enlaçados.

Sufocou o grito. Deu as costas para o que devia ser produto de uma fantasia diabólica do inconsciente. Mas gemidos e palavras cujo sentido desconhecia chegavam-lhe aos ouvidos. Estava longe, muito longe dos tempos em que a tentação vinha sob formas alucinatórias. Estava protegido, pela velhice, dessas ciladas do demônio. E voltou-se, para ver melhor.

A revelação da beleza, o efeito do encantamento comungado, os elevava acima dos limites do sexo. O cardeal assistia à ascensão, quase sem poder respirar. Estava protegido de contaminação emocional e glandular, mas de maneira alguma podia impedir seu espírito de conhecer o valor daquela imagem crua, mas espiritual também. Violência contra seus preconceitos e esforços de superação da carne. A ondulação desesperada e desarmônica da posse carnal visualizada provocava no equilíbrio arduamente conquistado de sua vida interior uma profunda mágoa. Mágoa de homem. Porque aquilo, belo ou grotesco, era humano, era obra do Senhor. Para melhor servi-lo, jamais o conhecera em atos e sempre o repudiara em pensamentos. Pensamentos que não podia mais conter. Porque eram belos os corpos, era linda a procura de integração, era puro aquele anseio da unidade, e unidade é perfeição. Chorava. Ouviu então um grito. Agarrou-se ao tronco da árvore. Silêncio. Imobilidade em tudo, menos na folhagem ao vento e na água que tombava sobre o lago.

A queda. Imensa. Do infinito ao nada. Cleo e Daniel voltam seus ventres para o sol e abrem os olhos para ver a paz. Mas veem o cardeal. E ficam suspensos. Susto. Medo. Agarram-se. Escondem na tristeza a frustração e no desespero a vergonha.

O cardeal vê as roupas deles e vai apanhá-las. Aproxima-se. Estende-lhes os panos e, como não reagem, deixa-os cair aos pés deles. Apoia-se novamente no tronco, de costas para o casal. Daniel estava enfiando as pernas na calça. O vidro de remédio cai entre eles. Cleo o apanha. Quer abri-lo, mas Daniel a impede, arrancando brutalmente o vidro de sua mão.

Estão vestidos, de mãos dadas, cabeça baixa. O cardeal se volta. Olha-os e sorri. Mas são dois adolescentes! E como são belos! Senhor, ajudai-me a compreendê-los, ajudai-me a ser caridoso, ajudai-me a não invejá-los, ajudai-me a dizer-lhes as palavras certas, ajudai-me a não escandalizá-los, ajudai-me a saber qual é o vosso caminho para eles. Protegei-nos, Senhor, do mal. Amém.

E colocou-se entre os dois e estendeu os braços, tocando-lhes as cabeças, num gesto de ternura e proteção. Não resistiu e os trouxe para junto do peito.

– Meus filhos...

Colados à púrpura, o rosto de Cleo próximo ao de Daniel. Olham-se e sentem-se mal. Diante deles uma cruz. O cardeal segura-lhes as mãos e os afasta. Caminham. São levados para um enorme terraço. Ele os faz sentarem-se num banco de pedra e vai tocar a campainha. Depois senta-se num outro banco, à frente dos dois.

– Vamos almoçar. Vocês são meus convidados. Estou em retiro.

Entra um padre, saído de uma porta de vidro.

– Traga o almoço. Hoje não faço regime. Escolha o que houver de melhor. E vinho.

Quis, primeiro, saber como haviam entrado ali, pois o portão estava trancado e não atendiam à campainha da rua.

– Saltamos o muro.

– Por quê?

Olharam-se. Não era possível explicar.

O cardeal sentia que era preciso abrir franqueza total, ou estaria tudo perdido.

– Nunca pratiquei e jamais havia visto uma relação sexual...

Daniel olhou Cleo. Ela ainda mantinha a cabeça baixa.

– O senhor vai nos expulsar daqui, depois do almoço?

– Não... não é essa a minha intenção.

– Nós procuramos paz...

– Paz? Vamos almoçar. Depois eu lhes mostrarei todo o parque. Há lugares belíssimos...

– Precisamos ficar sós.

– Compreendo. Temos uma linda coleção de pássaros.

– Podemos passar a noite aqui?

A porta abriu-se novamente. Dois garções traziam carrinhos com o almoço.

– Servimos aqui mesmo, Eminência?

– Sim, sim. Venham.

E foi erguer Cleo. Seus olhos se encontraram pela primeira vez, diretamente. O cardeal baixou os seus antes.

Serviram-se. Comeram em silêncio. O vinho era muito bom e Daniel bebia muito. Cleo não conseguia comer. Ficava progressivamente mais triste. Um cansaço imenso entorpecia-lhe os membros. Daniel, por efeito do vinho, era dominado por invencível sonolência. E o cardeal, pouco habituado a refeições como aquela, sentia-se mal.

– Vamos fazer a sesta. Acompanhem-me.

E entrou no palácio. Cleo agarrou a mão de Daniel.

– Vamos embora!

– Não, ainda não.

Caminharam, seguindo o velho por um longo corredor. Ele abriu a porta.

– Ela poderá descansar aqui...

Abriu a porta em frente, do outro lado do corredor.

– Você, ali... Eu os virei chamar logo mais, para passearmos pelo parque...

E seguiu em seu passo vacilante, pelo corredor. Quando sumiu, Daniel levou Cleo para a sala que o cardeal lhe indicara. Era imensa. Inúmeros quadros a óleo mostrando passagens bíblicas. No fundo, um sofá. Deitaram-se nele, abraçados.

– Vamos embora, Daniel.

– Estou com muito sono...

Ele olhava para o lustre de cristal. E ouvia a respiração de Cleo. Voltou a cabeça e beijou-lhe o rosto. Adormeceu.

Daniel despertou e, percebendo-se só, saltou do sofá. Foi até a grande janela e olhou para fora. Já era noite. Saiu para o corredor. Ouviu, então, música de órgão. Um jato de luz cruzava o corredor. Dali vinha a música. Aproximou-se e viu um altar iluminado, Cleo sentada num genuflexório de veludo vermelho e o cardeal tocando o órgão. Não podia ver seus rostos. As notas feriam o silêncio da capela como gemidos espectrais. Aproximou-se do genuflexório e sentou-se no chão. Cleo voltou-se bruscamente e Daniel beijou-a na boca. A música parou. Ouviram a tosse do cardeal. Ele dirigia-se para o altar. Ajoelhou.
– Contei tudo pra ele...
– Tudo?
– Sim... Acordei com um pesadelo e resolvi dar um passeio pelo palácio. Encontrei-o aqui, rezando. Não sei por quê, senti vontade... e ajoelhei-me também.
– Cleo, vamos embora. Não é aqui.
– Espera, aconteceu uma coisa estranha.
– Ele está nos ouvindo, Cleo...
– Não importa. Ele já sabe de tudo. Ajoelhei-me atrás dele, ali mesmo, no altar, e comecei a falar. Falava sem poder me controlar. Ele não disse nada e foi para o órgão. Eu me sentei aqui e você chegou. Sabe, Daniel, é muito parecido. Claro que não é igual, mas...
– O quê?
– A paz... O que senti depois de contar tudo pra ele.
– Não!
O cardeal ergueu-se. Olhou-os longamente e saiu apressado da capela. Daniel afastou-se de Cleo e examinou o altar. Um crucifixo e um sacrário sobre a mesa. Os círios

apagados. A capela era iluminada por um lustre de cristal que descia sobre o crucifixo.

— Daniel, eu acho... eu acho que é aqui.

Subiram os degraus do altar.

— Uma vez... na comunhão, a primeira...

— Não, Cleo!

— O remédio...

— Ainda não.

— Não é isso.

Cleo apertou-o contra si.

— Eu era menina...

— Isso, não!

— O que eu senti, Daniel... Como agora, uma esperança... Você, nunca?

— Nunca.

— Ali... ali dentro. No cálice...

— Não...

— A paz...

— Não!

Cleo colou os lábios nos dele. E veio o calor, o desejo, o encantamento. Daniel afastou-a bruscamente, debruçou-se sobre o altar e deu volta à chave do sacrário. Agia sem pensamentos. Afastou a cortina e retirou o cálice. Destampou-o e o apresentou a Cleo. Ela o segurou com as duas mãos e ajoelhou-se. Daniel fez o mesmo e cobriu as mãos dela com as suas, em torno do cálice.

Viam as hóstias, claras, leves, puras, pousadas na superfície côncava e dourada. Daniel lembrou-se do que lhe dissera a mãe, nas tentativas vãs de fazê-lo assistir à missa e preparar-se para a comunhão: a carne e o sangue de Cristo... a última ceia. Como o remédio, o pão continha a morte. Ouviu a voz, solene, do pai: a ressurreição também. A mão de Cleo saiu de sob a sua e seus dedos apanharam uma hóstia. Ela a elevou à altura dos olhos. Daniel retirou outra e fez gesto semelhante, sentindo o contato delicado da hóstia nos lábios. Abriu-os. Viu Cleo fazer o mesmo com a que ela tinha entre os dedos. O cálice tomba sobre o tapete vermelho, enquanto suas bocas se juntam.

Calor. Desejo. Encantamento e... silêncio. Depois um grito.

– Meu Deus!

Como um vidro que trinca violentamente e tomba em pedaços, tombaram inúteis, dentro de seus corpos, no fundo de suas vidas, o calor, o desejo, o encantamento, o silêncio e a esperança de paz.

O cardeal subiu os degraus e ergueu o cálice nas mãos, debruçando-se sobre o altar.

– Meu Deus! Meu Deus!

Pânico. Cleo e Daniel corriam pelos corredores. Corredores de um labirinto sem fim. Fuga desesperada, como as dos pesadelos. Portas e janelas trancadas. Parede e corredores infinitos. Cleo cai. Daniel atira-se sobre ela e a protege em seus braços. Estão ofegantes. Passos e o eco dos passos. Ruído imenso de uma chave na fechadura. Gemido de porta descomunal que se abre. E o vento, o cheiro de mato, os perfumes da noite. Daniel vê um padre diante da porta aberta. Ergue Cleo e atravessam a porta.

No parque, seguem o homem que caminha apressado. Ao longe, o ruído da queda d'água. O portão é aberto. Daniel aperta violentamente a mão de Cleo. Passam pelo padre sem se voltar e caminham pelo meio da rua. Cleo pensa em Daniel. Daniel pensa em Cleo. O padre, vendo-os sumir, unidos pelas mãos, dentro da noite, pensa em Deus.

A noite de uma cidade como São Paulo é repleta de emoções não muito originais, porém estimulantes. Cleo e Daniel procuravam paz, não emoções. Já sabiam que devia estar dentro deles, quando se faziam um só, e não fora, como chegaram a imaginar. Davam pouca importância a Deus, mas mesmo assim o próprio Deus lhes falhara. Não podiam, também, contar com os homens. São mais reais e prováveis que Deus, porém menos poderosos.

Restava-lhes o remédio, a morte. Mas uma estranha sensação de tempo os dominava. Estavam decididos a morrer, porém alguma coisa neles determinava a hora certa para isso, como se tivessem um encontro marcado.

Caminhavam em silêncio. Cansaço e fome. A área de seus pensamentos era reduzida progressivamente. Veio a obsessão de gravar todas as imagens a seu redor: casas, árvores, gente, pedras, cães, carros. Tudo adquiria valor e importância absurdos. E isso afastava Cleo de Daniel. Porém surge diante de seus olhos uma imagem libertadora. Depois de contemplá-la longamente, são devolvidos um ao outro. É a roda-gigante iluminada de um parque de diversões. Música de carrossel. Cheiro de pipoca no ar. E Cleo e Daniel sentam e veem novamente apenas Cleo e Daniel. E se perguntam por que a vida e o mundo, as gentes e as coisas, depois daquele beijo, ficaram assim vazios, inúteis, irremediavelmente perdidos. As luzes em movimento circular, na roda-gigante, vão ficando cada vez mais distantes. E Cleo e Daniel mais próximos.

Entram na avenida. São envolvidos por enorme massa humana que marcha ritmadamente, transportando cartazes e repetindo, em coro, a mesma palavra. Um nome. O nome de um homem. E foram levados pelo povo.

Chegaram à Praça Roosevelt. Milhares de pessoas amontoadas. No fundo, junto à Rua Augusta, atrás de um palanque, enorme retrato de homem. O retrato sorria, confiante. Inúmeros alto-falantes espalhados pela praça reproduziam e ampliavam as palavras que eram berradas no microfone, sobre o palanque.

Cleo sentia-se fraca. Apoiou-se em Daniel.

– Não consigo respirar.

– Eu também.

– Vamos embora, Daniel!

Ele a sustém nos braços e beija-lhe os cabelos, o rosto e a boca. Os lábios de Cleo estavam frios e secos.

— Preciso beber alguma coisa... acho que vou desmaiar...

Daniel começou a empurrar as pessoas que aplaudiam e gritavam. Em lugar de saírem para a periferia, ele e Cleo, empurrados, acabaram por se chocar contra o palanque. No momento em que o homem do retrato era trazido nos braços do povo e colocado diante do microfone. E estouravam bombas. Foguetes subiam e o céu se enchia de mais estrelas, coloridas. Serpentinas e confetes. Gritaria de ensurdecer. Daniel lutava contra dezenas de pessoas que estendiam os braços para tocar as pernas do homem do retrato. Ele começou a falar:

— Meu povo!

Silêncio total. Imobilidade absoluta. Daniel conseguiu arrastar Cleo para trás do palanque e chegaram à Rua Augusta. Ele também, agora, mal se mantinha em pé. Entraram num bar. Daniel colocou todo o dinheiro sobre o balcão.

— Por favor, qualquer coisa forte...

O garção olhou o dinheiro, guardou-o e encheu um cálice de cachaça. Cleo estava encostada à parede, lutando para se manter consciente. A mão de Daniel, segurando o cálice, tremia quando o trouxe para junto dos lábios de Cleo. Ela bebeu um gole apenas. Ele tomou o resto. Abraçados, ficaram quietos, imóveis. Aplausos e gritos vinham da praça.

Um carro esporte freia violentamente na rua. Marcus enfia a cabeça para fora.

— Daniel!

Salta e vem para junto deles. Está embriagado. Olha Daniel de modo estranho e, segurando-o pela nuca, examina-lhe o rosto de perto. Cola a face à sua.

— Estava pensando em você! Queria que você... Bebi muito por causa disso.

Daniel refreava o corpo de Marcus, que insistia em colar-se ao seu, apoiando a mão espalmada no peito do outro. Marcus então viu Cleo.

– Cleo... Quer dizer que vocês...?

E começou a rir. Apontou para o carro.

– Estou com mais duas... A gente passa em casa do Cláudio...

– Escuta, Marcus, você não pode compreender... Precisamos de um lugar tranquilo. Para ficarmos sós.

Marcus olhava Daniel sem prestar atenção ao que ele dizia. Olhava e sofria. Os olhos verdes tinham manchas de sangue. Vincos profundos envelheciam e quase destruíam a beleza do rosto. A boca semiaberta, seca e pálida. Não resistiu. Agarrou a cabeça de Daniel.

– Eu te amo!

– Me ajude!

– O que você quiser...

– Um lugar qualquer...

– Meu apartamento. Venham.

Cleo tinha dificuldade para andar. Chegaram ao carro e viram Marcus convencendo as moças a saírem. Depois ele ajudou Daniel a colocar Cleo no assento de trás. Sentaram-se os dois na frente. Partiram.

Cleo alheava-se de tudo, dentro do carro. Surgira-lhe, ainda no bar, a imagem de Daniel sob a queda d'água. Agarrava-se a essa visão e não via e nem ouvia nada mais.

– Você não pode me contar o que aconteceu, Daniel?

– Não...

– Achamos lindo o que você fez no telhado de sua casa. Cláudio está escrevendo um longo poema...

– O que foi que eu fiz?

– Como, não se lembra?

– Não.

– Ah... deve ter sido efeito do choque elétrico.

Daniel contraiu-se e apertou os joelhos com as mãos. Sentiu forte dor na nuca. Choque elétrico! Filhos da puta! Filho da puta do meu pai, filha da puta da minha mãe, filha da puta da minha irmã, filho da puta do médico, filho da puta do enfermeiro, filho da puta da gente, filho da puta de todo mundo! Filhos da puta!

Não sabia que dissera alto essas frases. Marcus ria e repetia cada uma das exclamações. Ouvindo-as, Daniel começou a chorar. Primeiro quieto, mas depois convulsamente. Cleo ergueu-se e colocou a cabeça na dele.

Marcus os olhava muito espantado. Súbito, começou a perceber. Era então isso? Isso? O que significava "isso" para Marcus? Em qualquer outra pessoa "isso" seria coisa medíocre, pequena, insuficiente e burguesa. Porém, em Daniel teria de ser melhor. Ergueu a mão e limpou as lágrimas do rosto do amigo.

– Descobriram, é?

Não houve resposta.

– Você deve ter-me achado muito ridículo lá no bar, não?

– Por quê?

– Eu disse: eu te amo. É verdade mas, agora, fica ridículo.

Daniel olhou Marcus. Era um homem como ele. Sentiu profunda e inidentificável emoção.

– Repita, Marcus.

– Eu te amo!

– Não, não é ridículo. É triste.

Já haviam chegado. Marcus abriu a porta e os ajudou a descer. Entregou a chave a Daniel.

– Embora seja no centro da cidade, é um prédio familiar... Logo, pouco barulho.

Ia entrar no carro, sem se despedir. Daniel o reteve.

– Marcus!

Trouxe-o para bem perto de si.

– Quero que você me beije.

Profunda perturbação em Marcus. Olhou Cleo. Ela estava séria. Voltou-se para Daniel que lhe sorria ternamente. Seus olhos se encontraram. Marcus não via nenhuma barreira, apenas a claridade verde transparente. Apertou nos seus os lábios de Daniel. Depois fugiu.

Daniel segura o disco contra o peito, com grande emoção.
— Veja, Cleo... Veja! *Concierto de Aranjuez*!
Ela via tudo rodar. E não encontrava nada para lhe servir de apoio. Perdeu os sentidos.
Despertou sentindo o perfume da pele de Daniel. Respirou fundo. Aquele odor a revitalizava. E viu a pele, os pelos e sentiu o impulso da respiração dele em seu rosto. Enfiou a cabeça dentro da camisa e ficou respirando lá dentro.
Com enorme cuidado, Daniel deitou a cabeça de Cleo em seus joelhos. Ela olhava a sala: teto, paredes, portas, estantes, janelas. Todos os lugares são iguais. Tudo é igual. Menos Daniel.
E sentiu violenta alegria, apenas por vê-lo, só por ele existir mesmo.
— Beba... Marcus tem tudo aqui.
— O que é?
— Uísque. Você quer comer?
— Não.
E bebeu. Era bom. Aquecia. Como os olhos, os lábios de Daniel.
— Foi lindo o beijo de vocês. O que foi que você sentiu?
— O mesmo que sentia antes, quando beijava você ou qualquer outra mulher: nada.
E Daniel a beijou. Cleo compreendeu. E beberam. A garrafa estava ao lado deles. Tornaram a encher os copos. Ela sentia-se firme, segura.
Daniel ergueu-se e ligou a vitrola. Dançou sozinho. Ventre, quadris e braços. Cleo primeiro repetia os movimentos de Daniel, mas logo deixou o corpo livre. Ilumi-

nados apenas pelo luar, acompanhavam com os corpos o ritmo que não lhes pertencia, mas que era bem mais próximo deles do que qualquer coisa existente. Sentiam, pelo ritmo, um alheamento total. Nenhum compromisso. Liberdade e protesto.

Exaustos, caem no chão quando o disco termina. Daniel tira do bolso o vidro de remédio e o coloca entre eles. Ao alcance de suas mãos. Começa a despi-la. A camisa, a saia, os sapatos. Cleo retira-lhe a camisa, a calça e os sapatos. Vão para a janela. Daniel se ajoelha. A luz do luar é como água. Água de fonte. No ventre de Cleo é que ele a vai colher. No ponto onde há mais vida. Cobre-o com os lábios. Ela grita. O luar dissolve em mais luz seu gemido de chegada. Cleo afasta a cabeça de Daniel do ventre. O desejo assim satisfeito é dor no vazio. O grito de Cleo corre a noite. Grito de socorro. Depois o silêncio. Daniel, deitado de costas no tapete, geme sua solidão.

– Cleo... Cleo!

Ela se aproxima e contempla a dor de Daniel. Toca com os lábios o extremo de sua solidão. Depois a confronta com a claridade de seus olhos, a doçura de seus lábios, a beleza de seu rosto. Cleo olha para aquele pedaço de carne em desespero. E não compreende por que apenas ali a vida está em urgência absoluta. Segura-o em sua mão e cobre-o com um longo beijo. Ouve um gemido de Daniel. Quer colher o fruto do grito. E recebe a seiva da vida dele dentro de si, para a própria ressurreição.

Silêncio. Suas mãos chegam juntas ao vidro do remédio. As cápsulas azuis são derramadas e depois colhidas uma a uma. Cleo alimenta Daniel. Daniel alimenta Cleo. O vidro está vazio, no chão. Seus corpos, plenos. Esperam.

Daniel apanha o disco. Coloca-o na vitrola. *Concierto de Aranjuez*. Castanholas, dissonâncias. Volta o desejo. Daniel penetra Cleo. Violência. Toda a violência. Tudo. Ela sentia o corpo sendo rompido, vazado. Daniel transpunha todas as barreiras de sua vida e da de Cleo. Transpunham-se. Do outro lado contemplam a terra azul, dentro de um céu negro. E a queda. Total. Até o fundo: terra negra e céu azul. Não havia mais limites e cada subida levava ao fundo. E as descidas máximas à altitude completa. Era a paz.

— Cleo!
— Daniel!

Enfim, haviam reencontrado. Dentro da morte, o amor. O orgasmo levava ao desejo. O desejo à ternura, a ternura ao calor, o calor à beleza, a beleza ao encantamento, o encantamento ao orgasmo, o orgasmo à paz, a paz ao desejo, o desejo à morte.

Morte. E a morte lhes devorava a paz, secretando silêncio.

Daniel ergueu Cleo.

— Conseguimos!
— A morte, Daniel. Está junto. Já estou sentindo...
— Venha! Vamos pedir ajuda.

De mãos dadas, nus, saíram do apartamento. E começaram a bater nas portas. A maioria das pessoas, ao vê-los despidos, fechava rapidamente as portas, sem ouvi-los. Fugiam. E os que viam, ouviam e entendiam se escandalizavam. As portas eram sempre fechadas. Pela escada, chegaram à rua. Sentiram a paz, mas a morte lhes consumia as energias e a consciência. Em lugar de pedir ajuda, afirmavam ter encontrado paz. E, agarrando-se às pessoas, gritavam isso. Mas já não eram palavras inteligíveis.

Ninguém os suportava muito próximos. Porém, todos queriam vê-los. Formaram um círculo que os acompanhava para onde se dirigiam, cambaleando, à procura de apoio. As últimas energias vitais concentravam-se no berro que soltaram juntos, ao se encontrarem novamente. Apoiados, não tombaram. O círculo de gente, em torno deles, agora era estreito porque estavam imóveis.

Sirene. Renasce a esperança: haviam compreendido, afinal. Ambulância e médicos. Hospital. Tratamento. A morte seria vencida. Viver. Viver só o amor, só a paz. Não a perderiam mais. Nunca mais. Com as bocas coladas, diziam um para dentro do outro:

– Cleo...

– Daniel...

O povo foi dispersado e um carro da polícia freou junto deles. Soldados os levam para o carro. Daniel ainda viu no escuro o rosto de Cleo ao lado do seu. O braço lhe pesava enormemente, mas a alcançou. Enlaçou-a. A distância de um centímetro foi vencida com esforço para quilômetros. As bocas se encontram. E a morte se retira. Vitoriosa, mas ainda sem a posse do vencido. O beijo. Cleo e Daniel no beijo não eram mais a vida de Cleo e a vida de Daniel. A morte não conhece o amor. Não se alimenta dele. Como os homens. Esperou.

A porta do carro foi aberta. Nos braços dos policiais, Cleo e Daniel são levados juntos, sem ser desfeito o abraço. Na grande sala, tentam mantê-los assim, um no outro, de pé, diante da autoridade. Estouram os flashes dos repórteres. Muitos. Suas bocas se encontram novamente, agora ajeitadas pelos que os sustêm. Novos flashes. O beijo é fotografado. Cleo e Daniel ainda o sentem: calor, desejo, encantamento e paz. Terminadas as fotos, eles são soltos. E tombam enlaçados. Mortos.

Coleção **L&PM** POCKET (lançamentos mais recentes)

609. **Crack-up** – F. Scott Fitzgerald
610. **Do amor** – Stendhal
611. **Cartas do Yage** – William Burroughs e Allen Ginsberg
612. **Striptiras (2)** – Laerte
613. **Henry & June** – Anaïs Nin
614. **A piscina mortal** – Ross Macdonald
615. **Geraldão (2)** – Glauco
616. **Tempo de delicadeza** – A. R. de Sant'Anna
617. **Tiros na noite 2: Medo de tiro** – Dashiell Hammett
618. **Snoopy em Assim é a vida, Charlie Brown! (3)** – Schulz
619. **1954 – Um tiro no coração** – Hélio Silva
620. **Sobre a inspiração poética (Íon)** e ... – Platão
621. **Garfield e seus amigos (8)** – Jim Davis
622. **Odisséia (3): Ítaca** – Homero
623. **A louca matança** – Chester Himes
624. **Factótum** – Bukowski
625. **Guerra e Paz: volume 1** – Tolstói
626. **Guerra e Paz: volume 2** – Tolstói
627. **Guerra e Paz: volume 3** – Tolstói
628. **Guerra e Paz: volume 4** – Tolstói
629. (9).**Shakespeare** – Claude Mourthé
630. **Bem está o que bem acaba** – Shakespeare
631. **O contrato social** – Rousseau
632. **Geração Beat** – Jack Kerouac
633. **Snoopy: É Natal! (4)** – Charles Schulz
634. (8).**Testemunha da acusação** – Agatha Christie
635. **Um elefante no caos** – Millôr Fernandes
636. **Guia de leitura (100 autores que você precisa ler)** – Organização de Léa Masina
637. **Pistoleiros também mandam flores** – David Coimbra
638. **O prazer das palavras** – vol. 1 – Cláudio Moreno
639. **O prazer das palavras** – vol. 2 – Cláudio Moreno
640. **Novíssimo testamento: com Deus e o diabo, a dupla da criação** – Iotti
641. **Literatura Brasileira: modos de usar** – Luís Augusto Fischer
642. **Dicionário de Porto-Alegrês** – Luís A. Fischer
643. **Clô Dias & Noites** – Sérgio Jockymann
644. **Memorial de Isla Negra** – Pablo Neruda
645. **Um homem extraordinário e outras histórias** – Tchékhov
646. **Ana sem terra** – Alcy Cheuiche
647. **Adultérios** – Woody Allen
648. **Para sempre ou nunca mais** – R. Chandler
649. **Nosso homem em Havana** – Graham Greene
650. **Dicionário Caldas Aulete de Bolso**
651. **Snoopy: Posso fazer uma pergunta, professora? (5)** – Charles Schulz
652. (10).**Luís XVI** – Bernard Vincent
653. **O mercador de Veneza** – Shakespeare
654. **Cancioneiro** – Fernando Pessoa
655. **Non-Stop** – Martha Medeiros
656. **Carpinteiros, levantem bem alto a cumeeira & Seymour, uma apresentação** – J.D.Salinger
657. **Ensaios céticos** – Bertrand Russell
658. **O melhor de Hagar 5** – Dik e Chris Browne
659. **Primeiro amor** – Ivan Turguêniev
660. **A trégua** – Mario Benedetti
661. **Um parque de diversões da cabeça** – Lawrence Ferlinghetti
662. **Aprendendo a viver** – Sêneca
663. **Garfield, um gato em apuros (9)** – Jim Davis
664. **Dilbert 1** – Scott Adams
665. **Dicionário de dificuldades** – Domingos Paschoal Cegalla
666. **A imaginação** – Jean-Paul Sartre
667. **O ladrão e os cães** – Naguib Mahfuz
668. **Gramática do português contemporâneo** – Celso Cunha
669. **A volta do parafuso** seguido de **Daisy Miller** – Henry James
670. **Notas do subsolo** – Dostoiévski
671. **Abobrinhas da Brasilônia** – Glauco
672. **Geraldão (3)** – Glauco
673. **Piadas para sempre (3)** – Visconde da Casa Verde
674. **Duas viagens ao Brasil** – Hans Staden
675. **Bandeira de bolso** – Manuel Bandeira
676. **A arte da guerra** – Maquiavel
677. **Além do bem e do mal** – Nietzsche
678. **O coronel Chabert** seguido de **A mulher abandonada** – Balzac
679. **O sorriso de marfim** – Ross Macdonald
680. **100 receitas de pescados** – Sílvio Lancellotti
681. **O juiz e seu carrasco** – Friedrich Dürrenmatt
682. **Noites brancas** – Dostoiévski
683. **Quadras ao gosto popular** – Fernando Pessoa
684. **Romanceiro da Inconfidência** – Cecília Meireles
685. **Kaos** – Millôr Fernandes
686. **A pele de onagro** – Balzac
687. **As ligações perigosas** – Choderlos de Laclos
688. **Dicionário de matemática** – Luiz Fernandes Cardoso
689. **Os Lusíadas** – Luís Vaz de Camões
690. (11).**Átila** – Éric Deschodt
691. **Um jeito tranquilo de matar** – Chester Himes
692. **A felicidade conjugal** seguido de **O diabo** – Tolstói
693. **Viagem de um naturalista ao redor do mundo** – vol. 1 – Charles Darwin
694. **Viagem de um naturalista ao redor do mundo** – vol. 2 – Charles Darwin
695. **Memórias da casa dos mortos** – Dostoiévski
696. **A Celestina** – Fernando de Rojas
697. **Snoopy: Como você é azarado, Charlie Brown! (6)** – Charles Schulz
698. **Dez (quase) amores** – Claudia Tajes
699. (9).**Poirot sempre espera** – Agatha Christie
700. **Cecília de bolso** – Cecília Meireles
701. **Apologia de Sócrates** precedido de **Êutifron** e seguido de **Críton** – Platão
702. **Wood & Stock** – Angeli
703. **Striptiras (3)** – Laerte

704. **Discurso sobre a origem e os fundamentos da desigualdade entre os homens** – Rousseau
705. **Os duelistas** – Joseph Conrad
706. **Dilbert (2)** – Scott Adams
707. **Viver e escrever** (vol. 1) – Edla van Steen
708. **Viver e escrever** (vol. 2) – Edla van Steen
709. **Viver e escrever** (vol. 3) – Edla van Steen
710(10). **A teia da aranha** – Agatha Christie
711. **O banquete** – Platão
712. **Os belos e malditos** – F. Scott Fitzgerald
713. **Libelo contra a arte moderna** – Salvador Dalí
714. **Akropolis** – Valerio Massimo Manfredi
715. **Devoradores de mortos** – Michael Crichton
716. **Sob o sol da Toscana** – Frances Mayes
717. **Batom na cueca** – Nani
718. **Vida dura** – Claudia Tajes
719. **Carne trêmula** – Ruth Rendell
720. **Cris, a fera** – David Coimbra
721. **O anticristo** – Nietzsche
722. **Como um romance** – Daniel Pennac
723. **Emboscada no Forte Bragg** – Tom Wolfe
724. **Assédio sexual** – Michael Crichton
725. **O espírito do Zen** – Alan W.Watts
726. **Um bonde chamado desejo** – Tennessee Williams
727. **Como gostais** *seguido de* **Conto de inverno** – Shakespeare
728. **Tratado sobre a tolerância** – Voltaire
729. **Snoopy: Doces ou travessuras? (7)** – Charles Schulz
730. **Cardápios do Anonymous Gourmet** – J.A. Pinheiro Machado
731. **100 receitas com lata** – J.A. Pinheiro Machado
732. **Conhece o Mário?** vol.2 – Santiago
733. **Dilbert (3)** – Scott Adams
734. **História de um louco amor** *seguido de* **Passado amor** – Horacio Quiroga
735(11). **Sexo: muito prazer** – Laura Meyer da Silva
736(12). **Para entender o adolescente** – Dr. Ronald Pagnoncelli
737(13). **Desembarcando a tristeza** – Dr. Fernando Lucchese
738. **Poirot e o mistério da arca espanhola & outras histórias** – Agatha Christie
739. **A última legião** – Valerio Massimo Manfredi
740. **As virgens suicidas** – Jeffrey Eugenides
741. **Sol nascente** – Michael Crichton
742. **Duzentos ladrões** – Dalton Trevisan
743. **Os devaneios do caminhante solitário** – Rousseau
744. **Garfield, o rei da preguiça (10)** – Jim Davis
745. **Os magnatas** – Charles R. Morris
746. **Pulp** – Charles Bukowski
747. **Enquanto agonizo** – William Faulkner
748. **Aline: viciada em sexo (3)** – Adão Iturrusgarai
749. **A dama do cachorrinho** – Anton Tchékhov
750. **Tito Andrônico** – Shakespeare
751. **Antologia poética** – Anna Akhmátova
752. **O melhor de Hagar 6** – Dik e Chris Browne
753(12). **Michelangelo** – Nadine Sautel
754. **Dilbert (4)** – Scott Adams
755. **O jardim das cerejeiras** *seguido de* **Tio Vânia** – Tchékhov
756. **Geração Beat** – Claudio Willer
757. **Santos Dumont** – Alcy Cheuiche
758. **Budismo** – Claude B. Levenson
759. **Cleópatra** – Christian-Georges Schwentzel
760. **Revolução Francesa** – Frédéric Bluche, Stéphane Rials e Jean Tulard
761. **A crise de 1929** – Bernard Gazier
762. **Sigmund Freud** – Edson Sousa e Paulo Endo
763. **Império Romano** – Patrick Le Roux
764. **Cruzadas** – Cécile Morrisson
765. **O mistério do Trem Azul** – Agatha Christie
766. **Os escrúpulos de Maigret** – Simenon
767. **Maigret se diverte** – Simenon
768. **Senso comum** – Thomas Paine
769. **O parque dos dinossauros** – Michael Crichton
770. **Trilogia da paixão** – Goethe
771. **A simples arte de matar** (vol.1) – R. Chandler
772. **A simples arte de matar** (vol.2) – R. Chandler
773. **Snoopy: No mundo da lua! (8)** – Charles Schulz
774. **Os Quatro Grandes** – Agatha Christie
775. **Um brinde de cianureto** – Agatha Christie
776. **Súplicas atendidas** – Truman Capote
777. **Ainda restam aveleiras** – Simenon
778. **Maigret e o ladrão preguiçoso** – Simenon
779. **A viúva imortal** – Millôr Fernandes
780. **Cabala** – Roland Goetschel
781. **Capitalismo** – Claude Jessua
782. **Mitologia grega** – Pierre Grimal
783. **Economia: 100 palavras-chave** – Jean-Paul Betbèze
784. **Marxismo** – Henri Lefebvre
785. **Punição para a inocência** – Agatha Christie
786. **A extravagância do morto** – Agatha Christie
787(13). **Cézanne** – Bernard Fauconnier
788. **A identidade Bourne** – Robert Ludlum
789. **Da tranquilidade da alma** – Sêneca
790. **Um artista da fome** *seguido de* **Na colônia penal e outras histórias** – Kafka
791. **Histórias de fantasmas** – Charles Dickens
792. **A louca de Maigret** – Simenon
793. **O amigo de infância de Maigret** – Simenon
794. **O revólver de Maigret** – Simenon
795. **A fuga do sr. Monde** – Simenon
796. **O Uraguai** – Basílio da Gama
797. **A mão misteriosa** – Agatha Christie
798. **Testemunha ocular do crime** – Agatha Christie
799. **Crepúsculo dos ídolos** – Friedrich Nietzsche
800. **Maigret e o negociante de vinhos** – Simenon
801. **Maigret e o mendigo** – Simenon
802. **O grande golpe** – Dashiell Hammett
803. **Humor barra pesada** – Nani
804. **Vinho** – Jean-François Gautier
805. **Egito Antigo** – Sophie Desplancques
806(14). **Baudelaire** – Jean-Baptiste Baronian
807. **Caminho da sabedoria, caminho da paz** – Dalai Lama e Felizitas von Schönborn
808. **Senhor e servo e outras histórias** – Tolstói
809. **Os cadernos de Malte Laurids Brigge** – Rilke
810. **Dilbert (5)** – Scott Adams
811. **Big Sur** – Jack Kerouac
812. **Seguindo a correnteza** – Agatha Christie
813. **O álibi** – Sandra Brown
814. **Montanha-russa** – Martha Medeiros
815. **Coisas da vida** – Martha Medeiros

816. **A cantada infalível** *seguido de* **A mulher do centroavante** – David Coimbra
817. **Maigret e os crimes do cais** – Simenon
818. **Sinal vermelho** – Simenon
819. **Snoopy: Pausa para a soneca (9)** – Charles Schulz
820. **De pernas pro ar** – Eduardo Galeano
821. **Tragédias gregas** – Pascal Thiercy
822. **Existencialismo** – Jacques Colette
823. **Nietzsche** – Jean Granier
824. **Amar ou depender?** – Walter Riso
825. **Darmapada: A doutrina budista em versos**
826. **J'Accuse...! – a verdade em marcha** – Zola
827. **Os crimes ABC** – Agatha Christie
828. **Um gato entre os pombos** – Agatha Christie
829. **Maigret e o sumiço do sr. Charles** – Simenon
830. **Maigret e a morte do jogador** – Simenon
831. **Dicionário de teatro** – Luiz Paulo Vasconcellos
832. **Cartas extraviadas** – Martha Medeiros
833. **A longa viagem de prazer** – J. J. Morosoli
834. **Receitas fáceis** – J. A. Pinheiro Machado
835. **(14).Mais fatos & mitos** – Dr. Fernando Lucchese
836. **(15).Boa viagem!** – Dr. Fernando Lucchese
837. **Aline: Finalmente nua!!! (4)** – Adão Iturrusgarai
838. **Mônica tem uma novidade!** – Mauricio de Sousa
839. **Cebolinha em apuros!** – Mauricio de Sousa
840. **Sócios no crime** – Agatha Christie
841. **Bocas do tempo** – Eduardo Galeano
842. **Orgulho e preconceito** – Jane Austen
843. **Impressionismo** – Dominique Lobstein
844. **Escrita chinesa** – Viviane Alleton
845. **Paris: uma história** – Yvan Combeau
846. **(15).Van Gogh** – David Haziot
847. **Maigret e o corpo sem cabeça** – Simenon
848. **Portal do destino** – Agatha Christie
849. **O futuro de uma ilusão** – Freud
850. **O mal-estar na cultura** – Freud
851. **Maigret e o matador** – Simenon
852. **Maigret e o fantasma** – Simenon
853. **Um crime adormecido** – Agatha Christie
854. **Satori em Paris** – Jack Kerouac
855. **Medo e delírio em Las Vegas** – Hunter Thompson
856. **Um negócio fracassado e outros contos de humor** – Tchékhov
857. **Mônica está de férias!** – Mauricio de Sousa
858. **De quem é esse coelho?** – Mauricio de Sousa
859. **O burguesito de Furnes** – Simenon
860. **O mistério Sittaford** – Agatha Christie
861. **Manhã transfigurada** – Luiz Antonio de Assis Brasil
862. **Alexandre, o Grande** – Pierre Briant
863. **Jesus** – Charles Perrot
864. **Islã** – Paul Balta
865. **Guerra da Secessão** – Farid Ameur
866. **Um rio que vem da Grécia** – Cláudio Moreno
867. **Maigret e os colegas americanos** – Simenon
868. **Assassinato na casa do pastor** – Agatha Christie
869. **Manual do líder** – Napoleão Bonaparte
870. **(16).Billie Holiday** – Sylvia Fol
871. **Bidu arrasando!** – Mauricio de Sousa
872. **Desventuras em família** – Mauricio de Sousa
873. **Liberty Bar** – Simenon
874. **E no final a morte** – Agatha Christie
875. **Guia prático do Português correto – vol. 4** – Cláudio Moreno
876. **Dilbert (6)** – Scott Adams
877. **(17).Leonardo da Vinci** – Sophie Chauveau
878. **Bella Toscana** – Frances Mayes
879. **A arte da ficção** – David Lodge
880. **Striptiras (4)** – Laerte
881. **Skrotinhos** – Angeli
882. **Depois do funeral** – Agatha Christie
883. **Radicci 7** – Iotti
884. **Walden** – H. D. Thoreau
885. **Lincoln** – Allen C. Guelzo
886. **Primeira Guerra Mundial** – Michael Howard
887. **A linha de sombra** – Joseph Conrad
888. **O amor é um cão dos diabos** – Bukowski
889. **Maigret sai em viagem** – Simenon
890. **Despertar: uma vida de Buda** – Jack Kerouac
891. **(18).Albert Einstein** – Laurent Seksik
892. **Hell's Angels** – Hunter Thompson
893. **Ausência na primavera** – Agatha Christie
894. **Dilbert (7)** – Scott Adams
895. **Ao sul de lugar nenhum** – Bukowski
896. **Maquiavel** – Quentin Skinner
897. **Sócrates** – C.C.W. Taylor
898. **A casa do canal** – Simenon
899. **O Natal de Poirot** – Agatha Christie
900. **As veias abertas da América Latina** – Eduardo Galeano
901. **Snoopy: Sempre alerta! (10)** – Charles Schulz
902. **Chico Bento: Plantando confusão** – Mauricio de Sousa
903. **Penadinho: Quem é morto sempre aparece** – Mauricio de Sousa
904. **A vida sexual da mulher feia** – Claudia Tajes
905. **100 segredos de liquidificador** – José Antonio Pinheiro Machado
906. **Sexo muito prazer 2** – Laura Meyer da Silva
907. **Os nascimentos** – Eduardo Galeano
908. **As caras e as máscaras** – Eduardo Galeano
909. **O século do vento** – Eduardo Galeano
910. **Poirot perde uma cliente** – Agatha Christie
911. **Cérebro** – Michael O'Shea
912. **O escaravelho de ouro e outras histórias** – Edgar Allan Poe
913. **Piadas para sempre (4)** – Visconde da Casa Verde
914. **100 receitas de massas light** – Helena Tonetto
915. **(19).Oscar Wilde** – Daniel Salvatore Schiffer
916. **Uma breve história do mundo** – H. G. Wells
917. **A Casa do Penhasco** – Agatha Christie
918. **Maigret e o finado sr. Gallet** – Simenon
919. **John M. Keynes** – Bernard Gazier
920. **(20).Virginia Woolf** – Alexandra Lemasson
921. **Peter e Wendy** *seguido de* **Peter Pan em Kensington Gardens** – J. M. Barrie
922. **Aline: numas de colegial (5)** – Adão Iturrusgarai
923. **Uma dose mortal** – Agatha Christie
924. **Os trabalhos de Hércules** – Agatha Christie
925. **Maigret na escola** – Simenon
926. **Kant** – Roger Scruton
927. **A inocência do Padre Brown** – G.K. Chesterton
928. **Casa Velha** – Machado de Assis
929. **Marcas de nascença** – Nancy Huston

930. Aulete de bolso
931. Hora Zero – Agatha Christie
932. Morte na Mesopotâmia – Agatha Christie
933. Um crime na Holanda – Simenon
934. Nem te conto, João – Dalton Trevisan
935. As aventuras de Huckleberry Finn – Mark Twain
936.(21). Marilyn Monroe – Anne Plantagenet
937. China moderna – Rana Mitter
938. Dinossauros – David Norman
939. Louca por homem – Claudia Tajes
940. Amores de alto risco – Walter Riso
941. Jogo de damas – David Coimbra
942. Filha é filha – Agatha Christie
943. M ou N? – Agatha Christie
944. Maigret se defende – Simenon
945. Bidu: diversão em dobro! – Mauricio de Sousa
946. Fogo – Anaïs Nin
947. Rum: diário de um jornalista bêbado – Hunter Thompson
948. Persuasão – Jane Austen
949. Lágrimas na chuva – Sergio Faraco
950. Mulheres – Bukowski
951. Um pressentimento funesto – Agatha Christie
952. Cartas na mesa – Agatha Christie
953. Maigret em Vichy – Simenon
954. O lobo do mar – Jack London
955. Os gatos – Patricia Highsmith
956.(22). Jesus – Christiane Rancé
957. História da medicina – William Bynum
958. O Morro dos Ventos Uivantes – Emily Brontë
959. A filosofia na era trágica dos gregos – Nietzsche
960. Os treze problemas – Agatha Christie
961. A massagista japonesa – Moacyr Scliar
962. A taberna dos dois tostões – Simenon
963. Humor do miserê – Nani
964. Todo o mundo tem dúvida, inclusive você – Édison Oliveira
965. A dama do Bar Nevada – Sergio Faraco
966. O Smurf Repórter – Peyo
967. O Bebê Smurf – Peyo
968. Maigret e os flamengos – Simenon
969. O psicopata americano – Bret Easton Ellis
970. Ensaios de amor – Alain de Botton
971. O grande Gatsby – F. Scott Fitzgerald
972. Por que não sou cristão – Bertrand Russell
973. A Casa Torta – Agatha Christie
974. Encontro com a morte – Agatha Christie
975.(23). Rimbaud – Jean-Baptiste Baronian
976. Cartas na rua – Bukowski
977. Memória – Jonathan K. Foster
978. A abadia de Northanger – Jane Austen
979. As pernas de Úrsula – Claudia Tajes
980. Retrato inacabado – Agatha Christie
981. Solanin (1) – Inio Asano
982. Solanin (2) – Inio Asano
983. Aventuras de menino – Mitsuru Adachi
984.(16). Fatos & mitos sobre sua alimentação – Dr. Fernando Lucchese
985. Teoria quântica – John Polkinghorne
986. O eterno marido – Fiódor Dostoiévski
987. Um safado em Dublin – J. P. Donleavy
988. Mirinha – Dalton Trevisan
989. Akhenaton e Nefertiti – Carmen Seganfredo e A. S. Franchini
990. On the Road – o manuscrito original – Jack Kerouac
991. Relatividade – Russell Stannard
992. Abaixo de zero – Bret Easton Ellis
993.(24). Andy Warhol – Mériam Korichi
994. Maigret – Simenon
995. Os últimos casos de Miss Marple – Agatha Christie
996. Nico Demo – Mauricio de Sousa
997. Maigret e a mulher do ladrão – Simenon
998. Rousseau – Robert Wokler
999. Noite sem fim – Agatha Christie
1000. Diários de Andy Warhol (1) – Editado por Pat Hackett
1001. Diários de Andy Warhol (2) – Editado por Pat Hackett
1002. Cartier-Bresson: o olhar do século – Pierre Assouline
1003. As melhores histórias da mitologia: vol. 1 – A.S. Franchini e Carmen Seganfredo
1004. As melhores histórias da mitologia: vol. 2 – A.S. Franchini e Carmen Seganfredo
1005. Assassinato no beco – Agatha Christie
1006. Convite para um homicídio – Agatha Christie
1007. Um fracasso de Maigret – Simenon
1008. História da vida – Michael J. Benton
1009. Jung – Anthony Stevens
1010. Arsène Lupin, ladrão de casaca – Maurice Leblanc
1011. Dublinenses – James Joyce
1012. 120 tirinhas da Turma da Mônica – Mauricio de Sousa
1013. Antologia poética – Fernando Pessoa
1014. A aventura de um cliente ilustre *seguido de* O último adeus de Sherlock Holmes – Sir Arthur Conan Doyle
1015. Cenas de Nova York – Jack Kerouac
1016. A corista – Anton Tchékhov
1017. O diabo – Leon Tolstói
1018. Fábulas chinesas – Sérgio Capparelli e Márcia Schmaltz
1019. O gato do Brasil – Sir Arthur Conan Doyle
1020. Missa do Galo – Machado de Assis
1021. O mistério de Marie Rogêt – Edgar Allan Poe
1022. A mulher mais linda da cidade – Bukowski
1023. O retrato – Nicolai Gogol
1024. O conflito – Agatha Christie
1025. Os primeiros casos de Poirot – Agatha Christie
1026. Maigret e o cliente de sábado – Simenon
1027.(25). Beethoven – Bernard Fauconnier
1028. Platão – Julia Annas
1029. Cleo e Daniel – Roberto Freire
1030. Til – José de Alencar
1031. Viagens na minha terra – Almeida Garrett
1032. Profissões para mulheres e outros artigos feministas – Virginia Woolf
1033. Mrs. Dalloway – Virginia Woolf
1034. O cão da morte – Agatha Christie
1035. Tragédia em três atos – Agatha Christie
1036. Maigret hesita – Simenon
1037. O fantasma da Ópera – Gaston Leroux